第九次沉思

郭绍敏 著

中国出版集团
中国民主法制出版社
全国百佳图书
出版单位

图书在版编目（CIP）数据

第九次沉思／郭绍敏著. —北京：中国民主法制出版社，2021. 12
ISBN 978-7-5162-2735-0

Ⅰ. ①第… Ⅱ. ①郭… Ⅲ. ①随笔—作品集—中国—当 Ⅳ. ①I267. 1

中国版本图书馆 CIP 数据核字（2021）第 271734 号

图书出品人：刘海涛
出版统筹：石　松
责任编辑：张　婷

书　　名／第九次沉思
作　　者／郭绍敏　著

出版·发行／中国民主法制出版社
地址／北京市丰台区右安门外玉林里 7 号（100069）
电话／（010）63055259（总编室）　63058068　63057714（营销中心）
传真／（010）63055259
http：//www. npcpub. com
E-mail：mzfz@ npcpub. com
经销／新华书店
开本／16 开　710 毫米 × 1000 毫米
印张／16　**字数**／228 千字
版本／2022 年 1 月第 1 版　2023 年 4 月第 2 次印刷
印刷／三河市宏图印务有限公司

书号／ISBN 978-7-5162-2735-0
定价／48. 00 元

序

余亦不知系何年何世，始明目初醒，放眼极望，天地浑然渺茫。苍天霭霭，黄土尘尘，烟锁雾障，不见天光。愚似天地一顽石，木立穹野之下，不可名状何以有生，亦不思索奈何终死。

正值忧思郁结之际，孤苦无望之时，得空灵一歌，柔情脉脉如人目，顾盼流转又生光，袅袅绕梁，不绝于耳。栾雀闻之凌空舞，潜蛟听后临渊默。余亦静忖出神，不能自拔，趋步并跃，欲寻其源。平丘壑，越山峦，始得一兰芷芳馨之地，馥郁芬芳，阔然明朗，令人神清气爽，智理开明，先前昏怠，一扫而光。

此处集聚桃源幽境之静美，骈备花果福地之流韵。可汲木心自酿绝尘之芳露，又闻恩雅亲孕绝尘之神音。政史文哲艺，诗词歌赋经。奇书异果，仙乐琼浆，琳琅炫彩，纷纭满目。行沐其中，虽木石之心亦可脱愚顽之质，纵愁溺之槁尤得却忧郁之形。崇儒者能得入世之门目，尚道者亦可舒高洁之冰心。

实乃奇境也！

余固喜不自胜，感造化良德，颂逆旅神功。赋我巧合机缘，天籁一曲，得引我见如此世外洞天。然吾心亦愈奇，如此清明朗澈之境，其执斧者又为何人焉？

怅然良久，忽一先生悠然而至。不言不语，不怒不嗔，眉目神炯，笑态可掬。余连忙前请揖安，与先生攀谈耳。先生晓通经政宪理之学义，博猎文史哲艺之经典。扬袖便谈三统之政道，抚须可讲八卦之玄机。佛老禅心录，官儒厚黑学。左手红楼千古梦，右手金瓶万古梅。又有金庸浩荡侠骨，更兼雄主吞吐胸怀。妙语连珠，神采怡然，让人嗟叹感慨而自忘矣！

先生虽才高识博，却了无故作高傲之态，昼夜皓首穷经，上下求索，不与儒林争比高。自许行者，前路无疆。余五体佩服，六神钦然，于举世浑浊浮夸之时，临此远众遗世之境，交仁惠高节之先生，诚蒙上主佑矣。

无奈时令轮转，白昼急逝。眼前之境景，渐尔远逝，虽犹可追他日之忆，仍不得返而亲历也。

余神思倍伤，仰首叩月，得一星宿流华，耀如白昼，光比日月，莹洁如雪，指路前方，吾心顿明，可喜可泣！

效古仁人作文之习性，叹曰：嗟夫！且看那五百方滇池，十万里长江，滚滚奔来眼底，哗哗终入海江。引得孔子望川尤叹时日无常。沧海桑田急骤转，吴刚月树又新发。纵是披甲驰骋万里，回眸百媚误国，终不敌，斗转星移，宇宙灭发，哪里还寻得，当年西施所浣纱？

且不羡庙堂锃锃金额匾，心只念江湖悠悠自在鸥。爱赏三秋桂子，十里荷花，共一盏半江渔火，枕一席雅致清霜，又经几年，综合楼前桃花笑，人面不知何处了！知否，知否，正是红肥绿瘦！

陈　离

二〇二一年四月二十六日

于古城汴京

题　词

人们往往把不再从事的爱好弃若敝屣。比如我，自从爱上写诗后，就开始蔑视一度矢志不渝的韦伯式学术理想。这显然是不对的。我充满偏见，看不到学术的多元；我忘本负义，遗忘了学术对我的滋养。尽管很难成为一位大诗人，但我在欢乐和痛苦之余逐渐体味到学术与艺术的相通处，认识到重新阐释卢梭的思想和重新解释法国大革命一样必要，发现了空间的奥秘和城市伟大之因由，从而距帕特农的神谕、苏格拉底之问和古典的“立法诗”又近了一步。

这本书属于你，神秘莫测的艾莎小姐。这段题词包含斯卡布罗市集的迷迭香、许都的晨曦与晚霞、黑天鹅的呻吟、兰亭的曲水流觞、曾到过的江心洲、淮南的老汤、恩雅的花园、新西兰峡谷的蓝天、曹孟德佩戴过的剑、哈德良长城的冰与火之歌、折磨心灵的无谓往事、金庸的亡故、发生在襄阳的一次与争夺天下无关的战争、淹死白蛇的西湖水、列文用来自杀的皮带和猎枪、陀思妥耶夫斯基的原罪、折翼的使女、迷失的麋鹿、叶芝的梦、关于数学的记忆、隐形的福尔摩斯、帝国的冲突、高密红萝卜的隐喻、法与人工智能的一次比武、铁塔和博雅塔的召唤，这一切，需要我笨拙地一一列举吗？

我只能给予你已经给予过的东西，而你，除了能给予我已经给予过的东西，还有更多即将给予我、需要我用一生去承纳的东西。生命有不能承受之轻，亦有能承受之重，我在轻与重之间等你。我愿同你分享“断章取义”的乐趣。

目　录

跨学科

1

当苏力把自己想象为一丝不苟地默观窦娥之冤的衙役，想象为具有预知能力的黄帝之时，当冯象化身为“上海的摩西”劈开红海，在大风大浪之中宣讲《出埃及记》的修辞和智慧，化身为机器神“阿尔法狗”宣告万恶的资本主义即将终结之际，当刘小枫在雅典学园的石阶上像犬儒主义者一样醉卧、苦吟、斜睨，对柏拉图、亚里士多德不屑一顾之时，当汪晖身着鲁迅穿过的长袍登上帝国大厦之巅，对着密西西比河的夕阳感喟逝者如斯之际，我们该如何讨论“帝国”“法律”“社会”“历史”之间的内在关联，才不愧对“跨学科”一词，也不因此羞愧不已？

2

尽管我们认识到一己的局限，但仍然坚信我们是思想贫乏时代的唯一希望（海德格尔和王元化地下有知可瞑目矣），毕竟，韦伯乡下老家的驴子不可能成长为伯乐眼中的骏马，也无缘亲见亚细亚洲草原和鲍罗丁音域的辽阔。

我们让颜色各异的灵魂桌球在开放的大脑平台上自由地碰撞和激荡（因而可能，不，肯定擦出火花），打破了学科之间画地为牢、不分畛域的界限。

我们或是自诩学术体制内的“反体制者”，既享受了体制内非同一般的安全（从而为某些“被逃离”体制的“勇士”所讥），又为存异、创新和薪火相传做出了非凡贡献。

我们拥有健康健全健捷的心灵，是堪比叔本华和罗兰·巴特的享乐主义者，不会公开宣布“先天下之忧而忧，后天下之乐而乐”（那会显得太矫情），不会以参与某项具体立法为荣（那只是“小立法者”），更拒绝任何负能量的幽怨。

3

“汝果欲学诗，工夫在诗外。”大诗人陆游在逝世前夕对儿子如是说。循此逻辑，则“汝果欲学法，工夫在法外”。

诗是没法教的，有成为诗人的父亲、老师，未必有成为诗人的儿子、徒弟（反之亦然），曹氏三父子、苏家三父子只是例外中的例外。如果儿子、徒弟不是诗人，能否理解作为诗人的乃父、乃师呢？陆游早已忧戚地看到，王师不会有北定中原之日，即若有，家祭时儿子也写不出诗来以告乃翁。假若写不出诗，还称得上真正的“告”吗？（何谓真正的“告”？参见俄国哲人列夫·舍斯托夫的《旷野呼告》）

同样，法也是没法教的。即便有到“法外”探寻法律起源和真谛的自觉，即便在取得一个别的学位后再进入法学院学习，即便深谙“纸上得来终觉浅，绝知此事要躬行”“法律的生命不在于逻辑，而在于经验”之类的道理，也未必能实现成为大法学家和大立法者的愿望。

4

一位法学界的青年才俊在论文中写道：

> 用耶施泰特的话来说，法哲学起到的不是“市场叫卖般的肤浅的效用”，而是一种弯道效益。为此，我们需要更好地整合法哲学与部门法教义学，致力于两者的一体化。当然，这并不是说法哲学要全面覆盖部门法学。相反，法哲学和部门法学保持一定的距离，为后者留足空间，发挥类似于“辅助性原则”的作用，才是应有的理论姿态。部门法学的教义化程度越高，在具体法律问题上法哲学就当与之保持越大的距离，为它留下越大的空间去自主解决问题。

读完此节高度思辨的论证之后，我想起“御手洗”处“香喷喷”的大理石地面。又想起自己苦苦钻研而始终无法了悟的艾青的一首诗和土琵琶伴奏的《游击队之歌》。

随着政治、法律世界的“废除”，我们同时“废除”了哲学、诗意的世界。

5

如果思维已经法律化了，已然在不知不觉间僵化了，那么，纵使掌握了车载斗量的“法外”知识，也绝难跳出法律一隅的局囿。所谓“跨学科”不过是伪“跨”，装点门面而已。

6

太多的法律学者奉法教义学和实证主义为圭臬，并言之凿凿曰“朝向现象本身”——法律不就是一种现代性现象吗？其逻辑和潜台词是剥离加诸法律身上的伦理、道德、政治、历史等一切非纯粹（尤其“意识形态化”）的元素。对此，我只能说，他们或许读过胡塞尔的《欧洲科学的危机与超越论的现象学》和张祥龙的《孔子的现象学阐释九讲》，但其方法论绝对是对现象学的误用。

7

社科法学与教义法学的差别，是五十步与五十步的差别，是五十步与六十步的差别，抑或是五十步与五千步的差别？

量变和质变的临界点在哪里？

与数学和音乐领域存在神童不同（数学家哈代如是评价拉玛努金的早逝：“一个数学家到了三十岁已经是比较老的了。因此，他的死也许并不像表面上那样是一场灾难……”），社科研究者和学术思想大师往往到了晚年才大放异彩。

艺术领域也是如此。一代摄影大师尤金·阿杰特四十岁时才拿起相机拍摄忧郁的巴黎（说“巴黎的忧郁”亦未尝不可），木心五十岁以后才写出成熟的诗。

8

切莫忽略苏力、冯象、刘小枫和汪晖四位学术大咖的共同背景——文学。

苏力当年是爱写诗的“文学青年”。冯象一直对《史记》《神曲》《共产党宣言》情有独钟。他说：“理论作为信仰，其真正的成功和诗歌、小说是一样的，也在于打动读者的情感、良知，进而支配他的想象力。”并将主要精力用于《圣经》的重译、注疏和解说。刘小枫和汪晖皆是文学（美学）出身，皆是俄罗斯文学的忠实拥趸，汪晖更是从鲁迅研究一步步拓展至现代性、艺术、边疆、帝国和国际法等领域。

他们只是文采好？不少学者这样认为。

当然可以这样认为。但也有人说汪晖的文字佶屈聱牙、晦涩难懂。

文学等同于文采？不少学者这样认为。

当然可以这样认为。但也可以反过来说他们对文字和文学无感。

文学是感性的代名词？不少学者这样认为。

当然可以这样认为。但也可以反过来抨击他们已沦为理性和实证主义的囚徒。

9

理性打了一个又一个哈欠。

理性睡着了才好。总有睡着的时候。彼时，感性、直觉和文学“三位一体”地鸣叫了。

10

可怜的“囚徒们”熟背鲁迅的散文名篇《秋夜》，却没有意识到先生家后园的两株枣树，一株是理性的，另一株是感性的。大学者、大作家、大思想家从来都是两条腿走路。这原本只是个常识，然而常识的匮乏却成了当下学界的精神症候之一。

感性（直觉）和理性（社科）的完美结合——伍尔芙称之为“雌雄同体”。

伍尔芙说，“任何纯粹的单一的男性或女性，都是致命的；你必须成为男性化的女人或女性化的男人”“任何创造性行为，都必须有男性与女性之间心灵的某种协同，相反还必须相成”。

11

可怜的“囚徒们”爱读书，却不求甚解。他们知晓“上帝的归上帝，凯撒的归凯撒”之类的名句，于是大胆将自己喻作飞翔在上帝与凯撒之间的蝴蝶，却没有意识到上帝是一只蝴蝶，凯撒也是一只蝴蝶，而蝴蝶本来就是蝴蝶，也只想当蝴蝶。

12

不求甚解也无甚不好，据说陶潜正因为不求甚解才成了大诗人。

然而，有智者告诉我，陶公的“不求甚解”与彼等的“不求甚解”迥异，它是看透了宇宙的混沌、模糊和偶然性之后的超然，并非不去追求现象背后的本质——与体系化的哲学家惯用的本质概念不能画等号。有人说，致力于体系化的思想家和反体系化的思想家一样诚恳，尼采对学院派的成见也忒深了。然而，只有真诚是不够的，有些成见亦有反复提及的必要。

13

法学界的“法律与文学”运动（尽管不算文学，也不算法律）——我钦佩极了。问题是，能否把《秋菊打官司》改编成莎士比亚式的戏剧？或者，改编成芭蕾舞剧也不错。

14

伍尔芙说：“转瞬即逝的美，像刀锋的两面，一面惹人笑，一面惹人恼，将心切成数块。”

哪一位大师、哲人的心灵不是被矛盾修辞法苦虐过千百遍，被双刃刀锋剁成千百块，才终于越过河，跨了界？比如说那出身平凡得不能再平凡、演过几个蹩脚角色、渐悟成了佛、以返乡绅士和放高利贷者身份结束此生的莎士比亚。

15

以莎士比亚为例，单单他的一部不太重要的《威尼斯商人》，就做了政治学家、法学家、历史学家、社会学家、文学家、犹太族研究专家和移民研究专家刀下的肉。

卓越的创作家和优秀的评论家（研究者）、一流的被阐释者和一流的阐释者（如荷尔德林和海德格尔）皆不可或缺。

不是每一个学问家都想（能）成为现时代的柏拉图，不是每一个立法者都有承继梭伦和拿破仑伟业的抱负，不是每一个写作者都具备文体的自觉，世界正因为多元才变得更美好——尽管在很多时候，多元让现实的世界变得更糟糕。

16

在做出经典贡献之前，谁也不敢自称天才。

有没有天赋、有何种程度的天赋、能否认识到一己的天赋、能否发挥一己的天赋、发挥至何种程度，都是亟待省思的话题。

17

社科研究能力是可以培养的（倚赖日益成熟的学术规训体制），文学感觉（直觉）却只能靠自我培养。

“夕阳无限好，只是近黄昏。”美哉！

然而，对此绝不应以恬淡闲适的心态轻易打发掉，否则，就永远无法感悟“观古今于须臾，抚四海于一瞬”的时空美学，无法体验“昼短苦夜长，何不秉烛游”的悲戚，更无法产生与李商隐为邻、与宇宙为友的欢欣和绝望。

18

在已经“但开风气且为师”的师长面前，在已然成了一座山——并非不可逾越，但比较艰难——的师长面前，如何开辟新的领域（和方法）、创造新的可能？如果只是细化、深化、拓衍师长已经开辟的领域（和方法），还称得上合格（优秀）的学生吗？

19

或有弟子曰：“有吾师在前真乃一大不幸，如果早生二十年、三十年，老师目前的地位肯定就是我的了。”

说这种话意义何在，于事何补？

面对数不清的前辈（尤其是牛顿），爱因斯坦如果亦作如是想，那他永远也成不了爱因斯坦。

“吾爱吾师，吾更爱真理”当然不能只是说说（很多人真的只是说说，或抱着“大树底下好乘凉”的心态），那需要“弑父”的大无畏勇气，需要做好被逐出师门的心理准备，更需要如来一般的睿智眼神和比大马士革刀还锋利的尖刀。

不是每一个动不动就说动刀子的人都像我一样毫无戾气。

20

尼采正是在人生的不同阶段先后悖逆了语言学家李奇尔（求学时的导师）、大哲学家叔本华（第一个灵魂导师）、大音乐家瓦格纳（第二个灵魂导师）和“创世”的上帝，才成了不合时宜的，同时也克服、超越了时代的尼采。当然，他疯了——此最为学界庸人、俗人、真诚之人所津津乐道。

21

假若“成了”的代价是“疯了”，还有几人一往直前？

海德格尔说，疯掉是“有情的上帝”对尼采肉体的保护，否则唯剩下自杀一途。

不过，疯掉和死掉也没什么区别了。

22

永恒的人和事物并不属于必然和目的王国，他（它）们是沉入黑魆魆的自然和自在王国中寻索自己影子的纳喀索斯之镜，诚如卢梭所言：“我愿意自由地生活，自由地死去。”如果一个人愿意自由地生，自由地死，他就一定能做到……“这说的什么话，搞个学术研究，谈什么死不死、疯不疯的！”有人打断我。

是啊，何不平凡而幸福地活着，何必正襟危坐地谈生论死？尽管，人终究是要死的；尽管，死亡和复活是有效的拟喻——不是有本国的圣人说过“昨日种种，譬如昨日死；今日种种，譬如今日生”？不是有异邦的文豪写过名为《复活》的经典小说（其实是哲学）？

跨越几不可登的高山，
闭上被浮云遮蔽的双眼，
真理和死亡，同时出现在面前。

23

相较于主流的专业化研究范式而言，跨学科是有风险的（在此须对一切跨学科研究表达最崇高的敬意），跨好了是大家（为数寥寥），跨不好就成了杂家，更多是杂而不成家。

“只会说风凉话，你也来跨界（学科）试试？”

“菩提本无界。”

如此答复有一种貌似超脱的虚假意味、故作高深的诡辩嫌疑。

24

杂家的名声和美誉度远远不如专家。这也佐证了何以部分聪慧或曰狡黠的跨学科研究者往往只围绕少数议题展开跨学科“深描”，而非致力于真正的“大跨度”。然而，如此做，有可能偏离正轨，距离跨学科的初衷越来越远。

不忘初心和返璞归真从来是说易做难。木心说：能做的事只是长途跋涉的返璞归真。

25

在面包、葡萄酒、牛奶和蜂蜜日益丰裕的现时代，在学术日益工业化（八股化）的现时代，严肃的诗歌创作是否有可能，诗意的学术写作是否有可能，充满激情（而非滥情）的卢梭式写作是否有可能？

作为人类的观察者和研究者，如何才能保持清醒的头脑，避免堕落为气喘吁吁的学术赛跑者？（尼采：“一旦加入到当代艺术气喘吁吁、神经兮兮的赛跑中去，他们中究竟还有多少人能保持一个战斗的文化个体的沉着、勇敢的凝视呢？”）

假如意识不到“以问题意识为中心”的局限，不能与时代保持（或曰拉开）更大的距离，不能自觉地直接与宇宙万物对话，不能以大无畏的气魄改造僵死的文体，是否会一不小心就堕落为尼采鄙夷的“中国的施特劳斯”？

26

如果既想真诚坦率地予人忠告，又希冀避免显得狂妄，惹人不快，需要采取怎样的修辞策略？

是不是可以这样说——如果真诚地爱一个人，就必须饱含深情地攻讦他？

虽说做不了苏格拉底，但可以做牛虻。

27

卢梭的告诫：人生而自由，却无所不在枷锁之中。

之于当下的学者而言，唯有打破学术的枷锁才能首先解放自己，进而解放学术。

28

在日益专业化（它意味着单调、枯瘪甚而无聊）的学术范式面前，跨学科是一股清流，却显得不合时宜。

对跨学科的质疑是否也会变得不合时宜？

真诚的思考者是否正在不合时宜的气氛中变得越来越不合时宜？是否必须直面高尔基在革命之后一度深陷的窘境？

29

无论如何，跨学科研究者是当代中国学术和思想群体中最可爱的人。

套用高尔基的话："这些人尽管有其各种缺点，但却是俄罗斯在其漫长的艰难而畸形的历史上创造的最伟大的群体，这些人过去是，现在仍然是我们国家真正的头脑和心脏。"（高尔基《不合时宜的思想》）

无论如何，我保留为民族天才鼓掌的权利。

30

无论如何，我保留为自己祭悼的资格。

既然所有的人最后都不可避免地变成污泥、尘埃和宇宙粒子，还有什么不能释怀的？

夜深了，我看到一个幽灵，不合时宜的幽灵，在地球上空徘徊……

不是波斯纳和查士丁尼，不是马克思和斯密，不是荷马和博尔赫斯，更不是我和你，是谁呢？

31

“长夜将至，我从今开始守望……”

不错，唯有守夜人才能迎来一个又一个黎明。

跨学科研究不是蓬头稚子，而是三十而立。没有什么比而立的青年人和大师的髭须更性感的了。

哲学家与华夏法律家的对话

我曾无数次想象哲学家与华夏法律家对话的场景。可能发生在李耳与韩非、董仲舒与张汤、王通与长孙无忌之间，也可能发生在霍布斯与包拯、边沁与宋慈、柯克与张之洞、霍姆斯与沈家本、施米特与董必武之间。对话的内容无所不包，涉及自然的法、理性的法、主权权力、术和势、刑罚与赦免、圆形监狱、衡平法、正义、法典、一般管辖权、变法、民权学说、血亲关系、感化院、礼制、制宪、法权、传统、守护者、巡回法庭、善意占有、土地契约、威斯特伐利亚和约、朝贡、核弹、空间等。他们整日整夜地讨论，反复辩驳，有专门的秘书负责记录，整理出来的文字比《盐铁论》《白虎通义》《永乐大典》《牛津法律大辞典》加起来还要多上几千倍。国家图书馆辟出专门的地下室用于珍藏它们，无数个书架组成复杂的迷宫。如果不带着指南针、貔貅和十字架，即使是最渊博的博士（如孔颖达、浮士德、哥德尔、葛兆光）走进去也会迷失其间。我在地下迷宫的入口处反复徘徊，忧虑一旦跨过门槛，强烈的好奇心和坚韧的毅力将使我无法回头。这时，耳边响起两位我已经忘了他们名字的哲人在不同时期说过的原理相通的话，“辩论说服不了任何人”“大音希声，大象无形”。我终究没有迈出那危险的一步。我为自己的睿智感到庆幸，毕竟，不是每个人都能将有所不为贯彻到底。我又为自己的胆怯感到羞愧，只能自我安慰道：如果说天堂是图书馆的模样，那么，地狱肯定就与地下迷宫相差无几。

空间、城市和法律

1

如果一项关于空间的研究，既无法涵括空间的诗学，又无法容纳诗学的空间，则我们有必要质疑其存在的正当性（“正当性”经常被窄化为“合法性”）。

空间不应被规范，也无法被规范。

学术空间在众多空间之中，即便不是微不足道，亦属不甚重要的一种（遑论法律学术空间），它并不必然意味着体系、逻辑、文献、注释、研讨、论证、商榷、反驳、期刊和发表等诸如此类的东西。

2

规范空间的冲动：想和宇宙较劲？敢和宇宙较劲？

帕尔西法尔的临时结论：“世界的核心是空虚，在宇宙里移动的事物的原则就是虚无的空间，现存的一切围绕着不存在而构成，在格拉尔的底部就是道。”（伊塔洛·卡尔维诺《命运交叉的城堡》）

一切结论都是临时的。一切礼法也都是暂时的。

3

东方的道，西方的逻各斯；西方的道，东方的因明学——大不相同。

可东西纬度是一样的啊，南北之辩跑到哪里去了？成吉思汗的后裔似乎没有意识到，布宜诺斯艾利斯的二月份是夏天，早晨异常炎热。

道可道，非常道——在语词和话语统治的时代不落言筌似乎是不可能的，隐居在地下室废纸堆中东欧小国的大作家“把美丽的词句含在嘴里，嘬糖果似的嘬着，品烈酒似的一小口一小口呷着”。（赫拉巴尔《过于喧嚣的孤独》）

如果没有饮过烈焰般的伏特加，没有见识过俄罗斯大地和俄罗斯文学空间的辽阔，是否有资格和权利抨击俄罗斯自古以来就充斥着沙皇式的温柔暴力（特有的双重性，二律背反），距离法治国家十分遥远？

一个“精神无限自由”“流浪着寻找上帝之真”的国家（俄罗斯人的弥赛亚意识），最鄙夷的恰是小市民习气和大资产阶级的法权逻辑。（尼古拉·别尔嘉耶夫《俄罗斯的命运》）

4

道是博尔赫斯推崇（或曰杜撰）的阿莱夫。

“阿莱夫是希伯来语字母表的第一个字母。”“阿莱夫的直径大约为两三厘米，但宇宙空间都包罗其中，体积没有按比例缩小。每一件事物（比如说镜子、玻璃）都是无穷的事物，因为我从宇宙的任何角度都清楚地看到。”（博尔赫斯《阿莱夫》）

我在阿莱夫中看到了一切，唯独没有看到我自己。

难道因为阿莱夫只属于犹太人？

数千年来，饱罹迫害的犹太人一直都了解阿莱夫的秘密，都能在阿莱夫中看到自己，直至成功地建国。

如果误解和曲解了流浪的哲理，还有资格为立法者写诗吗？

5

空间是想象力的展开。

一个人如果想回应想象力提出的种种问题，“就必须忘掉他的知识，摆脱他所有的哲学研究习惯”。（加斯东·巴什拉《空间的诗学》）

法律人的“诗性正义”，往往有“正义”，无“诗性”。

约翰·罗尔斯在每次课后被莘莘学子鼓掌相送（直至他在走廊中消失不

见），那是因为他课讲得好，而非因为学子们读过或读懂了他的不知所云的《正义论》。

“无知之幕”的空间假设不符合天道人情。

可如果不进行假设，一切理论都将失去立足的基石。

阿基米德同“经验”的地球玩起了“先验”的跷跷板。罗伯斯庇尔同工具性的法律玩起了血腥的游戏。

诸神虽渴，却不会茹毛饮血——那是人类的专利。

6

城堡，浪漫空间也。

小说中的人物不断在同样的梦中反复惊扰作者。骑士的荒唐、贵妇的痴情和群烛的红泪（十八世纪，法国大革命之前）。昆虫在一旁偷听的昆虫学研讨会——并非二十世纪特有的闹剧。我抱着昆德拉的短篇小说集睡着了。

城池，军事空间也。

从十三世纪的襄阳到1453年的君士坦丁堡。

每一块长城墙砖都裹葬着一个普通士兵的灵魂。尤瑟纳尔为图拉真感到惋惜：“他白白地浪费了一个冬天去围困哈特拉城。该城是一座几乎坚不可摧的要塞，位于大沙漠之中，对它的围困造成了我军数千名将士的死亡。”（玛格丽特·尤瑟纳尔《哈德良回忆录》）

出于军事防御的需要，我国古代某些时期将“城门不相对，道路不直通”作为建城的设计原则。

城邦，政治空间也。

原谅我至今都没有读完薄薄的一册《雅典政制》。理由是，我在2004年去了一趟雅典，失望至极——连废墟都如此颓废，不像是两千多年前的雅典人遗留下的。

城市，生活空间也。

法律不过是维续生活空间必不可缺的一种纠纷解决机制。法律比城墙坚固——法律家如是说。

7

城市和农村，正从对应词演变成并列词。城市未必比农村更堕落，堕落起来也未必更优雅。“优雅”有时意味着“装腔作势”——就像被滥用的引号。

那些期冀到农村（乡村）疗治精神创伤的人恐怕要失望了。毕竟，现在不再是五十年前的火热时代。彼时，讨人厌又媚俗的文学理论家、左翼斗士、喜剧演员让-保罗·萨特先生还活着。很多不该死去的人当时都还活着。

地球毁灭之前，没有谁是该死的。

8

“农村”：中性词汇。

“乡村”：因有一个“乡”字（故乡、乡愁、乡亲）而多了些许温情。巴黎也曾有过乡村时期。

国家法鞭长莫及之处，便是民间法、习惯法“胡作非为”的空间。两造良性互动？在多数时候只是法学家的一厢情愿。

不过，正因为存在张力才有了严肃活泼的性、相互折磨的爱。

9

“一个小农场可以被称作‘land’；一大片国土，如英格兰和苏格兰，也可以称作‘land’；任何一个边界可识别的区域都可以叫作‘land’。不管地理学家、诗人和生态学家两千多年来如何重新定义它，‘land’在美国法律中仍然坚持它最古老的定义，即‘任何可认为是地表一部分的特定场地（definite site），并且由法律规定沿两个垂直方向延伸’。”（约翰·布林克霍夫·杰克逊《发现乡土景观》）

和平时期，法律的功能怎么强调都不为过——“边界可识别”；定分止争。

再多的地理学家、诗人和生态学家也抵不上一个法律学家——诗人如是说。

美国之所以繁盛，源于其对“最古老的定义”的坚持。美国是没有经历过中世纪的“中世纪国家”。政治学家萨缪尔·亨廷顿指出“今日美国政治制度的独特，很大程度上是因为古老”，同时，它又是“第一个新民族国家”。

10

土地的界分（土地所有权）越明晰，律师的收入就越高。

互联网时代？“手机 + AIoT”时代？

哦，互联网是一种新型的土地（无形空间）。

土地的外延、分类一直在变化，但土地的本质不变。我们应庆幸南极、月球和火星尚无土地的界分，尚无唯利是图的律师。但早晚会有的。

律师的职业伦理从来不变。不过，有的律师会成长为伟大的政治家，而大多数律师是蹩脚的商人。

橘和枳不愿互换身份，也换不了。我经常怀疑“淮橘为枳”是搬是弄非的文学批评家虚构的神话。

11

柏拉图：土地是神，只能分配，不能买卖。

亚里士多德：务农者是最好的群众。

一种身份排序：士农工商。

我终于明白地产商的书房富丽堂皇，他们却不喜读古典政治哲学的缘由了。

不只地产商不读，很多（文科）教授也不读。

12

看得见的法律（条文）和看不见的城市（意象）。

马可·波罗的非虚构文学先是愚弄了轻信的欧罗巴人（部分欧罗巴人），

然后又欺骗了实在的中国人（近乎全部中国人）。

每个人只相信愿意相信的事——也好，比什么都不相信好。

把“相信”切换成“信仰”亦未尝不可。

一切坚固的东西都烟消云散了——不要紧，烟和云的拟喻常在——即便不是永在。

在一心一意的法律家眼中，艺术模仿生活。在三心二意的艺术家眼里，生活模仿艺术。

“这不像真的，演电影似的!”

人人都是一分钟的艺术家。问题是，一分钟之外才是生活。

13

斯宾格勒在《西方的没落》中说：“国家是一个由市民组成的集合体，法律只负责有形的人和物。直觉则在古典主义神庙中的石像里得到最终且最高贵的表达。”

理性属于市民，直觉属于石像。各安其命。

神庙里固然有石像、神谕和哲学家的脚印，但也有居无定所的贫民、野妓和流浪汉。

在雅典，最旧最破的住宅就在离卫城最近的地方。

在里约热内卢，最旧最破最密集的住宅就在耶稣山脚下。在“上帝之城”的贫民窟，法律是沉默的。里约热内卢——“二十一世纪的雅典”。

热情火辣的桑巴民族对任何褒中带贬和贬中带褒的称谓都抱以无所谓的态度。

试看今潇洒，值得频回首。

14

“龙威胁着整个城市，狮子却孤独自处。”（伊塔洛·卡尔维诺《命运交叉的城堡》）

实际上狮子乃群居动物，龙才是孤独自处。

中国龙飞到西方，即便不作恶，也不免要被圣乔治屠掉。故，还是生在中国死在中国的好。

拉丁字母、罗马军队和标准化的商品可以翻越国界、洲界。法律不能。

国际法：一种形式大于内容的东西。它唯独在服务于国际贸易时“内容大于形式”。

妄图用国内法收编国际法——帝国没落之始，盛极必衰。

15

“每座摩天大厦上都有人在变疯，所有疯子都在摩天大厦的飞檐上消磨时光。”（伊塔洛·卡尔维诺《看不见的城市》）

如果大家都疯了，即使犯了罪，也无须承担刑事责任。

如此，法律自然而然地消亡了。

如此，人类进入大同社会。

实际上，变成疯子的只是喜欢搞怪的少数人。故，法律还有存在的必要。

但我们可以少建几栋摩天大厦，降低正常人变疯的概率。反正大厦建得再高，也无缘获封“巴别塔第二”的名号。

16

迪耶·萨迪奇和海伦·琼斯合著的《建筑与民主》一书引用了丘吉尔关于英国议会大厦的雄辩：“我们塑造了建筑，而建筑反过来也影响了我们”“我们学会了不要盲目改变其外在结构，因为它们使得这个议会组织如此出色地完成了自己的任务——在英伦小岛上制止了独裁的滋生并坚持不懈地致力于消灭那些来自外部的独裁侵略者”。

“独裁”“极权”“集权”是容易混淆的概念。前两者是含义近似的贬义词，而“集权”则属于中性的政治学概念，是现代民族国家的基本特征。“今天的大多数西方国家确实是中央集权的、代议制的和以公民为本的民族国家。”（迈克尔·曼《社会权力的来源》）

17

河清博士头脑清晰地指出一个常识（并不是所有人——涵括专家精英——都具备常识，鲁迅说，专门家除了他的专长之外，许多见识是往往不及博识家或常识者的）：“民事平等和政治平等有可能实现，而社会条件的平等则是一个基于道德激情而非基于现实理性的空想，没有实现的可能。”（河清《西方民主的乌托邦》）

将城市区隔（划分）为富人区和贫民窟虽然有悖民主精神，却是不得不面对和接受的人类生存境况。日益严重的两极分化令人忧心忡忡，智慧时代的到来未必能缓和这一困境，遑论彻底解决。切实可行的办法，或许是重新思考、设定、规划建筑与生活方式的关系。

18

日本建筑设计师山本理显在北非小城休达发现了生机勃勃的民主精神：“所有北非的伊斯兰城市都是迷宫。每前进一步，就会看到不同的景象。这个地方太让人眼花缭乱了。步行走过这些地方，你几乎就可以感觉到城市的呼吸了。它们是一切可能的大杂烩，所有的公路、过道、小广场、公共饮水地、商业街都凑在一块，纵横交错，有时候行人稍不留神就被引入清真寺。”

绝对的社会民主（和平等）是不可能实现的乌托邦，然而可以无限趋近。秉承这种精神的山本理显幸运地成了北京某个现代街区的设计者，将在日本行不通的理想在中国实现。必然乎？偶然乎？

一切偶然只是必然，一切必然也不过是偶然。

如果你到汴京（开封）来旅行，一定要到大梁门以东喝碗地道的羊肉汤，否则，待老街拆完以后，就不复原来的味道了。

19

日本是岛国，却不懂海洋，总想爬上邻近的大陆。聪慧的兔子不吃窝边草——何况不是草，是带刺的玫瑰。

英吉利是岛国，懂海洋（不爬上邻近的大陆），但依旧无法改变“日不落帝国”日薄西山、气息奄奄的宿命。

日本：海洋之中的“陆地”。英吉利：视海洋若陆地。

德意志：哲学上的成熟恰与政治上的幼稚成正比——政治上其实不存在成熟幼稚之分，只存在意志的较量。

20

“岛屿的人民比大陆的人民爱好自由……”（孟德斯鸠《论法的精神》）

“世界历史是一部海权对抗陆权、陆权对抗海权的斗争史。”（卡尔·施米特《陆地与海洋：古今之“法”变》）

可是，大陆法系（国家）和海洋法系（国家）既不像法学家所陈述的那样只具形式的差异性，也不像政治学家所夸张的那样势不两立、泾渭分明。

水固然能灭火，火亦能熬干、烤干水。

试图解释一切的哲学（如相生相克的五行哲学），有时不免显得牵强附会。现代儒生自信过头了——他们做不到像卡尔·施米特那样，将触角延伸至网络和技术的空间秩序。

21

1835 年，三十岁的托克维尔发表《论美国的民主》（上卷）。在此书结尾部分，他神奇地预言到一百年后美俄两国的命运：

“美国人的征服是用劳动者的犁进行的，而俄国人的征服则是靠士兵的剑进行的。”

“为了达到自己的目的，美国人以个人利益为动力，任凭个人去发挥自己的力量和智慧，而不予以限制。而为此目的，俄国人差不多把社会的一切权力都集中于一人之手。”

“他们的起点不同，道路各异。然而，其中的每一个民族都好像受到天意的密令指派，终有一天要各主世界一半的命运。”

22

在《历史的地理枢纽》一文的文末，麦金德终于谦虚地承认自己是以“一个地理学家的身份来讲这番话的”。故而，他对近代史开端、地缘政治、世界岛的看法，可以不予置评。

23

孟德斯鸠说：法律与土壤、气候有着密切的关系。

又说：法律与货币、贸易有着密切的关系。

又说：法律与人口有着密切的关系。

又说：法律与宗教有着密切的关系……

立场不够鲜明、没有侧重点的论说，等于什么都没说——这是百科全书式学者不得不接受的嘲讽。

当下的危机是，百科全书式的学者越来越罕见了。

通识教育解决不了教育解决不了的问题。有人以为能。

24

有时，我喜欢玩（大家觉得）无聊的拆字游戏（我认为有趣）。比如说，把“政”字拆成“正”和“文”，把“党”（黨）字拆成“尚”和“黑”（中国圣人说“君子不党”），把“群”字拆成“君”和“羊”（屈原诗“鸷鸟之不群兮，自前世而固然”）。但我对奥斯丁、哈特、麦考密克等人的分析法学和弗雷格、罗素、卡尔纳普、塔尔斯基等人的分析哲学毫无兴趣。维特斯根坦是一个例外。

鲁迅的白话文写得好，不仅因为他留学日本期间读过拜伦、雪莱和裴多菲的诗，还因为他特意跑到东京，亲聆国学大师、革命导师章太炎讲解“小学”的精髓（为此旷了藤野先生的课）。

25

维特斯根坦："牢记好的建筑给人造成的印象，因为它表达了一种思想，它使人想以某种姿态作出反应。"

怎样的反应？兴致勃勃地拥抱它、亲吻它吗？

爱一栋建筑、一本书、一种思想，就必须冲进它沉重的肉体，然后再出来，或可成佛。

26

紫禁城的黄昏和凡尔赛宫的黄昏不是同一种黄昏。

但两座宫殿的共同点是显而易见的：突显至上皇权；法令滋彰的源头；埋藏了不计其数然而并不值得探听的秘密；致力于代数之"数"与几何之"形"的统一；"无垢者"（以前）和背包客（现在）的聚集地。

27

杰里米·边沁设计的环形监狱，让囚徒时刻感觉自己处于被监视状态。杰里米·边沁把环形监狱描述为"一种新形式的通用力量"。

菲利普·约翰逊设计建造了玻璃屋。

贝聿铭设计了玻璃金字塔。

三人不愧为杰出的现代生活设计师，早早地预见被监视状态和大数据时代的降临。

28

本雅明："巴黎危机四伏，永远处于六月革命中……由于脱胎于大革命的熔岩，巴黎具有其他地方不可比拟的繁荣艺术、时尚以及节日气象。"

对本雅明来说，城市充满悖论，是个无法一语道明的地方，它有时显现出诱惑力（自由和自我实现），有时则具有威胁性（压迫、混乱）。

城市中的社区对内是温馨的所在，对外则具有排他性。

对生活在大城市的中产阶层和小市民而言，法权意识变得前所未有地重要。在拥挤的地铁人流中，固然能看到多样的面孔、丰富的机会，但也会感到自己前所未有的渺小，微不足道。蝼蚁会不会有同感？会不会觉得自己像人一样荏弱可怜？

29

关于城市的一种分类：专制的城市、特定宇宙观主导的城市、集体的城市和远看像苍蝇的城市。

30

卡夫卡打开城堡的法律之门，逐次审判门外等候进入天堂的忧郁亡魂。

31

中世纪早期，地中海从“罗马湖”蜕变为“穆斯林湖”，罗马从“皇帝之城”蜕变为“教皇之城”。

一千多年过去了。

未来废除形同虚设的教皇（制度）？——当然不可能。教皇（制度）正因为形同虚设反而有可能万古长存。

32

中世纪早期，城镇是主教的管辖范围。“城镇居民丝毫也不享有特权地位。他们生活其下的制度是习惯法的制度。城镇居民中包括骑士、农奴和自由民，他们与城镇之外的同类人的区别仅在于他们是聚居在同一个地方。中世纪的市民阶级将要享有的特别法和自治，这时还找不到任何痕迹。当时的文献中用来指城镇居民的 civics（公民）一词仅仅是地形学上的一个名称，不具有法律上的意义。”（亨利·皮雷纳《中世纪的城市》）

中国法律界的某些人常常在不经意间神化了欧洲中世纪城市的“特别法”、“自治”地位和“公民”一词，并将之视作现代欧美法治的起源，进而得出结论曰："黑暗时代并不黑暗。"

"黑暗时代"确实并不黑暗，那是因为有耀眼的火光照亮了天空——是热情的但丁在焚稿（他的中国化身是"杜甫 + 林黛玉 + 黄仲则"）——《神曲》：一本怎么也烧不完的书。

须对"公民"一词进行一番知识考古，但切莫变成新的"文化市侩"。

而今，"公民"一词已具备法律上的完整意义，但"公民"一词依旧首先是，并将一直是地形学上的一个名称。

33

赛博空间的一个房间的地面上积满了灰尘，横七竖八地躺着网络、黑箱、平台和基础设施的"尸体"。站在门口的博士轻轻摇了摇头，身后是深不见底的悬崖。

34

"低收入住宅区成了少年犯罪、蓄意破坏和普遍社会失望情绪的中心""中等收入住宅区则是死气沉沉、兵营一般封闭""那些奢华的住宅区试图用无处不在的庸俗来冲淡它们的乏味""而那些文化中心竟无力支持一家好的书店"。（简·雅各布斯《美国大城市的死与生》）

这说的是二十一世纪的某座城市吗？是的。

如果东方（城市规划和建设，以及其他种种）只是简单地复制西方（很不幸，正在进行），便也称不上真正的东方。

一切试图跨越地理、文明和种族的模仿都注定是表面的。

35

我不愿做强者的帮凶（或帮闲），亦不愿（像萨义德那样）为沉默的弱者呐喊。

因为我知道，弱者也有强悍暴戾得令人恐惧的时候，也有转变为强者的时候。我愿替他们各挨五十大板。

36

撒冷（Salem）：旧约城名，亚伯拉罕时代麦基洗德在此为王，意为“和平的城堡”或“和平的基础”。犹太人认为“撒冷”即“耶路撒冷”，约瑟弗斯曾说古时“撒冷”乃“耶路撒冷”的简称。（梁工主编《圣经百科辞典》）

吊诡的是，围绕“和平的城堡”发生的战争数不胜数。圣战、俗战、酣战、苦战、冷战、热战、明战、暗战……反正一直战下去，无休无止。

命名即反命名。

“和平的基础”是人类消亡吗？那是人类不乐于见到的。

37

印度的庶民、流浪汉、路边妓女和贫民窟问题。国家共识和治理合法性的丧失。

印度电影《流浪者》（1951 年）。大法官拉贡纳特信奉“血统论”哲学：“好人的儿子一定是好人，贼的儿子一定是贼。”

颇似中国俗语“龙生龙，凤生凤，老鼠生来会打洞”。

在电影中，大法官拉贡纳特受到了命运的嘲弄，然而“血统论”哲学在印度社会根深蒂固。印度式平等：种姓内的平等、阶层内的平等——最起码在我的想象中是这样。想象有时比真实更真实。

法律和投票式民主解决不了印度的贫民窟问题，解决不了社会平等问题。乌合之众参与的噩梦。

印度建筑设计师和社会运动家贾伊·森称城市贫民窟是“意外之城”，是繁华城市中的“另一座城市”，前者依赖它，又不愿坦白承认它，时刻想淘汰它，但又不得不发展它。

尽管贫民窟的存在有颇多好处，但我依然祈望住在富人区。

38

勒·柯布西耶设计的罪恶乌托邦——反城市的“垂直城市”（“花园城市”）：毋庸再为个人想法而奋斗，也不再为责任所羁绊，人变成了高架桥上的无人驾驶汽车或高层住宅窗台上的塑料盆栽。

39

中国经师向往的美好乌托邦：“以《禹贡》治河，以《洪范》察变，以《春秋》决狱，以三百五篇当谏书，治一经得一经之益也。”（皮锡瑞《经学历史》）

美则美矣，只是委屈了足以媲美《奥德赛》的三百首抒情诗和几位在水一方、清扬婉兮的佳人。

40

法律学者何时能主动地适当关注一下土地测量、角度测量、绘图技术、托勒密、经线仪和区域研究等方面的知识？

41

亚历山大·冯·洪堡认为，地理学必须论及环境，地理学者必须经由旅行和野外工作去分析问题。

此处的“地理学”换成“法理学”亦是可以的。不，必需的。

42

有一篇关于中国人移民美国加州的博士论文。作者拉采尔，一位 1844 年出生的德国人。

有骨气的、正在美国或德国一流大学留学的来自中国的博士候选人，须以“美国人移民法兰克福研究”——而非以“当代中国的法律地理学”或

“《括地志》研究”——为题写出洋洋洒洒的三十万字博士论文，才有资格和底气阅读拉采尔的书。

我终于明白何以泰西文明能在 1840 年大大方方地撬开“天朝”的国门了。

43

拉采尔说：“一神教是沙漠环境自然形成的，因为在此气候区的夜晚，显然可见完整的天空；而多神教是热带雨林的自然结果，因为人们常看到破碎的天际，不可能了解统一性。”

循此逻辑，则无神教民族从未看到过天空。荒谬乎？人们有时对太过荒谬的事情并不感觉荒谬。

44

柏林墙倒塌了——只是柏林的一堵墙倒塌了而已，与“资本主义民主的胜利”或“历史的终结”无涉。还是地理学家持论客观：“无论东方或西方，国家政府组织的理论正当性皆依赖于国民经济的成就以及能确保其全面性繁荣。”（保罗·克拉瓦尔《地理学思想史》第四版）

政治理论家虽也论及“绩效合法性”，却总是遮遮掩掩，觉得它比不上“政体合法性”似的。菲律宾照搬美国政体，却并未实现善治。只是看上去很美是不行的。

柏林墙的倒塌一度限制了法律人本就贫乏的想象力。

德国统一了，是因为德国人想统一了。恰如谁也无法阻挡白蚁在人类统治的地盘上堆起一座黝黑色的高山。

45

排斥法律的沙漠帝国：

“我们有权杀人。受伤与杀戮似乎是转瞬即逝的痛苦，我们的生命既短暂又痛苦。生活的悲苦既已如此强烈，惩罚就必须冷酷无情。我们过一天算一天，随时可能丧命。当惩罚人的理由和欲望产生时，我们立刻以枪或鞭子将我们的教训写在倒霉鬼的血肉之躯上，这种案子可没得上诉。置身荒漠间，无法采用法庭与监狱这种文绉绉、温吞吞的刑罚。”（汤玛士·爱德华·劳伦斯《智慧七柱》）

法庭、监狱竟然还有不被纳入暴力体系的地方和时候！

46

帖木儿尽管具有超人的个性，却未能突破成吉思汗的法权体系。“帖木儿王朝的史诗，虽然在种族上是突厥的，但是它仍然是蒙古史诗中的一部分。”（勒内·格鲁塞《草原帝国》）

47

黑格尔的《历史哲学》谈历史谈得不怎么样（充满了日耳曼式的傲慢与偏见），谈宪法却令我钦佩得五体投地。他说，一个民族采取的宪法同其宗教、艺术和哲学是同一种精神，而外在的力量（如气候、邻国）不可避免地对它施加种种影响。他还说，世界各民族在极盛时期采取的宪法，乃是它们特有的东西。

或可说，最好的宪法学家都是业余的。

48

军官手中的皮鞭在年轻囚犯陀思妥耶夫斯基的背上和笔下开了花。这位可怜的囚犯除了不停地给哥哥写信，索要各种能看的书籍（“给我寄来一本《古兰经》、康德的《纯粹理性批判》，如果有可能通过非官方途径转寄，那就一定要寄来黑格尔的著作，特别是黑格尔的《哲学史》”）之外，就是期望离开西伯利亚，哪怕能调到高加索也好，尽管那里也是萧瑟之地，但毕竟留有人民诗人普希金的体温。

49

通往西伯利亚的刑罚之路、奴役之路和救赎之路上铺满了俄罗斯文学的厚棉被。

50

“我杀死的是一只可恶的、十分有害的虱子，一个对任何人都没有益处的放高利贷的老太婆，一个穷人的吸血鬼，杀了她可以赎四十桩罪行，这也算是犯罪吗？我可不认为这是罪行，也没有想去赎罪。”（陀思妥耶夫斯基《罪与罚》）

人怎么可能是虱子呢——人的体积那么大，虱子那么小。

高利贷不是可以救急吗？试想想啊，除了收那么一点点利息的高利贷者，谁愿意借钱给走投无路的穷人呢？

竟然认为杀人不是罪，还对自己的罪行毫无悔恨之意！一意孤行的拉斯柯尔尼科夫活该被流放到西伯利亚做苦役，没判他绞刑立即执行简直是天大的仁义了。一位无可救药的虚无主义者，极端自私自利之徒。《唯一者及其所有物》的作者麦克斯·施蒂纳的拙劣信徒！对于这样一个苦役犯，纯洁美丽的索尼娅竟然爱上了他，主动前去陪伴他，这样的男人值得付出和牺牲吗？尽管她天天向他传播福音书的福音，并乐于把七年（他服苦役的年数）视作七天，却永远也想象不到，杀人犯拉斯柯尔尼科夫的心里依然在谋划拿破仑式的罪孽。

51

是陀思妥耶夫斯基把文笔优美的《秘鲁征服史》（普雷斯科特著）推荐给我的。这部信史详略得当地记载了最后的印加王阿塔瓦尔帕被西班牙殖民者皮萨罗审判、绞死——差点是被“烧死”，只因他接受了基督教洗礼才得以避免这一严酷的方式——的过程。“尽管皮萨罗怜悯他的俘虏，他不能拒绝将他交付审判。”皮萨罗之所以怜悯冷静、优雅、忧郁、仁慈的印加王，只因这位印加王曾慷慨地把帝国财富分给了他这个看似羸弱的外来者。是呵，怜悯待人若己的敌人的最佳举措就是把他送上被本民族精英和士兵视作文明象征的法庭，而不是一刀将其砍死或送上一粒快意的子弹。

王者之死与普通人的死亡无甚不同——即便葬礼不合常规或隆重异常，即便有嫔妃或女人愿意为之殉葬。

王者永远是王者，假若是真的王者。总有某位深情的历史学家为他掬一把辛酸的泪。

52

塔的命题

巨大的金字塔，在埃及或阿兹特克。
一旦靠近、触摸，便不再神秘。
福楼拜领略和暗示过的教训，
巫师、祭司和魔法师被关进近乎完美的石牢，
压抑的空旷感，无可反抗的命运。

从迪拜塔上俯望，能看到近处的巴基斯坦乞丐、远处大海的澎湃和天地终极的荒芜。

黑面纱、神法和神的文字，
竞相朝未亡的旅者扑来。
他感觉到血液的激动，
他知道自己已经深陷命题的迷宫。

53

阿拉斯加有阿拉斯加犬，有冰雪幻境，有驯鹿香肠，有新鲜鲑鱼，有看海的老人，有舒适的海滨小屋，有联邦法院的巡回法庭，就是没有让总统先生头疼不已、八十多岁了还离家出走的“敌基督者”。

54

海盗船的“成文法”（当然，还不存在成文法），主要从四个方面规范海盗的行为：

船长和船员对财宝的分配体系；

船上生活的规定；

作战中负伤人员的奖赏制度；

对违反规定者的惩罚。

每一个登船的人都要签署书面文件（类似《五月花号公约》），通常是签在《圣经》上（神义论语境下的社会契约），以示其同意遵照执行的意愿。（蒂姆·特拉弗斯《海盗的前世今生：海盗史》）

55

一位被俘的海盗对亚历山大大帝说：“我是用一艘小船去争夺海域，人们就把我称为海盗，而你凭借巨大的舰队征服大海，人们则称你为皇帝。”奥古斯丁感叹道：“如果正义消亡了，那么王国除了是大的海盗团伙还能是什么？所谓的强盗团伙不就是小小的王国吗？如果强盗团伙发展到占领土地和城池、签订合约以及征服民众的程度，那么它就等于是一个名副其实的王国。现实让这一点变得非常明显，不是因为消除了贪婪，而是由于它的所作所为越来越逍遥法外。”（奥古斯丁《上帝之城》第四卷）

这让我想起“窃钩者诛，窃国者诸侯”“圣人不死，大盗不止”和“名不正则言不顺”的古训。

“如果正义消亡了……”问题是，正义和奥古斯丁试图定义的时间一样是无法定义的。

高雅的分类：分配正义与矫正正义、一般正义与具体正义、家室正义与政治正义——世上最多情的人，莫过于故作高深的法理学者。

航空母舰出现后，作为集体现象的海盗在一夜之间消失了（仅存的零零星星，成不了气候）。毕竟，再坚韧博大的海盗精神也绝非小型轰炸机的对手。航空母舰、轰炸机和海商法的时代不再需要黑胡子、红胡子、项羽、关羽、圆桌骑士、亚历山大和萨拉丁的骑兵。

56

希腊城邦的理性、民主和法律。“城邦的法律与君主的绝对权力相反，要求国家行政机构和精神创造全都‘交出账目’，它们不能再把某种个人威信或宗教威信的力量强加于人，而必须通过论证的方法来证明自己的正确性。”（让－皮埃尔·韦尔南《希腊思想的起源》）

可是，追求纯粹极端民主的结果是，城邦主权被亚历山大的铁骑踏得粉碎。

民主、法治（法律）与“绝对权力”并非截然对立的关系。何况，除了宇宙是绝对的之外，没有什么是绝对的。无原则地拔高民主，肆无忌惮地攻讦“君主权力”，要么是出于偏见和不可告人的目的，要么是理想主义的幼稚无知（看不到历史合理性和现实合理性）。前一种可憎，后一种可怜。

最大的公共广场装得下多少公民？存在实质性辩论的空间和可能？

放到今天，苏格拉底只是大学机构养起来的闲人，最多被送至精神病院（和荷尔德林、尼采为伴），断不致被判处死刑。现代民主政制尽管存在种种弊病，但依旧比古典民主健康，比古典民主民主。

现在的问题是，“现代的苏格拉底”何时诞生？

57

城邦在东方的政治格局中没有位置。在中国的政治思想中，“没有一星半点城邦的概念”，商人和商人协会“从来没有获得过在西方那样的重要地位”，“城市实质上只是帝国宪政网络上的一个节点，而且在城市的理想中没有任何一点自由的意味”。（杰弗里·帕克《城邦——从古希腊到当代》）

然而，自由不仅与法律有关，更与空间有关。法律未必能提供真正自由的感觉（大部分公民只是依循常识生活，对法律可能是弱感或无感的），古典时代的帝都（如盛唐长安、北宋东京、奥斯曼帝国的君士坦丁堡）和现代的超级都市（如纽约、伦敦和深圳）则能轻易地做到这一点。

盛唐长安：“九天阊阖开宫殿，万国衣冠拜冕旒。”（王维《和贾舍人早朝大明宫之作》）

北宋东京：《清明上河图》《东京梦华录》。

奥斯曼帝国的君士坦丁堡：十七世纪中叶世界最大城市。

在现代，“为什么乡村的人，尤其是乡村的年轻人，会离开他们小小的故乡，去往大都市的中心？一个原因在于故乡缺乏空间。在年轻人看来，因为无法提供足够的工作，所以故乡在经济意义上是拥挤的；又因为对行为施加了太多社会约束，所以故乡在心理意义上也是拥挤的。经济领域的机会匮乏和社会领域的自由匮乏使孤立的乡村世界显得狭窄有限。年轻人为了工作、自由和城市的开放空间而放弃了它”。（段义孚《空间与地方：经验的视角》）

法律提供了形式意义上的自由，而帝国和大都市则提供了实质意义上的自由。将城邦概念和商人的地位问题引入对东方政治制度的探讨不仅是隔靴搔痒、“驴头不对马嘴”，而且曲解了自由的内涵。

当然，大都市拥挤的地铁和堵车的街道也会让人觉得空间狭窄、“不自由”。

58

对空间和自由的感觉，诗人与正常人略有差异。

“在海滩上两位渔夫共同拉一张网显得很自然，但是两位诗人在同样的海滩上肩并肩沉思可能是滑稽的——一个人的孤独足矣。”（段义孚《空间与地方：经验的视角》）

一般情况下，空间意味着房间。德语单词“raum”兼有空间与房间的意思。

对于诗人而言，独处是关键的，倒不在于房间的大小。女作家伍尔芙渴望的也只是“一间自己的房间”。

自杀的诗人（如玻尔兹曼——大物理学家也是诗人的一种）则感觉天地虽大，却毫无意义，蛰居其间是一种耻辱。不少大诗人意识到尘世和此世空间的有限，遂到无尽的时间中去寻找空间——结果可能是更严重的虚无感。

59

我们可以说“哪里的天使越多，哪里的自由空间就越大”，却不能说“哪里的法律越多，哪里的自由空间就越大”。当然，我也不同意“法令滋彰，盗贼多有”这样的臆断。

60

托尔斯泰愤慨地反问：“一个人需要多少土地?”

骆宾王的回答是：“一抔。”（《为徐敬业讨武曌檄》）

农奴们的回答则是：“老爷，我们是来交租的，今年收成不错。鉴于您曾亲自下地帮我们割过谷子，特意多交了三五斗。”

61

“啊，上帝，即便我困在坚果壳里，我仍以为自己是无限空间的国王。”（《哈姆雷特》第二幕第二场）

如果真的把王子困在坚果壳里，他还会这么想吗?

这当然是不可能的，小小的坚果壳装不下一个人。但是，把王子关进污水横肆、阴湿的地牢里是可能的——木心就曾受过这待遇，当时他只觉得“托尔斯泰、莎士比亚他们都跟着我下地狱了”。而有幽闭空间恐惧症的我呢？我宁愿生活在三百平方米的别墅里，哪怕不得不向“阿堵物”低头。

做诗人的第一要义是活着（不能自杀），第二要义是不要犯罪。

一旦犯了罪，进了监狱，便不可能会觉得自己是“无限空间的国王”。

62

在一个地方是合法的行动，在另一个地方可能是罪孽。

略言之，行动即罪孽。

一个地方的黄昏必是另一个地方的黎明。

略言之，黄昏即黎明。

谎言和真理都是通过类似的话语机制建构起来的。

63

章永乐博士关于威尔逊时刻与门罗主义、区域霸权与全球霸权之间关系的论辩深深折服了我。我想起他对我亲口说过陪同康有为展开的环球之旅和奇特历险。

64

阿莱夫是一个希伯来字母，是三个扭扭捏捏的汉字，是秦少游诗中的银河，是吴经熊撰著的《法律哲学研究》，是伍廷芳主持的一次改革，是北方城市和南方城市的春天，是移动的城堡和悬有空间装置的天空之城，是人类有史以来所有的哲理小说，是未来学和未来都市，是镜子里的城市（南海是紫色之镜，墨西哥湾是黑色之镜，波斯湾是红色之镜），是被地图、博览会、庙妓、战争、（马基雅维利的）曼陀罗花和（萨特的精神后裔发起的）“五月风暴”扭曲的城市，是隐在《唐律疏议》中的文字密码（它预言了帝国的命运），是藏有扎伊尔、老虎尸体和伊斯兰教法的科隆大教堂（两个容貌一模一样的撒旦在此恶斗，瑣罗亚斯德在一旁冷眼观战），是模仿《圣经》中的罪恶城市建造的城市（最终都将无可避免地变成不惧火焚的代谢装置），是人工智能和被人工智能支配的城市，是非标准的数据城和网络中的废墟，是化作泡影的“东京计划 1960”，是公元 4891 年被激光枪枪决的反乌托邦战士，是地下的杭州城和水下的巴比伦城（由一纳米长的时光隧道连通，各有五千栋大楼），是被回收的城市，是飞向索拉里斯星的城市群（其中，莫斯科已更名为塔可夫斯基，威尼斯已更名为托马斯·曼，孟买已更名为蛾摩拉）；阿莱夫是燃料和能源永远也耗不尽的宇宙城市，位于城市中心的巨型图书馆里藏有一本《新汉谟拉比法典》，共 149597870700 条法律条文，它已经孤独地等了四十六亿年，依旧在孤独地等，它在等待值得等待的注释者。

65

树，总是在中央
在环绕它的一切中央
树享用着
天空的整个拱穹

——里尔克《法语诗歌》

“毫无疑问，诗人眼中只有平原的树；他从不幻想传说中的世界之树（yggdrasil），这种单独一棵就是整个宇宙的树，它连接着大地和天空。然而，对圆形存在的想象遵照规律：既然胡桃像诗人所说的那样是‘骄傲地变圆的’，它就能够享用‘天空的整个拱穹’。在圆形存在周围的世界是圆的。”（加斯东·巴什拉《空间的诗学》）

我就是那树，而枝枝杈杈呢，是里尔克、格劳秀斯、叶芝、边沁、奥登、孟德斯鸠、茨维塔耶娃、萨维尼、帕斯捷尔纳克、波斯纳、迦梨陀娑、韩非子、鲁米、贾谊……贾谊当年却不敢这样想。

“贾生，王者之佐，而不能自用其才也。”东坡居士如是评论道。

何必成为王者之佐呢!

在卢梭所不齿的科学和艺术泛滥的时代，诗人和哲学王的事业难道不是比巨贾和政治王的事业更能杜绝追求完美国家的乌托邦倾向，更能防止公民宗教的泛滥，更能平衡理性与自由的关系，更能促进道德的改良，更能摆脱天性和个性对一己的局囿和束缚吗?

邂逅卢梭（一）

事情发生在2014年9月，地点是开封东北角的河南贡院遗址。说是遗址，但因为数次翻新，已毫无遗址的意味，称为繁华的废墟或许更合适。那是一个凉爽的黄昏，当时我正坐在附近小树林中的长椅上沉浸于《新爱洛伊丝》的美好世界："你就容许我品尝这份意想不到的被爱的幸福吧……被她所爱……世界的女王呀，让我仰望着你吧！容许我成百上千次地一读再读这封珍贵的信吧，你的爱、你的情感全都用火辣辣的词句表达出来了……"读至此，我双眼模糊了。"你好!"一句略显生硬的中文在身侧响起，打断了我的不知将蔓流至何时的思绪。我抬头，只见一位身着蓝色长裙、金发碧眼高鼻的外国姑娘正朝我微笑。"难道是朱丽……"我心想。我合上手中的《新爱洛伊丝》，看了看封面上的姑娘，又抬头瞧了瞧眼前的女孩：有点神似，但又不是。我霎时回过神来，恢复了理性，意识到她只可能是一个欧洲来的留学生。随着国家崛起、日益强大，来中国留学的欧洲面孔越来越多了。正欲问她什么事，她已主动道："你好！能交个朋友吗？我来自巴黎，卢梭、埃菲尔铁塔和阿佳妮的巴黎。"说着就大大方方地坐到我身边。"我看见你在读《新爱洛伊丝》。这本小说，我看过，不过是法文版，伽利玛出版社1979年版，这家出版社在法国的地位，类似你们中国的三联书店。对了，我叫朱丽，J-u-l-i-e，你呢?"她一边说着一边伸过手来。我下意识地握住她的手，低声道："我叫卢梭……"我不知自己当时是太紧张以致口误，还是出于自然天性的幽默感，埋伏着勾搭她的潜在故意。她无暇猜测我的心猿意马，也并不感到惊奇，好像早就知道我的名字似的。"卢同学（她似乎没有看出我的真实年龄，或装作没有看出），我是中文系的外国留学生，正在研读《左传》，有些地方不是太懂，想请你帮着解答。能把我的手暂时松开吗？我指给你是哪一段。”我这时才意识到应该松开她的手。趁她翻书的间隙（那是一个足够长的瞬间），我偷偷端详她长长的睫毛。这让我想起二十年前的初恋；让我想起班婕妤与赵飞燕的争宠、强盗席勒的爱情、重庆武隆的天坑、众神的宁静、日内瓦湖畔的一次哲学露营；让我想起亚伯拉罕拒绝踏足的捷径、侏儒射向海涅的冷箭、波斯王子的时之刃、狮心王拜见萨拉丁的场景，以及资产阶级对贵族阶级、无产阶级对资产阶级的残忍专政。我想，如果朱丽引领我前往她的神秘住处，或许我会愿意和她一起地老天荒，就像梁山伯与祝英台一样。哎，请原谅我可爱的胡思乱想，毕竟，这是一个窘困的穷诗人仅存的能力了。“找到了，是这一段，你瞧：韦曰：‘郑伯克段于鄢。’段不弟，故不言弟；如二君，故曰克；称郑伯，讥失教也；谓之郑志，不言出奔，难之也。”她读得倒挺标准，我想。还没等我说话，她又接着道：“不过，这林中的小鸟实在吵得很，要不，你去我住处吧？我在森林半岛租了套小公寓自己住。我今晨刚刚完成一篇小说的初稿，题目叫‘邂逅卢梭’，主题是‘被爱＝悲哀’，是前晚梦的记录，也想让你给瞧一瞧。”于是，我们一起走出正变得幽暗的小树林。突然，一群不知从哪里飞来的乌鸦向我们袭来，我大叫“朱丽！朱丽！朱丽！”——就醒了。

邂逅卢梭（二）

1

卢梭这个名字、这个符号，能让任何一位刚入门的或资深的法学、政治学研究者（或曰学者）联想到什么？

无外乎启蒙、人民主权、社会契约、公意、自然、平等（和不平等）、“极权主义”之类的抽象概念。

两百多年来，坊间堆满了汗牛充栋的专著、论文（还在迅速、大规模地增加），它们努力从各种不同甚至截然对立的视角来阐释充满悖论的卢梭学说，使得卢梭这位出身底层、率真的“孩子式的天才”距离日常生活和普通人越来越遥远；它们“看上去都是那么冷冰冰且毫无生气”。（恩斯特·卡西勒《卢梭问题》）

人文社科学者自以为是的理性，对得起卢梭的激情吗？

在一个理性为王的时代，如何在学术思想领域（且不谈别的领域）重觅纯真的激情？

2

卢梭是一位政治哲学家，但他首先是一位哲学家。如果一位政治哲学家只是政治哲学家，那么他很难称得上是一位杰出的政治哲学家。

人文社科学者经常忽略了卢梭诗人、作家、剧作家、教育家和博物学家的身份。

必须把卢梭看成一个不可分割的整体。这意味着，如果没有读过《论女人》《乡村占卜师》《皮格马利翁》，就没有资格谈论《新爱洛依丝》《忏悔录》《论人类不平等的起源和基础》。

卢梭除了是卢梭，什么都不是。

3

在周遭邻人不知不觉之间，一位伟大的诗哲诞生了。在邻人看来，他只是一个邻家孩子，且是个顽劣的、不太正干的孩子——自古以来每每如此。让人庆幸又无限悲哀。为谁庆幸？替谁悲哀？

4

一个人，天资聪颖的人，如果放弃文学性创作（只是“文学性”，尚谈不上是纯粹的文学），转向法政学术研究（哪怕他将来能抵达巅峰，写进皇皇学术史），是否应被视作一种自觉的堕落？

5

部分学者只对高大上的学术研究感兴趣，而诗人和艺术家对一切都兴趣盎然——读卢梭《植物学通信》有感。

6

卢梭说：“我相信，不管对哪个年龄段的人来说，探究自然奥秘都能使人避免沉迷于肤浅的娱乐，并平息激情引起的骚动，用一种最值得灵魂沉思的对象来充实灵魂，给灵魂提供一种有益的养料。”

“不管对哪个年龄段”？

在现实中，除了自认为尚不够博学的博物学家和十岁的小女孩（比如说小玛德隆——德莱塞尔夫人的女儿），还会有人对百合花、卷须、匍匐茎、冠毛、解剖针和放大镜感兴趣吗？

“自然奥秘”？

此处的自然是否涵括自然的人和自然中的人？

“肤浅的娱乐”?

和一个不爱的人做只有相爱的人才会做的事算不算?一群身着奇装异服的浪荡青年聚集在美妙的酒吧里狂舞算不算?一群正襟危坐的学者聚集在乌烟瘴气的会议室里讨论《卢梭以来的主权学说史》算不算?

7

之所以偶尔读“坏书”(不够好的书)是为了比较,进而甄鉴好书的好,更是为了警醒自己不要写类似的“坏书”。

8

疯子、抑郁症患者、爱挑剔、极端自私自利的家伙、孤僻、被迫害妄想症患者、好走极端、诲淫小说家……这些对卢梭的评价,暗示了他怎样的精神病因和心理机制?

看来,必须对遭“百科全书派”同侪极度同情又极度嫉恨的卢梭进行精神分析;最好由弗洛伊德亲自来做这项工作。可惜的是,这位奥地利大学问家的精力都用于陪伴娇妻爱女和研判陀思妥耶夫斯基的精神问题上去了。不要紧,反正卢梭也属于“卡拉马佐夫家族”的成员。“在谈到新的内心世界取代旧的内心世界时,卢梭最为接近陀思妥耶夫斯基的创新,比如,用现代虚弱的自爱和虚荣来取代美德和邪恶。”(詹姆斯·伍德《陀思妥耶夫斯基的上帝》)

在这个均衡的世界上,既存在被神化、也应该被神化的圣家族,也存在被误解、本不应被误解的“吸血鬼家族”。

9

早熟的易早夭,如海子、兰波。熟的程度因此有限。

大器晚成——晚到什么时候,还来得及成吗?

最好是成于中年。但丁四十二岁开始写《神曲》。卢梭在三十七岁那年才倏地意识到自己非凡的写作才华。

10

1762年，卢梭在给法国图书总监马尔泽尔布的信中回顾了他的“第一篇论文”（《论科学与艺术的复兴是否有助于使风俗日趋纯朴》）奇妙的诞生过程：

“我去探望当时被关押在万森纳监狱中的狄德罗。我把一份《法兰西信使报》放在衣兜里，以便在路上有时间就看看。我突然看到了第戎科学院提出的那个问题，我的第一篇论文就是由这个问题引起的。如果有什么东西能使人产生突然的灵感的话，那就是我在看到那个问题的时候心中产生了震动：我突然感到心中闪现着千百道光芒，许许多多新奇的思想一起涌上心头，既美妙又头绪纷繁，竟使我进入了一种难以解释的思绪万千的混乱状态。我觉得我的头昏昏沉沉，像喝醉了酒似的；我的心怦怦直跳，连呼吸都感到困难，甚至边走边呼吸的力气也没有了，只好倒在路边的一棵树下。”

“只要我还活着，一想起那一刹那之间，当时的情形便如同刚刚在眼前发生。”（卢梭《一个孤独的散步者的梦》）

这让我想起摄影大师布列松对“决定性瞬间”的捕捉，想起蒲宁小说中反复出现的“瞬间—永恒”的爱情模式（尤其是《在巴黎》《鲁霞》《林荫幽径》，蒲宁以之对抗生存的无常和荒谬），想起几年前的一个夏季，在新乡的一间风情宾馆里，我被木心的《文学回忆录》猛然击昏、幡然醒悟的瞬间——原来真有醍醐灌顶这回事！原来真有天赋这回事！原来真有灵感这回事！灵感不来时，纵然千呼万唤亦不出来；灵感到来时，一切都是那么欢畅而自然。

然而，“这篇论文的思想真的来自一刹那间的灵感吗？”

“如果让－雅克没有作为政治思想家的深厚素养，即使他当时有那么一阵灵感，也是写不出那篇文章的……如果只有火花而无柴薪，则火光便无由产生。”李平沤（《论科学与艺术》的中文译者）如是自问自答。

一个人的精神巨变，一个超级灵感的诞生，往往是禀赋（智商、情商和悟性）、学养（知识储备）、性格（是否敏感）、心力（毅力若何）诸因素综合作用的结果，很难用言辞准确表达。而且，灵感并非是纯然被动、只能消极等待的，还可以是主动出击、积极捕捉的。

冥思的诗人不一定非得走出书房，成功的摄影师却必须走出庭户。或走向人头攒动或昏暗冷清的大街，如斯蒂格利茨、尤金·阿杰；或走向硝烟弥漫的战场，如罗伯特·卡帕；或走向具有史诗气魄的大峡谷，如安塞尔·亚当斯。

当然，卢梭的灵感只有卢梭才有。不过，做不了卢梭还可以做康德（康德如是想）和歌德（歌德如是想）。

11

这里的人不了解我，我们相互把对方视作野蛮人。

12

如果想获得几位贤者（涵括已经逝去的贤者）的好评，就不要再期望能轻而易举地赢得名流、才俊和公众的赞许。反之亦然。

13

读者是唯一的上帝，不是吗？

为时代的抑或未来（超时代）的读者写作，是任何一位作者必须首先考虑的问题。可惜很少有作者斟酌这一问题。

上帝是最好的读者，不是吗？

14

我们放纵自己被美好事物的外貌所迷惑。

而这样做，恰恰在无意间缔造了最哲学的行动——康德说过，我们永远认识不了“物自体”。

15

我杜撰了几行文字，偷偷塞进《钦定版圣经》的注释之中，等待解经者辨识真伪、发掘大义。

16

卢梭在《论科学与艺术》写道：“政府和法律为结合在一起的人们提供安全和福祉，而科学、文学和艺术（它们虽不那么专制，但也许更为强而有力）便给人们身上的枷锁装点许多花环，从而泯灭了人们对他们为之而生的天然的自由的爱，使他们喜欢他们的奴隶状态，使他们变成了所谓的‘文明人’。”

想一想现今的（各地争先恐后建设的）艺术中心、歌剧和音乐剧表演、咖啡馆（小资情调）、美术馆（中产阶级的附庸风雅）、时尚生活馆、科技体验馆、电子游戏、传媒影视、“鸡汤文”、畅销小说和滥情的读书栏目，恰如卢梭所评论的：“在我们的风尚中流行着一种邪恶而虚伪的一致性，好像人人都是从同一个模子中铸造出来的……谁也不敢表现真实的自己。”问题在于，他们可曾意识到存在一个真实的自己？

卢梭后来又在《论科学与艺术》的注释中补充道：“君王们总是喜欢看到那些徒耗钱财而无实际用途的浮华的艺术品在他们的臣民之中广为传播的……臣民们每给自己增加一种需要，就给自己身上多增加一条锁链。”

其实这也是君王加到自己身上的一条锁链。因为君王也是臣民——王道、欲望和统驭术的臣民。

在互联网和人工智能时代，智能手机提供便捷、制造需要，让我们心甘情愿地放弃隐私，给自己套上了甜蜜的锁链，不知不觉间成了“温水中的青蛙”。叔本华所言的人在欲望无法满足的痛苦与欲望满足后的无聊之间的跷跷板状态或将彻底终结，因为欲望满足之后的欢喜劲尚未过去，新的欲望（和需要）已经被制造出来，且较易获得满足（因此不存在挣扎的痛苦），这一过程在相当长时期内将处于不断的生产和再生产之中。

即使变成“温水中的青蛙”也毋庸焦虑——温水将一直是温水，我们不会被烫死，而是像青蛙一样寿终正寝（或意外死亡）。

17

卢梭的苏格拉底主义：对柏拉图的苏格拉底学说的戏剧模仿。

如果一个人只是像苏格拉底一样赞美无知，而不是像卢梭那样改变无知状态，便没有资格自诩为苏格拉底主义者。卢梭：“苏格拉底绝不赞成充斥我们各个地方的书愈来愈多，而且，正如他已经做过的那样，他将只把他一生行事的记录和美德留传给他的学生和后人，作为对他们的教育。”

如果一个人（如李耳、孔丘）成了苏格拉底之前的苏格拉底主义者，无疑称得上是真正的苏格拉底主义者。《道德经》第三章：“是以圣人之治，虚其心，实其腹，弱其志，强其骨。常使民无知无欲，使夫知者不敢为也。”

如果一个人没有读过柏拉图的苏格拉底学说（因此没有为披着诡辩外衣的修辞所污染，乱了心智），或许有可能成为真正的苏格拉底主义者。中世纪“七艺”，修辞、语法和逻辑占其三，却没有培养出胜过苏格拉底的智者。相比于苏格拉底的述而不作，阿奎那既述且作，境界已然差了一层，至于之后的阿奎那主义者，更不必多言。

18

“在我们这里，苏格拉底也许是不会饮鸩而死的，但他将从一个更加苦涩的酒杯里尝到嘲笑和轻蔑，其痛苦比死亡还大一百倍。”（卢梭《论科学与艺术》）

故，之于苏格拉底，饮鸩而死实在是一件幸福的事。相比于卢梭（和极其讨厌苏格拉底的尼采先生）生前遭受浅陋者的嘲笑、轻蔑、诅咒，苏格拉底不是要幸运得多吗？

苏格拉底宁愿被毒死，亦不愿逃亡。这一逸闻已然被现今庸俗的法治主义者解读为苏格拉底先生乃守法的典范。可苏格拉底先生那时已经七十岁了啊，鬼门关近在咫尺，假若他只有四十岁呢——彼时色诺芬十一岁，柏拉图只有两岁，都尚未投入门下做他的学生——则唯有像但丁一样逃亡、流浪。哲人心里明白，死像生一样，是一件大事，不能在不该死的时候无端地死掉。

如果人到了四十岁还不得不品尝苦酒，那就二话不说，喝吧！最好是自斟自饮。总比饮鸩而死强。

19

在卢梭学说盛行——盛行往往意味着“被滥用”——的现时代，只有反卢梭，才有可能变成真正的卢梭主义者，恰如在卢梭活着的时候，只有坚定不移，甚至无原则地站在卢梭一边，才称得上真正的卢梭主义者。

20

我的文章所谈论的，并非一件关涉民族兴衰的大事，而是尽管空玄却不无教益的哲学原理。

21

卢梭的意义不在于他的结论（不比一个现代法律系本科生的见识高明多少；卢梭在各种教科书、哲学史和政治哲学史中恰恰变成了结论式的存在），而在于他文采飞扬、撼动人心的论证过程，在于他论证过程中随性泼洒的一行行警句箴言，在于他看似显白的语句所集纳的无尽韵味（他本质上是一个会写小说和政论文的诗人），在于他高超的笔法、写作技巧和刻意为之的矛盾修辞，在于他激情或平静的智慧，在于他超越世俗智慧的普鲁塔克式英雄主义的德行伦理。

22

把一个个偶像变成了昨日黄昏，终于迎来了专属于自己的今日黎明。

23

必须跟着感觉走。否则，怎么可能“喜欢赤身裸体搏斗”（卢梭语），就像在雅博渡口与天使摔跤并得胜的雅各一样？

必须拒绝跟着感觉走。否则，就会“热衷于社会流行的事物、表面渊博的历史知识以及各种转瞬即逝的享受，而忽略了对抽象、永恒和深沉的对象的追求”。（黑格尔语）

问题在于，感觉不一定愿意跟人走（这种情形挺多），也不一定能被希望拒绝跟着感觉走的人拒绝（这种情形更多）。

24

可以偶尔制造无聊的作品来玷污自己，但只能出于无心。

可以趋时媚俗，假如能同时趋五十年以后的“时”、媚五百年以后的“俗”。

可以在鸡毛蒜皮的小事上浪费风流才华，假若能暂时缓解紧张的神经，逗心灵沉重的自己一笑。

25

“把图书馆留给敌人，把匕首留给自己。”凶狠暴戾的哥特人卢梭对慈眉善目的绍兴人鲁迅如是说。

26

“战役的胜利并不等于战争的胜利。要取得战争的胜利，将军们必须有一套高于打赢某一战役的战略才能。”（卢梭《论科学与艺术》）

这一句顶得上整座马奇诺防线。我大胆推测，炮兵学校时期的拿破仑对此句肯定烂熟于心。否则，当时年仅十七岁的他怎会在日记中感叹自己在人群中多么孤独：“在世人中间，我一直是孤独的。”就像晚年卢梭所言的：“我如今在这个世界上已孤零零地孑然一身，除我自己以外，既无兄弟，又无亲友，也没有可与之交往的人。”（卢梭《一个孤独的散步者的梦》）

1762 年，《社会契约论》在阿姆斯特丹出版发行。其第二卷第十章发出预言：

“欧洲还有一个很可以立法的国家，那就是科西嘉岛。这个勇敢的民族在恢复与保卫他们的自由时所具有的豪迈与坚决，的确是值得有一位智者来教导他们怎样保全自由。我有一种预感，总有一天那个小岛会震惊全欧洲的。”

1768 年，热那亚共和国被迫将一直谋求独立的科西嘉岛转让给法兰西。

1769 年 8 月 15 日，在科西嘉岛的阿雅克肖诞生了一个名叫拿破仑·波拿巴的男婴。

1778 年 7 月 2 日，卢梭在巴黎附近的埃尔默农维尔庄园病逝。

两人的生命有九年时间的重叠期。《周易·乾·文言》曰：“乾元用九，天下治也。”可天下（世界）并未因两人的到来实现大治，反而变得更加躁动不安。据说，拿破仑在卢梭墓前悄悄说过：假如我俩不曾来到这个世界，那它一定更安宁。

你怎么知道他是悄悄说的？若非悄悄地说，岂不是要惊扰沉睡中的卢梭吗？

卢梭何曾沉睡？伟人有沉睡的权利吗？

十七岁的拿破仑在日记中写道：“一个人要能够驳倒卢梭，只靠美德和爱真理，是做不到的。”

靠什么？拿破仑用一生来回答这个问题。

1794 年，卢梭死后十六年，其遗骸从维尔湖中的白杨岛迁至先贤祠，身旁就是和他吵了半辈子架的阿鲁埃（伏尔泰）。他不得不接受游人的拜祭、瞻仰、亵玩。一百年后，他的伟大思想和浪漫灵魂乘坐大洋轮，转道日本，来到了战乱中的、被拿破仑喻作“睡狮”的中国。

27

先贤祠里的诸多亡魂，固然是优异甚至卓越的亡魂，却也只配给有脚臭和口臭的卢梭提鞋子，尽管他们不愿为卢梭提鞋子，卢梭也不愿让他们帮自己提鞋子，甚至主动帮他们提鞋子。

28

伏尔泰攻讦卢梭的智慧——纵使有一天《风俗论》《哲学通信》《路易十四时代》的作者被世人遗忘，那么，作为卢梭论敌的伏尔泰先生仍旧彪炳史册。

难道不存在另外一种可能，即《社会契约论》的作者被世人遗忘，而作为伏尔泰论敌的卢梭先生仍旧彪炳史册？

若真系如此，则伏尔泰先生不仅从未曾敌视过卢梭，相反，他是太爱卢梭了，以致试图通过攻讦他而让他留名于世。然而真相是，一个天才攻讦另一个天才，无损于两人都是天才。而那些攻讦过卢梭的庸才和卢梭嘲讽过的庸才，早已“尔曹身与名俱灭”，湮没于巴黎地下的臭水沟里了。

29

既是毒草，又是解毒的药草。大思想家是这样。

解读大思想家的顺序是：中毒——从中寻索解毒的药草——自己变成解毒的药草。

30

与其做一个蹩脚诗人或二流数学家，不如去做一个大银行家或互联网公司的大佬。

问题在于，蹩脚诗人从不以为自己蹩脚（尤其是他还兼任诗歌学会会长），而二流数学家总怀着一颗变成一流数学家的烂漫之心。

31

对于那些拥有禀赋而不具实用技艺的年轻人，假如他有一个有钱的老爹，可以劝他从事文学事业。假如他没有一个有钱的老爹，千万不要告诉他，从事文学这一行，不如当 CEO（首席执行官）挣得多。

32

晚年卢梭回到了巴黎。

最先前去拜访的里涅亲王怕惹他不高兴，没敢通报真实姓名，只说来请他抄乐谱。亲王说，他走出卢梭家门时感慨万千：“这所破破烂烂的房子，只能算是个老鼠窝，谁知却住着一位天才。”

想及卢梭的天才，想及卢梭的多舛命运，想及晚年卢梭竟然住在“老鼠窝”里，靠抄乐谱为生（为了保持独立性，他先后拒绝过法王和英王提供的年金），我哭了——在一百四十平方米的房子里哭了，哭得真诚而做作。我庆幸自己没有住进“老鼠窝”，庆幸自己像老鼠一样默默无闻地活着。

33

卢梭：“为了学者们的利益而设立那么多机构，反而模糊了科学研究的目的，使学者们为搞科学研究而搞科学研究。”

循此逻辑，则绝大部分科研机构（大学、研究所和研究中心）均应被取缔，而为数众多非原创非顶尖的科学家、学者则应被驱逐——卢梭简直太刻薄了！或者说他没有意识到，随着物质财富的日渐丰裕，现代社会有能力以体制化的方式供养一些无用的闲人，何况他们并非无用——假若缺了他们，谁来教导和规训社会运行所需的基本智识人才呢？卢梭的极端精英立场在此暴露无遗。这还是倡导“人民主权学说”的卢梭吗？他还称得上是民主的辩护士吗？

34

卢梭：“由于有了活字版印刷术及其广泛的应用，霍布斯和斯宾诺莎的那一套危险的胡言乱语便可以永留后世了。”

如果霍布斯和斯宾诺莎也只是胡言乱语，那么，成千上万研究霍布斯和斯宾诺莎的学术专著、论文又算得上什么？关于“胡言乱语”的“胡言乱语”？一本正经地胡言乱语？又如何评价大诗人博尔赫斯对这两位哲学家

（尤其是斯宾诺莎）的偏爱？一位春风得意的年轻学者告诉我，他因在《哲学研究》杂志发表一篇《霍布斯与现代政治哲学方法论的奠基》，获得所在单位三万元现金的科研奖励——“比卢梭‘第一篇论文’荣膺的奖金还多哩！”我犹豫要不要恭喜他。

既然除了极少数研究霍布斯和斯宾诺莎的专家，人们已无暇亦不愿阅读晦涩的《利维坦》和《神学政治论》，那么，让卢梭愤愤不平的霍布斯和斯宾诺莎的“胡言乱语”，还称得上是危险的？答案只能是“NO！NO！NO！”

谁来探究一下印刷与大众民主、印刷与学术民主的负面勾连？

35

一个人，只要心灵稍微丰富一点，就可以同时是经济社会领域的民主主义者、文化上的精英分子、政治领域的保守主义者和艺术上的极端分子（或曰破坏分子）。

36

有人问哈里发·奥玛，怎样处置亚历山大城的图书馆。

哈里发·奥玛回答道：“如果图书馆里的书有违反《古兰经》的言论，那它们就是坏书，应当通通烧掉；如果它们包含有《古兰经》的教义，那它们就是多余的，因此也应当通通烧掉。”总之，除了神之言（神圣的经典），其他的书应通通烧掉。

对任何一位诗人、作家、学者而言，如何避免自己写的书被烧掉、自己发表过的言论被遗忘？除了把自己纳入诸神的行列之外，似乎没有别的有效办法。

37

诸所谓高等民族“唯一的神”注定只能是“诸神之一”，因为诸高等民族都有本民族“唯一的神”。

38

所有的神都只是一个神，因为“神”只是一个字，尽管它在万花筒似的人类语言中存在多种拼法。

39

风俗的败坏首先威胁的是政治审美观的纯洁性——尽管将“审美”一词用于政治领域饱受非议。唯有彻底走出政治领域，才有可能将政治审美化，恰如只需适当跨出学术领域，即可将学术纯洁化。

40

在崇尚尊重别人的时代，自己要尊重自己。

41

曾经的幼稚：之一，以为能在伦理学著作中发现真正的心灵；之二，把有学问的人想象成天使似的人。

42

允许他人质疑、提问，但必须按照自己的思路去解答。

43

我欣喜地观察着自己的诗集在不为人知的情景下神奇地诞生。

44

讨嫌惹厌的哲学家：“傲气十足地轻视别人；他只爱他自己……在他看来，什么家庭呀，祖国呀，全都是空话：他既不是任何人的亲友，也不是公民，也不是凡人，他是哲学家。”（卢梭《〈纳尔西斯〉序言》）

45

对并不热爱学问的人，我不劝他攻读博士学位；对热爱学问的人，我也不劝他攻读博士学位，但乐观其成。

46

我们固然有所失，但也有所得。我们丧失了天真和良风美俗，但也得到了科学、艺术、法律、通商贸易、奢靡的享受、充满人情味的治理技术以及经由最新技术联结起来的不必面面相觑却更加有机的社会关系。

47

“思虑过多，只能使人痛苦而不能使人变得比原来好或比原来聪明……”

这一条最起码不适用于道出此句箴言的卢梭。“思虑过多”尽管使卢梭痛苦，却也使他变得更好、更聪明。

48

难道因为没有系统研读过施特劳斯的《论卢梭的意图》和刘小枫的《设计共和：施特劳斯〈论卢梭的意图〉绎读》，就没有资格对卢梭的“第一篇论文”品头论足、说三道四，发些真挚感言了吗？

49

蒙昧同理性、启蒙、异议、成见、树冠中的飞鸟和射向飞鸟的子弹一样，有其存在的正当性理据。

50

自然人（和自然状态）与政治共同体并非反义词，亦无需对它们一直存在的裙带关系进行设定、发明和“再发现”。

51

“人民一旦习惯于某种主人，就再也不能脱离他。”（卢梭《论人类不平等的起源和基础》）

同样，主人一旦习惯于某个奴才，便很难再脱离他。结果是主奴越来越相似（恰如长期共同生活的夫妻越来越相似），最终完全同一了。由是，有统一而无对立，主奴辩证法不再成立。不得不承认蒙田关于习惯、孟德斯鸠关于习俗观察的准确性。

52

在两种空气之间是真空，不适宜人类生存。

53

我将选择一个立法权属于具有真实意志和决断能力的立法者的国家作为我的祖国——我已经非常幸运地生活在这样一个国度了。

理智也告诉我们，祖国是不可选择的，因为每个人都注定诞生在一片被叫作 motherland 的地方。法律身份可以改变，但血统和精神血脉不可更改。

54

宪法是体现“人民公意”的条款，“对于国家全体成员无不具有拘束力的根本法”“这些根本法之一规定着负责监督执行其他各项法律的官员的选任和权力。这种权力可以包括维持宪法所需要的一切职权，但不能涉及宪法的变更”。（卢梭《论人类不平等的起源和基础》）

也就是说，宪法授予的权力只能维持而无权变更宪法。

从共同体稳定性的角度考量，宪法不可随便动摇。而从民族习性和人心（既包括统治者的，也包括被统治者的）易变得懒惰的特性来看，宪法也很难被随便动摇。一项看似全新的立宪改革可能只是换了碗汤而已。制宪权的惰性——既然人类有维续生命、习惯和惰性的本能，作为公意结晶的制宪权为何就不呢?

55

虚荣心是一个可爱的敌人。对于十七岁的卢梭和二十一岁的曾国藩来说尤其如此。

56

卢梭:知行分离的恶棍。但他毕竟成了唯一的卢梭啊,而且是道德立法者卢梭,让边沁既羡慕又嫉恨的卢梭。

当有人问我对他遗弃五个孩子的看法,我只能环顾左右而言他。

我为那五个被遗弃的孩子感到悲哀(他们长大后竟然不知自己是卢梭的孩子!);我为卢梭旺盛变态的情欲感到悲哀(旅店洗衣女仆黛莱丝该受多少冤枉罪啊!);我为他生活的时代没有发明“优思明”感到悲哀——即使发明了,卢梭也未必买得起,想到此,我又忍不住悲哀起来。

57

卢梭说:“法律一般来说是弱于情欲,只能约束人而不能改变人。”

法律由于历史悠久而变得神圣可敬,爱情持续太久则只剩下争吵、平淡和回忆(情欲不可能持续太久)。

58

在我眼里只有平凡的人,因为我也是一个平凡的人。

我曾渴盼权势和名望,幻想出人头地,但在搞清楚权势、名望、出人头地这些词汇的含义,并意识到其代价是“终日惶惶”“生活在他人的意见之中”,只能把自己生存的意义寄托于“别人的判断”之时,我便决定拒绝浮华的欺人的外表,尽量保持“人类的原始状态”,哪怕只能做一个平凡之人。

59

卢梭："他们一认识了统治的快乐，便立即摒弃一切其他的快乐。"

强烈的统治欲乃是统治者仅存的美德。

60

"一个孩子命令着老年人，一个傻子指导着聪明人，一小撮人拥有许多剩余的东西，而大量的饥民则缺乏生活必需品，这显然是违反自然法的……"卢梭这样说，显然是违反现代社会的自然法的。因为，在现代人看来，自然法的内涵及其外延是随着历史和文明的演进不断予以重新定义的。

少数思想精英（如卢梭）以高高在上的姿态发表的同情广大受苦人民的意见并不能代表广大受苦的人民。是啊，除了站在无关痛痒的道德立场上进行鞭挞、同情和呼吁之外，像卢梭这样行动的矮子（尽管是思想的巨人）对改变他们所痛斥的"违反自然法"的现象又能做些什么呢？《自由引导人民》中所刻画的手握步兵佩剑（1816 式）、腰间用绍莱手帕（Cholet）固定着手枪的工人是不读，也读不懂卢梭学说的。卢梭在梦中对我说，只要罗伯斯庇尔和德拉克洛瓦读过就行了。

61

暴君的下场往往是："暴力支持他；暴力也推翻他。"（卢梭）

自由民的下场往往是：自由成就他；自由毁了他——自由若不能成就他，便肯定会毁了他。

62

看似高深的未必是哲学（哲学嗜好者以为它是真正的哲学），而变了质的灵魂却依旧是灵魂，否则，便不存在灵魂战场一说了，而《忏悔录》《失乐园》《死屋手记》《彼得堡的大师》也相应地成了卖弄廉价哀伤的文学。

63

卢梭说："在未使人成为人以前，绝没有必要使人成为哲学家。"

反过来说也是对的：在使人成为哲学家以前，绝没有必要使人成为人。

完善化的能力：人与哲学家的区别，也是人与动物的区别。但它可能意味着危言正色的堕落。

64

哲学家不太在意历史真相，经常进行一些"假定的和有条件的推理"，故而倍遭历史学家的抨击。为避免被攻击（实则避免不了），卢梭只好大声宣布："我是在探讨权利与理性，而不是争论事实。"

实证主义的历史学家从不自问"历史知识是怎样成为可能的"以及"历史知识理论的合法性程度"。

历史学家是书桌上的墨西哥小瓷鹿，哲学家是（海明威和布里克森描绘过的）非洲大草原上的长颈鹿。

65

在白昼打着灯笼找人的人，既不是疯子，也不是智者，只是一个"在白昼打着灯笼找人的人"。

66

曼德维尔说：若无怜悯心作为理性的支柱，人不过是一个怪物。

卢梭揭示友谊的怜悯本质：野蛮人强烈的怜悯心和文明人微弱的怜悯心。

经常"被加班"的白领被蜜蜂不要命地蜇了一下，尽管局部皮肤麻木了，涂点药很快就会好（不涂药也没什么）。但是，若搞不懂"给养禽场涂上血迹"的情欲象征（北大教授李零："学校不是养鸡场"）、《蜜蜂的寓言》的政治隐喻和"哲学使人与世隔绝"的心理暗示，就真的无药可救了。

67

在没有洞穴、火光和影子的地方，爱欲有什么用呢？

在没有腐化、懒惰和凶恶的地方，智慧有什么用呢？

在没有人为的不平等的地方，自然的不平等又如何发挥作用呢？

68

使人类没落下去的东西，在诗人看来是金和银，在哲学家看来是铁和谷物，而在盐商看来则是政客和诗人。

69

狼和狗相互鄙视：狼不愿意做狗，狗又何尝愿意做狼？

学院出身的反学院派——兼具牧羊犬的血性和藏獒的凶猛。

脱离正轨的野狐禅——笑傲洛阳伽蓝的南怀瑾。

在争夺某某科研基金的一刹那，人与人的关系，准确地说是学者与学者的关系，就是霍布斯所言的狼与狼的关系。

70

市民法：公民的共同守则；巧取豪夺的合法化手段；防止穷人变成狼。

万民法：自然法的另一种无奈表述；隐形的丛林法则。

除了倡导永久和平的康德之外，吃“离离原上草”的山羊和吃素食的教徒也是世界主义者。

71

正因为我不是君王或立法者，我才讨厌沉默，热衷于空谈。

72

现代战争若不以理性、国际法和人道主义而以诗人的权威为准则，则其浓郁的浪漫意味不免使《荷马史诗》也变得毫无光彩了。

73

“当它是被动时，它的成员就称它为国家；当它是主动时，就称它为主权者；而以之和它的同类相比较时，则称它为政权。至于结合者，他们集体地就称为人民；个别的，作为主权权威的参与者，就叫作公民；作为国家法律的服从者，就叫作臣民。”（卢梭《社会契约论》第一卷第六章）

国家—主权者—政权；人民—公民—臣民。这是卢梭在政治哲学立场上的含糊其辞和对“三位一体”的滥用。

74

“任何人拒不服从公意的，全体就要迫使他服从公意。这恰好就是说，人们要迫使他自由。”（卢梭《社会契约论》第一卷第七章）

甲：亲爱的乙先生，卢梭的逻辑有问题啊。假若大部分人拒不服从公意呢？谁来行使“迫使”的力量？

乙：若此，则原来的公意就不再是公意了。一种新的公意诞生。

甲：可这样，公意未免过于变动不居，终尔沦落、堕落为变了味的众意。

乙：公意与众意本就属于理论层面的划分，事实上难以分得清。您未免太较真了，不过也好，唯较真者无敌。

75

当卢梭说“主权不可转让”的时候未免太自我和小家子气了。主权又不像他的头发那样专属于他，可恣意摆弄，他有什么资格说可转让或不可转让？何况，除了生命和意志主权，其他（比如治权、帽子、车子、职位、匕首、挖掘机、镜子、宠物犬、图书馆、精装版《普鲁塔克全集》）都是可以转让的。作为一位瞩目于自然和原初状态、著作等身的哲人，卢梭竟然看不透占有（物）的虚幻性，还不如不识字的火头僧慧能。

76

“对罪犯处以死刑，这与其说是把他当作公民，不如说是把他当作敌人。”（卢梭《社会契约论》第二卷第五章）

此处卢梭有把法律问题升华为政治问题之嫌——最起码，卡尔·施米特会同意我的看法。在1895年以前，贵族遗风尚存，全面战争（万国竞争）尚未到来，无论在国内抑或在国际范围内，虽然友谊变得越来越虚伪和难得，但必须置其于死地的敌人却也是不易定位和寻索的。“没有永恒的朋友，没有永恒的敌人，只有永恒的利益”（本杰明·迪斯雷利）的论断仍然是古典的，希特勒、“文明冲突论”和“例外状态”才是现代的。古典意味着血淋淋的温情，而现代意味着含情脉脉的残忍。

卢梭对政治意识的先知式敏感，预见了科耶夫精心策划的新拉丁帝国。科耶夫在《法国国是纲要》中写道，“在一个帝国已经存在的世界上，无论是维系哪一个民族性的政治实体，都将是徒劳的”“只有通过将自身置于这样一个帝国之领导者的位置上，法国才能够保持其政治上的，从而还有文化上的特殊性”。1815年，当日内瓦共和国在维也纳会议上被强制并入瑞士联邦（作为击败和侮辱拿破仑的宣示）之时，遗失了国籍的卢梭就彻底变成法兰西帝国的臣民。而在戴高乐永逝之后，法兰西的帝国梦也就此告结。欧罗巴的“特殊—普世性”帝国是不可能建成的。

77

“一切合法的政府都是共和制的。”故，法兰西共和国是共和制的，大不列颠及北爱尔兰联合王国是共和制的，清帝国是共和制的，所有因长期存在而不能不是合法的泱泱帝国都是共和制的——所谓共和，即儒家经典《礼记》所言的“天下为公”。

“新清史”的研究思路一点都不新，恰如特纳和拉铁摩尔的“边疆学说”也只是炒冷饭一样。

78

“谁给政治体以必要的预见力来事先想出这些行为并加以公布呢?”

“并不知道自己该要些什么东西的盲目的群众……”

“人民永远是希望自己幸福的，但是人民自己却并不能永远都看得出什么是幸福。”（卢梭《社会契约论》第二卷第六章）

有人从这些论断中发现了一个独裁主义者卢梭，就像他们曾经发现了一个独裁主义者尼采。想象、延伸、演绎，是他们的拿手好戏。他们一生都走在不断发现的路上，直至油尽灯枯之际才发现自己所走的只是条断头路，却也不会哭，虽悔之却不觉得晚，毕竟圣人说过“朝闻道，夕死可矣”。

79

“要为人类制订法律，简直是需要神明。”（卢梭《社会契约论》第二卷第七章）

事实是，从来没有神明愿意主动站出来为人类制订法律，倒是人类积极地制订了颇多神法，并将人法的正当性奠基于神法之上。在依据人法找不出合适的人为人类担罪之时，还可以遵循神法的启示生拉硬拽出几个女巫来，就此把人类的责任推得一干二净。

80

“一个人如果还要保存他的自然感情的优越地位，不知道自己该干什么，永远跟自己矛盾；那么，他就永远既不是人，也不是公民。”（卢梭《爱弥儿》第一卷）

既不是人，也不是公民，那是什么呢?

卢梭肯定不想做野兽。如此，仅剩的选项是做神——自我封神。这意味着神有三个鲜明的特点：

1. 自然感情的优越地位；

2. 不知自己该干什么；

3. 永远跟自己矛盾。

81

或许，卢梭只是想做一个“立法者”，否则，何必写出《科西嘉制宪拟议》《波兰政府论》呢？而立法者是类似神明的“天才”“非凡人物”（“唯有立法者伟大的灵魂，才是足以证明自己使命的真正奇迹。”），自然不再是普通的“人”或“公民”。

82

“民族庞大、国土辽阔，这是人类不幸的主要根源。”（卢梭《波兰政府论》第五章）

“一个体制过于庞大的共同体，就会在其自身的重压之下受到削弱和破灭。”（卢梭《社会契约论》第二卷第十章）

卢梭有时候只想做阿尔卑斯峡谷中的一只公鸡。

从大历史和世界体系论的视角来看，小国和帝国破灭的概率——恰如它们复活、复国或重新崛起的概率——是相同的。

83

“体制最好的国家也要灭亡的，但比起别的国家来要迟一些，假如没有意外的偶然事件促使他夭折的话。”（卢梭《社会契约论》第三卷第八章）

“我胆战心惊地发现我被投入了这个巨大的宇宙之中，迷迷茫茫不识路径。”（卢梭《爱弥儿》第四卷）

作为宇宙学家和科幻作家的卢梭，已然化身为亚瑟·查理斯·克拉克、木心、刘慈欣、雨果·根斯巴克、库布里克、霍金、帕斯卡尔中的一员。国家组织是人的作品，而人是自然、宇宙的作品。既然人类会灭亡，国家也会不可避免地走向灭亡。帕斯卡尔曾悲戚地说道：“我被抛到这个无限浩瀚的空间之中，我对它无知，而它也不认识我，我被吓坏了。”

人作为一棵会思想的芦苇，不得不直面茫茫宇宙带来的恐惧感、疏离感、孤独感和死亡感。

人作为一棵脆弱的芦苇，随时有可能被巨大的宇宙力量所粉碎。

人作为一种偶然存在，如何直面虚无感带来的精神困境？

有知识、有仁慈心的人，如何直面没有知识也没有仁慈心的“隐匿的神”？

只能如此自慰：人尚能在孤苦的存在中体验存在，在无知之中认识潜在的“知”。

84

对真正的爱人，不应把她的名字刻在大理石、铜表上或内心里，而应写进唯一的诗行。

85

“根本就没有单一的政府”，差别只在于混合的成分及比例——“混合的形式”产生“适中的力量”。这让我想起“允执厥中”“极高明而道中庸”的华夏古训。

卢梭的多变：时而主张“小国寡民”，时而推崇中庸之道。

卢梭读过老子、孔子的作品？并非没有可能，但更合理的解释或许是，老子和孔子的思想，不仅仅是老子和孔子的思想，总有一些不言而喻的真理放之四海而皆准。当然，这里指的是形而上的抽象原理，至于具体的事物，比如说政府形式，则“没有一种政府形式适宜于一切国家”。（卢梭《社会契约论》第三卷第八章）

单一制、联邦制、分封制、郡县制等，其中任何单一的制度或概念都显得单薄，将它们混搭起来才好玩（混合宪制原理），类似搭积木。

86

即使法律不再有力量，有力量的事物仍然有力量。

87

我们全部的幸福和不幸都在于（没有）认识到自己的苦难……

88

假如哲学和法律约束不了狂热主义的怒焰，那就让它燃烧一会儿吧。总会熄火的。

89

以前所未有的认真态度研读完《社会契约论》以后，我仍然对“契约”“主权”“政府”的概念一头雾水、茫然无知，却又将它们紧握在手中舍不得放下。而这，正是卢梭难以言说的魅力。

90

我们身患一种难以治愈的病。我们生来有趋恶的冲动。如果我们愿意改正，我们会得到自己的帮助。

91

偏见、权威、需要和先例，我们先极力排斥、抗拒它们，然后犹豫地迎合它们，终尔将自己的天性扼杀在抵达坟墓之前。

92

与那些品性被科学与艺术败坏的人迥异，卢梭不必“上山下乡”。因为他本就是从历史深处走来的乡下小子，经常在困闷的午夜独自攀登沉默的西奈山。

93

斯巴达人和雅典人一样，都不是世界主义者，虽然在他们国内处处洋溢着公正无私、和睦无间的精神，但对外无不是贪婪、不讲仁义的。曾经臣服于雅典人和斯巴达人的马其顿人倒一度是货真价实的世界主义者，只因他们的统帅亚历山大大帝以世界为家——尽管大帝从未到过南极，亦未涉足蛇蝎和“野蛮人”遍地的东南亚丛林。

94

分别隶属于“自由主义阵营”和伊斯兰阵营的美国、伊朗长期敌对，但它们都是民主共和国，对政治与宗教关系的定位也高度相似。民主和平论不可能消失：“共和国之间的战争比君主国之间的战争更加残酷。”（卢梭《爱弥儿》第一卷）

95

所有顶尖的政治哲学家都是一定程度上的政治神学家。

96

神学学者和法律学者普遍存在的缺陷：缺乏政治经济学视野；缺乏国际政治经济学视野。这两个缺陷对于神学学者无伤大雅，对于法律学者却足以致命——因为他们是研究法律的。

97

“政治体可以被看作是一个有生命的有机体，同人的身体是一样的。最高的主权机关好比人的头，习俗和法律好比人的大脑、神经系统、理智、意志和感觉，而法官和官员则好比人身上的各种器官，商业、工业和农业是提供食物的嘴和胃，国库的财富是血液，通过心脏的运作精打细算地把养料和

生命力输送到全身，而公民则是推动整个机器运转的躯体和四肢。”（卢梭《政治经济学》）

按照卢梭的逻辑，纯粹的、去政治化的法律思维好比没有了头的大脑……头之不存，脑将焉附？然而，卢梭的比喻并不恰切，因为在某些民族、国家有机体，最高的主权机关既是“头”，又是“神经系统、理智、意志和感觉”，而法律不过是裹在外面的一层皮肤，即使破坏了也能很快重生，并非最关键的要素。

98

卢梭说：“货币是社会的真正的纽带。”博尔赫斯道，“世上唯有金钱才是最实实在在的东西”“任何钱币都包罗了未来的种种可能性”。也就是说，金钱可能是贝壳，可能是烟草，可能是庙宇，可能是木偶人，可能是飞驰的汽车……金钱（Money）一词取自罗马女神蒙妮坦（Moneta），蒙妮坦的原型是希腊的记忆女神（Mnemosyne）。拉丁语中的“Moneta”（金钱）来源于印欧语系中的词根“men-”，“men-”的意思是动脑或思考。希腊单词“Menos”（精神、勇气和意志）和“Mania”（疯狂）来自词根monory（记忆）和moneta。Measurement（度量）来自印欧语系的词根“me-”，也和精神活动有关，而精于算计也体现了金钱冷酷的一面（参见泰德·克罗福德《金钱传》）。正因如此，商人才会自我评价为最具精神、勇气和意志的群体，才会不把政治家、艺术家放在眼里，在他们看来，政治意识是可有可无的，艺术品只要肯出高价都是能买来的。作为一个毫无穷酸味的现代书生，我在刷脸支付的年代总是回忆起少时以物易物（尤其拿小麦换西瓜和馒头）的乐趣。

99

既没有知，也没有爱，谈什么判断力的养成。

100

“在艺术界成名，和在法学界成名是一样的；正如成了法学博士就可以做官，一个人成了艺术家就可以做艺术批评家。”（卢梭《爱弥儿》第三卷）

倒是有不少人在成为艺术家之前就先做起了艺术批评家，最后做了一辈子不知何谓艺术的艺术批评家。

101

“的确，欧洲的种种学术团体都无非是一些谈论虚妄之事的公开场所。”（卢梭《爱弥儿》第三卷）

岂止欧洲如此，全世界皆然。因为大学问家的学问都是在工作室或家里做出来的，而学术团体只是供学者休憩、放松、结交编辑和标榜自己的场所。场所现象学——一门新兴学科。学科创始人是哪些人呢？

102

卢梭说：“历史的最大弊病之一是，它从人类坏的方面描写人的时候多，从好的方面描写人的时候少；由于它感兴趣的只是革命和巨大的动乱……”

这种指摘毫无道理，因为撰述历史就像拍电影，“太平政治下安定、繁荣昌盛的生活”好比平淡无奇、缺乏戏剧张力的情节，仅靠这些是不可能把观众吸引到电影院的。一个拥有敏感心灵的人，如果生活在太平盛世，只能到历史题材的电影中寻找慰藉——假如宗教、哲学和艺术还不足以慰藉他心灵的话。

103

缺乏生活经验的年轻人不适合学习法律、现代史和教条式的哲学。

104

对人类了解最深的既非哲学家，因为他们“完全是通过哲学上的先入之见去观察人的”，亦非人类学家，因为他们完全是通过田野调查的方法去观察人的。而且，他们宁愿观察近乎被遗忘的澳大利亚土著，也不愿观察更文明也更复杂的城市人……如果说“当局者迷，旁观者清”，则对人类了解最深的不可能是人类，会是谁呢？不会说话的榕树？印度尼西亚、夏威夷岛或九州岛的活火山？人类已经听不懂其语言的类人猿？观棋不语的上帝？

105

总是把追求心灵宁静放在第一位的人，是很难得到心灵宁静的。

106

“我之所以采取多凭感觉而少凭理智这个准则，正是因为理智本身告诉过我这个准则是正确的。”（卢梭《爱弥儿》第四卷）

自我否定的理智；始终如一的感觉；作为媒介的准则。

卢梭这一句简单的话就颠覆、超越了约翰·洛克的整部《人类理解论》，更别提孔狄亚克的《人类知识起源论》、皮亚杰的《发生认识论原理》、马歇尔·麦克卢汉的《理解媒介》和供职于 Facebook（现为 Meta）的数千名数学家了。

107

罗素《西方哲学史》对卢梭如是评价道，“排斥理性而支持感情，在我认为并不是进步”“自认为是改革家的人向来分成两派：追随卢梭的人和追随洛克的人……希特勒是卢梭的一个结果；罗斯福和丘吉尔是洛克的一个结果”。

罗素的哲学史个性鲜明，但偏见颇深。

毕竟，他只是一个以数理哲学见长的英国绅士，冷战思维在隐隐作祟，或可称他为“哲学界的丘吉尔”。幸好眼光锐利的维特根斯坦没有追随他。幸好我读过维特根斯坦的作品。幸好黑塞的《荒原狼》并非纯属虚构的塞外故事。

罗素有一点说得非常好（尽管依旧掩不住英国式傲慢）：“它（《社会契约论》）和《圣经》的命运一样，它的许多信徒并不仔细阅读它，更谈不上理解它。”

罗素和我一样，虽然不是《社会契约论》的信徒，却都仔细阅读过它，当然，我们的理解很不一样。鉴于罗素的名气比我大，其观点的被引率和转引率远远高于我，我不得不承认他的理解比我的理解权威。只是不知罗素先生是否意识到：当他把《社会契约论》和《圣经》并提之际，已然在不经意间拔高了它。

卢梭闲暇虽多，却不屑于写《西方哲学史》，或许在他看来，根本就没有几本合格的哲学著作值得研读、评论，而且，哲学史还是留给哲学史家去写比较好。

108

书即使写得像地球一样厚，也未必能说清楚坐井观天的道理。

109

我劝天公重抖擞，不拘一格“降伯乐”——卢梭曾经的心声，亦代表了所有骄傲的年轻人的心声。

110

“我是不愿意思考什么空洞的问题的，因为它们将扰乱我的心灵，既无助于我的为人，而且还超过了我的理解能力。”（卢梭《爱弥儿》第四卷）

与卢梭类似，三十岁以前，我也是不愿意思考什么空洞的问题的。

其实不是不愿意，而是我在三十岁以前以为自己思考的是空洞的（因此是哲学的）问题，当后来发现并非如此的时候，只好对外宣称“三十岁以前，我是不愿意思考什么空洞的问题的”。我以为会憎恨自己的虚伪和惺惺作态，结果不是。

111

卢梭：“这个有思想和能力的存在，这个能自行活动的存在，这个推动宇宙和安排万物的存在，不管它是谁，我都称它为‘上帝’。”

这句话把上帝，不，上帝的代言人彻底得罪了。

毕竟，垄断上帝属性的解释权比是否存在上帝这个问题更重要。人类史堪称一部惊心动魄的争夺解释权的历史。

112

请告诉我，向日葵在观赏太阳时会想些什么？

人比向日葵高明的地方在于：不仅会使用火，还会一边嗑瓜子一边观赏太阳——唐代大漠的夕阳。

113

卑贱的天才啊，你在滥用才能的时候，也表现得像个天才。

114

我们努力寻求一种实在的幸福，结果却遭遇了千百种快乐的灾难。

115

“由于我们忽视了影响想象力的表象的语言，便失去了语言之中最强有力的语言”，唯有通过这种语言，我们才能“说服人心，作出行动”。

由于我们过于注重“说服人心，作出行动”，便忽视了任何反复演练的修辞最后都不可避免地沦为技巧，丧失想象力。

由于想象力一不小心就会丧失，我们必须每隔一段时间就焚香沐浴，重读一遍《信仰自白——一个萨瓦省牧师的自述》《神曲》《战争与和平》，直至贝多芬的音乐在人类的记忆中彻底死去。

116

相传，凯撒死的时候，擅长公开演讲的安东尼一言不发，只是叫人把凯撒的尸体搬来，放到刻有《内战记》的石板上。

这块石板后来被雷神劈作两半，其中一半做了林肯的墓碑，另一半不知所踪——据说去补天了。

117

卢梭："有些人为了不让青年人掉入情欲的陷阱，就想一本正经地教育他，想使他对爱情产生厌恶，甚至想使他认为在他那个年龄一产生爱情的念头便是犯罪，好像爱情只是老年人的事一样……我不怕促使他心中产生他所渴望的爱情，我要把爱情描写成生活中最大的快乐，因为它实际上确实是这样的。"

木心："爱情，亦三种境界耳。少年出乎好奇，青年在于审美，中年归向求知。老之将至，义无反顾。"

钱钟书："老年人恋爱，就像老房子着火，没得救了。"

拉罗什福科："老年人的疯狂远远超过青年人的疯狂。"

青年人的爱情和老年人的爱情有一个共同点：疯狂。

疯狂的归因：荷尔蒙（青年人）和濒死感（老年人）。这进而涉及两类爱情的不同点：一个不知死之将至（无知无觉），一个知死之将至（后知后觉）。

依我说，爱情只属于中年人（最起码其中一方是中年人）。这样说过于残酷，显得不准确、不真实，而且肯定会得罪青年人和老年人，那就换个说法：荷尔蒙与濒死感夹缝中的中年人只属于爱情。

118

卢梭指出："国家的基础与家庭的基础是大不相同的，因此，一个国家怎么能像家庭那样治理呢？"也就是说，国政并非家政的简单扩大。例如，父杀子和子弑父的国政现象就基本不可能在家政领域出现。由此可进一步推断：“修身—齐家—治国—平天下”并非实证事实，而只可能是理论推演。至于“治大国若烹小鲜”，略懂排列组合原理的人知道绝无可能。卢梭：“只有上帝能统治世界，必须具有超人的本领才能治理大国。”

如果卢梭的理论前提不成立，那么，所有的理论前提都有可能是不成立的。《联邦党人文集》《常识》和试图撬动地球的阿基米德是否存在过，华盛顿拒绝参加第三任总统竞选的主流解释，雍正的死因等，对这些均应提出质疑。

119

“一个人可能成为虔诚的教士，或者勇敢的士兵，或者热心的律师，但也可能成为坏公民；某个意见对小社会来说也许是有利的，但对大社会来说则是有害的。个别社会始终是从属于那个容纳它的大社会的，所以人们应当首先服从的是大社会而不是个别的小社会。”（卢梭《政治经济学》）

即使是好公民，亦有可能将小社会的意见和利益置于大社会之上，因为小社会可能距离他很近，而大社会可能距离他比较远。好公民不等于君子——君子不党。好公民是政治概念（底线伦理），君子是道德概念（高等伦理）。某些共和主义精英提倡培养好公民的德行，实属一厢情愿，德行并非培养出来的。硬将两者掺和在一起，要么是幼稚，要么是伪君子遍地而尚不知（或装作不知）。

小社会的自私和分离倾向：“坏共和”与“好共和”的分野。“坏”的共和国，往往任由这一倾向发展，直至分崩离析。“好”的共和国，努力将这一倾向长期保持在合理范围内。为什么说只能做到“长期”？再好的苹果，放久了都不免变质——除非是伊甸园的苹果，而伊甸园的苹果也没能挡住蛇和美女的诱惑。

巨型社会如何解决这一困境——复合共和国或一体多元的尝试。在可见的将来，超越“小社会利益”（利益集团）的君主制政府或中性共和政府是一剂行之有效的良药。关键不在于采取君主政体或共和政体，而是如何保持中性——它意味着独立、超然、善意、克制、积极有为、动态均衡，等等。

120

一个人可能成为虔诚的异教徒、胆小的统帅、心灰意冷的教师，也可能成为寓言中的人物。

121

曲径通幽是暂时的，而大地干裂的诗意可能是人为的——卢梭凌晨漫步时如是想。

122

“柏拉图坚决主张在每一部法典的开头要精心写一篇表明该法典的公正和效用的序言。”（卢梭《政治经济学》）

序言比正文写得好——宪法典的常态；之于学术论著，则是例外。

123

卢梭：“捐税的征收，只有得到人民或代表的同意，才是合法的。”

税收是必要的恶，恶人不是。“无代表不纳税”的原则与宪政并无内在牵涉，倒是与革命存在莫大的干连。其中的“代表”不能等同于“议员”。

孟德斯鸠说：“按人头收税，更适合于奴役；按实物收税，更适合于自由。”

依他的逻辑，雍正皇帝推行“摊丁入亩”不仅是一次划时代的自由主义性质的改革，更是一次人性化的改革——高明的税收制度不会让纳税人感觉到“税痛”，正所谓“随风潜入夜，润物细无声”。我也想做杜甫诗中的春风和《圣经》中的税吏呀。

124

在现代，有的人，有的民族，有的国家，像十八世纪的波兰一样，“明

明身戴枷锁，却天天在谈论什么保持自由的方法”！（卢梭《波兰政府论》第一章）

125

“波兰是一个大国，但它周围的国家都比它大得多。”（卢梭《波兰政府论》第三章）

有些文学家最擅长的事就是把说了等于没说的废话说得特别有韵味。《理想国》是最著名的废话集。

126

无论如何，波兰比墨西哥幸运，没有与伟大的美利坚为邻。墨西哥谚语：“我们离魔鬼太近，离上帝太远。”波兰虽饱受俄罗斯欺凌，但好歹偶有反击的机会，比如1919—1921年的苏波战争，催生了并非波兰人写的最伟大的骑兵小说之一《骑兵军》，其作者是被誉为“文学界的扬·索别斯基”的巴别尔。只是，对波兰史陌生的美国人不知扬·索别斯基何许人也，恰如对俄罗斯文学日益淡漠的中国人不知巴别尔是何许人也一样——还是有几个人知道的。

127

“斗牛戏，在鼓励西班牙人增进他们的精力方面是起了不小的作用的……骑术是一种最适合于波兰人的体育活动，而且最容易获得观众的喝彩声。”（卢梭《波兰政府论》第三章）

当勇敢的波兰骑兵在1939年的正面战场对抗群蚁似的德意志装甲部队时，我透过历史的哈哈镜看到了斗牛精神在异邦的绝唱，只是，死的全是斗牛士，牛，毫发未伤，这与著名诗人木心不忍直视的西班牙斗牛情形不太一样。木心：“等到我去西班牙尝试风雅时，惹了一身恶俗，我居然会频拭手心的冷汗看到人牛两亡，热风吹散血腥味……”

波兰不可能诞生毕加索、卡门和佛朗哥，就像西班牙不可能是肖邦、密茨凯维奇和基耶斯洛夫斯基的故乡。

为肖邦喝彩者众，为波兰骑兵喝彩者亦众——喝的是倒彩。

卢梭说："有些国家的人民，无论用什么方法治理，都是治理不好的。"说的不只是波兰——波兰人民毋庸恼怒——任何政治不成熟的民族都毋庸恼怒。

128

一位思想比文字还糟糕的大学者有什么资格不让别人滥用"白纸黑字"这个已被批评家滥用的雅词。

129

解放缺乏主体性的民族是一项高尚的事业，但也是一项大胆、充满危险的事业，切不可掉以轻心。具备历史意识、自以为是的大国固然是现代战争的策源地，缺乏主体性、自以为是的小国又何尝不是?

波兰数次亡国，固然因为周边国家强大，亦因不自量力，动不动就去招惹它们。

天作孽，犹可违；自作孽，不可活。

"国小而不处卑，力少而不畏强，无礼而侮大邻，贪愎而拙交者，可亡也。"（韩非子《韩非子·亡征》）

130

相比于俄罗斯帝国只有一个开明的大暴君（如叶卡捷琳娜二世），波兰的问题是本应地位最高的国王形同虚设，遍地都是小暴君（"贵族"和"骑士团"）。小暴君因为小，没有能力篡夺主权（假如存在主权），但却有能力"压迫公民""肆无忌惮地侵犯公民的权利和自由"。（卢梭《波兰政府论》第七章）

思考一个问题：尽管段祺瑞、吴佩孚、冯玉祥均系家国情怀浓厚的反日将领，但北洋军阀统治的合法性资源还是逐渐流失殆尽，最终被推翻，原因何在？

131

古希腊人安提戈涅公主、英吉利人葛德文、德意志人施蒂纳、俄罗斯人巴枯宁汲汲于制造无政府主义，波兰人汲汲于制造无政府状态——在波兰，贵族的自由否决权否决了自由，这一权力的过度使用成了“流弊之中最有害的流弊”。（卢梭《波兰政府论》第九章）

132

“谁想生活得自由，谁就别当征服者，罗马人是迫不得已才当征服者的。”（卢梭《波兰政府论》第十二章）

谁想生活得自由，谁就别当被征服者，非罗马人是迫不得已才当被征服者的。

既然做征服者或被征服者都是不自由的，相较而言，还是当征服者更惬意些，食草动物就连做梦也想摆脱食肉动物的追捕……故，“迫不得已”才是狮子、羚羊和人类共存的永恒真相。

133

言已道尽依旧言，该止笔处不止笔，是满腔热情者易犯的毛病。

可是，我宁愿承受满腔热情者的误解、埋怨、罹骂甚至殴打，也不愿与深于城府的掮客为伍。

有的毛病是高贵的，恰如某些沉疴中的人。

134

在皮埃尔岛漫步冥思的卢梭是“法兰西的哪吒”。木心说，天才必然是叛逆者，哪吒是尼采的先驱，是艺术家，是武功上的莫扎特，是永远的孤儿。卢梭也是永远的孤儿，他说：“只有在这些孤独和冥思的时刻，我才回归了真正的自我，才成为完全意义上的我，我才既无牵挂又无羁绊。”

哪吒自杀，剔骨割肉还父母，再无尘世伦理牵绊。

太乙真人用莲花复活哪吒，西方的耶稣也有这个本事（他复活了拉撒路），但他显然把死去的卢梭给忘了，卢梭只好在散步时自己“复活”。

有人问木心为何出国，他答：“那是散步散远了的意思。”不是所有出国都叫“散步散远了”——大部分人不是，比如说，纪伯伦就不是。木心的《文学回忆录》不谈纪伯伦是有理据的。

我不出国，只在国内散步（就像晚年的帕斯捷尔纳克）——不必听芝加哥大学的校园枪声。

135

木心嫉妒卢梭，又有点瞧不起他。他嫉妒卢梭敢写《忏悔录》，而自己只能写回忆录，且是《文学回忆录》。

木心瞧不起卢梭的理由：

第一，“比起伏尔泰从小生活豪华，出入上流社会，卢梭出身中下层社会——成就不论阶层的高下，但气质是有影响的”。相比于卢梭，木心更喜欢贵族出身的孟德斯鸠。但气质只是此世、现世的，成就才是彼世、永恒的。气质再高贵，若没有成就也无济于事。太多出身高贵的人一事无成，也就谈不上真正的高贵了。

第二，“现在看，（《社会契约论》）不过 ABC”。可《社会契约论》的精髓不在于常识性的结论，而在于论证过程中层出不穷的好句、热情洋溢的才华（前文我曾论及）。我推测，木心没有细读过卢梭的作品，读得也不全。木心关心政治发展和经济变迁，但对它们还是有隔膜，其文欠缺史诗气质（他的部分诗歌有“微型史诗”的风范）。晚年木心认识到自己的缺陷，可已来不及完成计划中的《巴比伦语言学》和《瓷国回忆录》。人生有太多的来不及。

第三，“文学上的位置，就凭他一部《忏悔录》”“他不坦白，没有一个人，从来没有一个人，真正暴露自己，打开自己的灵魂。不可能的”“要忏悔，不要忏悔录”。卢梭既然是文学家，那么他的所有作品都只能是文学。

薄薄一本《论科学与艺术》，文学性不比《忏悔录》差。卢梭写《忏悔录》，延续的是奥古斯丁的传统，是一次触及心灵的史诗行动。其行动本身就是文学的、艺术的。“真正暴露自己”确实不可能，但也没有必要。因为“不可能”，更得注意修辞。卢梭的“暴露自己”，是一次高明的文学性伪装，就像列那狐说自己一次能吃掉六十六只鸡。

我既爱公子哥木心，又爱哲学家卢梭。

136

政治哲学家卢梭的商业心理学：“在任何一种商业行为中，总是那个最不急于成交的人说了算的。”

卢梭若不当立法者，可做沃尔玛或华为的CEO。

137

“一个大都会就是一个无底洞，它将把人民的善良风俗和遵纪守法与勇于任事及热爱自由的精神斫丧得一干二净。”（卢梭《科西嘉制宪拟议》）

这说的是当今哪座大都会，香港、雅加达、纽约、曼哈顿？

并不存在无底洞。位于格鲁吉亚阿拉贝卡山中的库鲁伯亚拉洞穴，是目前已探明的最深的洞穴。地球虽大，直径也不过一万两千多米。心灵领域也不存在无底洞，人是一种再简单不过的动物——躺在西伯利亚死堡里怀念洛丽塔的陀思妥耶夫斯基如是说。

纽约什么都不缺，就是没有卢梭式“热爱自由的精神”。1994年，长期旅居美国的索尔仁尼琴终于受不了那里简单、轻松、愉快、自由、无污染的好天气，毅然回归曾被他骂作“古拉格群岛”的祖国。俄罗斯人索尔仁尼琴深知，生在俄罗斯的他也只能死在俄罗斯。“我比死在巴黎的蒲宁幸运。”他想。

礼葬卢梭遗骸最理想的地方并非先贤祠，而是科西嘉或荣军院，反正不能回日内瓦——除非葬在那里的博尔赫斯极力邀请。

138

似乎没有人发现，博尔赫斯杜撰的对话录《一个厌倦的人的乌托邦》是献给同胞卢梭的。下面是一些断片：

“我不相信有人可以著作等身，我写了三个多世纪也只写了五六本。”

“现在谁都不受贫富之罪了。贫穷都是自甘选择、可以忍受的，而富有是庸俗的最舒服的形式。”

“我们生活在断断续续的时间内，连续性是永恒的假象。”

“语言本身就是系统的引语和隐喻。”

“宇宙航行固然奇妙，但我们早已放弃了，因为人无从逃避此时此地。”

“死去的人的塑像都没有了，是没有存在的必要了。每个人只要愿意，都可以制造自己需要的科学文学艺术。”

“新闻界的人都改行了，他们找到了新的诚实的职业。”

“自杀是一种正当权利。人可以主宰自己的死亡。”

“那是火葬场。据说发明者是个慈善家，名字大概叫阿道夫·史·罗斯福，以温斯顿公爵的名号流传于世。”

139

现代人的文章不如前人写得好，是因为：第一，不再写信；第二，只读1936年之后的白话文；第三，没有像阿基米德那样在叙拉古大街上狂奔；第四，喜欢监守自盗；第五，动不动就“檀口揾香腮”；第六，被“毒蜘蛛”迷了双眼；第七，总想“以文笔的流畅来弥补所谈论的事情的枯燥无味”。(卢梭《山中来信》)

140

卢梭告诫我：除非是为自己辩护，否则不宜放下创作而采取讲道理的方法。

“所有的哲学、分析和格言，无论它们多么深刻，在意义的强度和丰富

性上，都不能与一个讲得好的故事相提并论。”（汉娜·阿伦特《论黑暗时代的人性：思考莱辛》）

141

卢梭还告诫我：既然不得不进入以交往和行动为特征的公共领域，那就大大方方地把私人领域一块交出去。

“我本可以在我的宗教、我的故里、我的家庭和我的朋友中，过上……适合自己的个性、工作与兴趣，与交际相一致的那种生活……但事与愿违……”（卢梭《忏悔录》第一章）

142

海德格尔则告诫我：任何本真的人和事物都无法回避“肮脏的无赖”“看不见的操控”“遮蔽存在的无聊闲谈”等压迫性力量的侵袭。

143

总不能眼睁睁地看着唯一的房子、神圣的法典、仅存的趣味和冥域女神的微笑被人为的大火焚烧。

144

或许存在“虔诚的信徒”，但绝不存在“正统的信徒”。

145

“真正的宽容的目的是敦进人类的和平；真正的宽容绝不宽容罪恶；对任何唆使人们成为坏人的教条，他们是不宽容的。”（卢梭《山中来信》）

卢梭迂矣！真正的宽容是连那些罪恶的信条、罪恶的人和誓不宽容别人的人也要宽容的。

木心：“不知原谅什么，诚觉世事尽可原谅。”

146

之于英明的君王而言，盛赞他具备的美德，是多余的谄媚；盛赞他不具备的美德，则是在用危险的方式责骂。

之于昏聩的君王而言，是否盛赞他的“美德”，效果都是一样的。

明哲易，保身难。刘伯温不是被聪慧的君王或愚蠢的政敌害死的，他是被太聪慧这一身不由己的病害死的。

147

为大众所不齿的恶行极有可能是乔装打扮的美德。

148

不宜简单地下结论说：太平盛世往往以牺牲艺术的独创性为代价。

曹雪芹不也写出了《红楼梦》吗?

149

艺术裁判有时比宗教裁判更严酷，因为后者迫害的对象是骨肉凡胎的异教徒，而前者迫害的对象是直谅多闻的时间。

150

卢梭：“只要不介入国家的体制，基督教就是人类最好的宗教。”

木旻：“假如基督教是人类最好的宗教，不管它是否介入国家的体制(在宪法典中宣布政教分离并不意味着真的实现了政教分离，毕竟，除了有文本和规范的宪法，还有生活和实践的宪法)，它都是人类最好的宗教……”

孟德斯鸠坦率而委婉地表达了不同的意见，他说：“伊斯兰教是亚洲地区最好的宗教。”他就只说了这么一句，没有多说。依循他的暗示，则发源、存在于亚洲地区的犹太教、基督教、佛教最多只能称作较好的宗教。至于亚洲地区之外宗教的等级和排序，因为涉及自己的祖国，孟德斯鸠为避免偏私、显得公正，只好顾左右而言他。

孟德斯鸠说得对极了，可卢梭和木旻说得也没错。卢梭想不明白的是："为什么我有罪，为什么他（孟德斯鸠）就没有罪?"我倒想得很明白，但我不能说。说了，或将面临和卢梭类似的命运。

151

爱就是爱，无所谓对的爱或错的爱，感叹因错爱了人而毁了自己一生的人根本不懂爱。

在"爱"字前加任何修饰词都是对爱的侮辱。

152

"我从来没有对黛莱丝产生过一丝爱情的火星，我没有占有她的欲望，正像过去不想占有华伦夫人一样，我在她身上得到的是性的需要，而不是整个身心的交融……我需要的是一种紧密的结合……这种离奇的需要是这样的：肉体上最紧密的结合还不够，我恨不得把两个灵魂放在同一个身体里，否则我老是感到空虚。"

"我始终把我与黛莱丝结合的那一天视为确立我的精神生活的一天。""我对她的这种依恋之情，是经得起时间的考验的，是经得起一切折磨的。"（卢梭《忏悔录》）

把肉欲与爱欲混淆了的卢梭，情爱大师卢梭与极品人渣卢梭，思想明晰的卢梭和自相矛盾的卢梭，是同一个卢梭。作为一个"异常敏感的现代人"，卢梭同《查泰莱夫人的情人》的作者劳伦斯一样，"拥有文明在激情生活中制造的所有扭曲。从这个点出发，他向着两个方向前进："向自然状态下的野蛮人的性回归和向一种可能实现的爱的理想生活前进""正如弗洛伊德是一个了解性但不那么性感的人，卢梭是一个了解性并且性感的人"。（阿兰·布鲁姆：《爱的设计——卢梭与浪漫派》）卢梭超越萨德侯爵的地方在于，他宁愿逃亡也拒绝跨入国王的监狱，只为了能够自在地享受性的快乐；他自觉地拒绝精神封闭，从而可以把自己的浪漫血液灌进司汤达、福楼拜和昆德拉的血管之中。卢梭之所以离不开质朴柔顺的黛莱丝，乃因性欲的满足对他而言非比寻常（升华的契机和源头），而贵族夫人们只是把英俊文人卢梭视作性欲的和精神的调味品，不可能随时供他驱策，更不可能把他当作永恒的主人（最多只是暂时的主人）侍候，对此，卢梭心知肚明。罗素说卢梭喜欢的是对于黛莱丝的优越感，“她是彻底倚赖着他的”。这种观察无疑是对的，但卢梭也相当倚赖黛莱丝，假若说不是彻底倚赖的话。亚里士多德主张性节制，卢梭则将性与肉体的快乐、文明的延伸（爱情、家庭、诗歌）深层次地联结起来，在这一点上，他既超越了《尼各马可伦理学》的作者亚里士多德，又超越了《会饮篇》的作者柏拉图，或者说，他把亚里士多德与柏拉图合二为一了。卢梭具有整合沉思与性欲为一的神奇能力，他在黛莱丝身上和写作过程中感受到的是同一种结合的激情、艺术的狂喜。

153

卡莱尔在《英雄与英雄崇拜》中如是评价卢梭：

“他的著作和他本人一样，是不健全的，算不上好书。卢梭善于动情，与他这种思想天赋相结合，就能构思出绚丽多彩激动人心的各种形象来，但是它们缺乏真正的诗意。它不是纯洁的阳光，而是戏剧性的东西，一种用淡粉红色乔装打扮得华丽而俗不可耐的东西。”

“光冒烟不发光，是毫无用处的。”

“一个真正伟大人物的首要品德是深沉和宽宏，面对困难镇静自若，卢梭却没有这些东西。”

这又是一位对卢梭充满偏见的英国绅士（另一位是罗素）。他一边大肆攻击卢梭，一边又心情复杂地把卢梭纳入英雄的行列。我不能不为英国绅士们的纠结而纠结。与法国文人对英国文人向来充满善意不同，一本正经的英国文人对浪漫无度的法国文人大多没什么好感。

154

卢梭是典型的法兰西人，莎士比亚却非典型的英吉利人。在语言大师博尔赫斯看来，约翰逊、华兹华斯和吉卜林比莎士比亚更能体现英语的典型风骨："我总觉得莎士比亚那里有些意大利人的做派，有些犹太人的东西；或许正是因为这一点，英国人才钦慕赞赏莎士比亚吧，正是由于莎士比亚跟他们是如此不同。"

原来，英国人只喜欢在英国诞生的"非英国人"。

我不再为英国绅士面对卢梭时的纠结而纠结，不值！但我依旧为当今的卢梭——每一个时代都会有每一个时代的卢梭——能否用艺术把欧洲、美洲和亚洲的野蛮人糊弄住而担忧。"用一个喷水器、大玻璃镜、磁石和晴雨表，不就能做出许多在那些无知无识的人看来是奇异的事情吗？欧洲人用艺术就能把野蛮人迷糊得把他们当作神。"（卢梭《山中来信·第三封信》）。

155

卢梭不是有产者，因此讨厌"有产者的誓言"，尤其是打着《福音书》旗号的誓言。

卢梭不是有产者，但也不像有些人那样自我标榜为"有恒心的无产者"。

卢梭专注于破坏一个旧世界，不在乎怎么建设一个新世界。因为新世界自有人建，虽然未必是他最初设计的世界。镜子、面具和匕首或许可以设计，测不准的世界却没有办法设计（哈耶克在《自由秩序原理》《法律、立法与自由》这两本皇皇巨著中提供过有气无力的论证，他批判的词是"建构"），他至死才明白这一点。他庆幸如此。因为过早地看透红尘会把他变成"行动上的矮子"——那是一条颓废和奴役之路——所以很难保持终生的激情。

156

从前的人喜欢写信，一天一封也写不够（如屠格涅夫、契诃夫、茨维塔耶娃），半年就能攒成一本书。有时候，这样的一封信就是一本让普鲁士皇家科学院院士花费三个晚上才能读完的巨著。比如，卢梭用三个星期写就的《致达朗贝尔的信》。卢梭是在四面通风的小屋内写完这封信的，当时，小屋"四壁冰凉，不能挡风，不能避雪，除了心中的热情以外，便没有其他暖身的火”。

157

对于卢梭而言，即使肤浅的女人离开他，善良的朋友背弃他，父母误解他，他也毫无怨言地默默忍受，因为他早已识透了人的本性，也早已接受上天给他安排的命运。

158

卢梭的一生是与人绝交的一生。

他是法兰西的嵇康，但法兰西却没有可以让他说“山公尚在，汝不孤矣”的山巨源。当然，也没有必要。

159

尽管疾病缠身，卢梭的心灵却并未失去活力。

尽管只有过一次短暂的荣耀，他却并不觉得羞愧。

尽管很多人对他造成过伤害，他却仍然期冀他们能认真地读一读他的文字，哪怕认真读一页也好。

160

每个人都只喜欢看自己喜欢看的戏。（改编自维吉尔《牧歌》）

161

难道说为了使一个人变成性情温良的先知，就先要使他变成一个脾气火暴的疯子吗？

162

对一国国民风俗产生影响的工具主要有三种：法律的权威、舆论的力量和娱乐的吸引力。可卢梭既非真正的立法者（只提供过制宪拟议，而请求他提供制宪拟议的小国转眼间就被大国吞并了），也左右不了舆论的力量（反而是舆论时不时攻击他，让他无处躲藏），更写不出让观众开怀大笑的剧本（严肃的创作既不能为他带来收入，又无法让他在短期内赢得名声）。

163

假如时间回到两千年前的罗马角斗场，你愿意做观众、角斗士还是狮子？

哦，我是静静看觑它们、一言不发的石阶。

164

真正的厌世者固然性格孤僻、行为乖张，但绝非一个怪物。比如说沉浸于莫里哀戏剧中的卢梭，“他爱别人的孩子胜过爱自己的孩子”。因为他知道，“厌世者”的孩子挤进天堂窄门的可能性几乎为零。因为既然让父亲进入了，就不可能再让儿子进去；就像如果让儿子进去了，就不能再让父亲进去。莫扎特的父亲曾为此恨恨不已，不过，他很快调整好自己的心态，担负起天使保护者的角色。而可怜的卡夫卡，唯一的卡夫卡，差点因为父亲的阻拦被挡在窄门之外。

165

如果在山上居住，每一座房屋，每一个人，都是世界的中心。

如果在平原上居住，每一个村庄与别的村庄都是相似的。

如果在城市居住，就会变成一只不会飞的鸽子，可以享受鸽笼带来的和平，不用担心鹰隼的威胁。

166

少女一旦出嫁了，就会失去“无与伦比的既细致又单纯的高雅气质”。因是之故，济慈宁愿死去，化作在苦与乐的边缘徘徊的夜莺，也不愿迎娶至爱的女子芬妮入门。有人说济慈是太穷了，结不起婚，养不起芬妮——这种解释未免太“唯物主义”了，也太过残忍。

纳兰容若不是“清代的济慈”，更非“中国的卢梭”，尽管他的诗《长相思》有那么一点晚年卢梭的意味。

167

1901 年，梁启超在《清议报》发表《卢梭学案》一文。

1906 年，马君武在《民报》发表《帝民说》一文，介绍卢梭《社会契约论》中的“主权在民”思想。

1914 年，严复发表《民约平议》一文；章士钊针对严复的文章发表了《读严几道〈民约平议〉》。

1916 年，马君武“居北京之暇，以法文原著与英文 H. J. Tozer 译本互证……共费八十日”，译成《民约论》，两年后被中华书局以《足本卢骚民约论》之名出版。

1920 年，张奚若在《政治学报》一卷二期上发表《社约论考》一文。

1980 年，何兆武翻译的《社会契约论》（修订第二版）出版。此后，难以统计的其他译本竞相出版。

1993 年，朱学勤在《二十一世纪》总第十九期发表《教士与帝国一致的制度——卢梭政治哲学分析》一文。

上述诸名人名士之中，恐怕没有一个有资格被誉作“中国的卢梭”。“中国的卢梭”还没有诞生，也许永不诞生。

168

朱学勤在给友人的信中写道：“我哪里是在批判卢梭？我是在我自己和同代人的心里剥离出一个卢梭。”

如果一个人从不曾把卢梭纳入自己的心灵，又何来“剥离”一说？

当然，任何人都可以通过阐释——甚至是随意的、断章取义的阐释——把卢梭变成“一个人的卢梭”，反正卢梭已经是死了的。卢梭：“大家都在读我的书，都在批评我，都在议论我，当时我却不在场。我远离这些人，远离这些议论。人家说些什么我一无所知。每人都按自己的想象来描绘我，也不怕这原型会出来戳穿他。”

我如果能把卢梭纳入自己的心灵，则发誓永不将之剥离。

169

在阅读卢梭作品的过程中，我像康德一样学会了谦逊。康德说：“我轻视无知的大众。卢梭纠正了我。我意想的优越消失了，我学会了尊重人，认为除非我相信我的哲学能替所有人恢复其为人的共有的权利，否则我就还远不如寻常劳动者那样有用。”

170

康德有一次读《爱弥儿》入了迷，忘记在下午四点钟准时带着他的爱犬出门散步。据说，整座小城陷入恐慌。

哦，一个虚构的故事罢了。小城的居民做工的做工，挤奶的挤奶，各忙各的，哪有工夫、心情去关注一位生活单调的哲学家的起居呢？鉴于康德和我仰望的是同一片星空，鉴于我们都喜欢散步，更出于对“无知的大众”的尊重，我一直不好意思揭穿这个美丽的神话。

171

“卢梭是另一个牛顿。”康德说。只是，对于那些虽听过牛顿的鼎鼎大名却从没读过《自然哲学的数学原理》，虽听过康德的鼎鼎大名却从没读过《纯粹理性批判》，虽听过卢梭的败德辱行却从没心情打开《忏悔录》的人来说，他们永远搞不懂这一句意味着什么。

还有一个问题是，谁是另一个爱因斯坦？

我有一次在梦中变成陪卢梭散步的阿拉斯加犬，醒来才意识到，家徒四壁的卢梭从不养狗——他买不起，也养不起。

祈祷下次梦见康德吧！

如果梦是可控的就好了。一位阿根廷哲人讲过，如果醒来还能记得梦中人的模样及其说的话，这个梦就一定会变成现实。我对此坚信不疑，但还是忍不住担心，万一梦中人是个瞎眼的哑巴怎么办？

172

“一般地说，演员们的行为大多是放荡不羁，很不检点的：男演员大大咧咧，而女演员则诸多丑行……全国人民都认为他们的职业是不光彩的；从事这门职业的人，不论是否被逐出了教会，他们走到哪里都是受人轻视的。”（卢梭《致达朗贝尔的信》）

而今，前半句仍有一定的正确性，后半句则大错特错。

有些明星出门有助理撑伞，有保镖、保安护卫，有大小官员引路。不过是登台表演，收费少则几万元，多则几百万元。教会和慈善机构恬不知耻地排队等着他们召见，只为能募得不菲的善款。不理性的追星族呢，比最疯的疯子还疯狂（其实是一种畸形的自恋）。这个时代，贫与娼，谁笑谁？

173

卢梭对自然法的定义：“尽管自然法纯粹是根据人类的理性制定的，它虽不能指导我们的大部分行动，但它以不可磨灭的文字深深地刻画在人们的心灵里；在人们的心中，它比所有哲学家的理论都有影响力。”（卢梭《评圣皮埃尔神甫的两部政治著作》）

自然法首先是一种存在理性，然后才是一种经典理论。当代中国的很多法理学者把逻辑顺序弄反了。

174

人类固然不是为了相互残杀而生的，但也不是为了相互爱戴而生的。

175

所有经典的政治论述都有从心理学视角加以诠释的必要。

176

卢梭谈国际法：“至于人们通常所说的国际公法，由于它缺乏制裁的手段，所以它的条文纯粹是虚文，比自然法还无效力。自然法至少还能对人的心说话，而国际公法是只有在它对使用它的人有利的情况下才得到遵守。它的决定是否得到执行，全看它是否有利而定。”

试比较晚清杨度的雄文《金铁主义说》：“国际法仅行于强国相遇之间，而弱者不与焉。即如中国，与各国历年所立之条约，类皆权利属人，义务属我，无一可云两利者……法由强者而立，例由强国而创，世界各国所谓博士、学士，乃取以为著书讲学之材料。其实所谓法者不过如此，所谓例者不过如此。故吾不知其为法耶、例耶，但以为国际法者铁炮的说话而已。”

177

卢梭谈民族、国家的独占欲望：“尽管普遍的与永久的和平给商业带来的好处是显而易见的和不可辩驳的，但国王们却认为：正是由于它对大家都有同样的好处，所以它对谁也不特别有利……由于经常被事物的表面现象所迷惑，所以每个国王都不要和平，而去寻求他们想得到的独占的利益。”

试比较当代学者赵汀阳的观点：帝国主义是基于民族、国家制度的超级军事、经济力量而建立的一个政治控制和经济剥削的世界体系。欧洲传统帝国和帝国主义的共同理念都是“以一国而统治世界”，背后的哲学精神是“以部分支配整体”的欲望，而民族、国家的概念使得帝国主义以民族主义为原则来重塑帝国眼光，从而使精神变得更加狭隘，不仅失去了传统帝国兼收并蓄的胸怀，而且也把帝国的强权好战方面发展到了极致。帝国主义是由小至大的结构，先肯定自己的民族和国家的绝对性，然后以自己国家的价值观把“其他地方”看作是对立的、分裂的和未征服的。这是没有世界观的世界理论。

178

卢梭说：当千百个凶残的人屠杀战俘的时候，他们的野蛮行为是多么的不公正。

然而，战俘并非是对方（敌方）的俘虏，而是战争的俘虏。

不将矛头指向战争本身，只是谴责凶残的人屠杀战俘的行为违反国际法或不公正，又有什么意义呢？

179

卢梭在退隐庐时期的生活：他上午和大孩子们一起处理杂务（女人和大多数男子在他眼中都是孩子），午后同小孩子们一起玩捉迷藏，黄昏到波德莱尔去过的咖啡馆喝一杯咖啡，然后沿着塞纳河散步（如果遇到兰波就寒暄几句），晚上翻阅《路易十四时代》和《人间食粮》，校对《评圣皮埃尔神甫的两部政治著作》。

180

卢梭在《致达朗贝尔的信》中写道："在人类当中，最坏的就是那种最喜欢自我孤独的人。他把他心中的感情全都用于他自己。"但是，当他在狄德罗的喜剧《私生子》中读到台词"好人是生活在社会中的，只有恶人才是孤独的"时，却认为这句话在暗讽他，心中十分气恼，两人裂痕日渐变大。

敏感是一种无可救药的病，是双刃剑。用于创作，好；用于生活，糟糕透顶。

自恋也是双刃剑。卢梭意识到自恋和孤僻对心灵的戕害，他期望去爱一个情人，寻求真正的爱情，并与周围的人分享感情，过正常人的生活，然而却不得不接受孤独的宿命。

181

尼采谈卢梭的革命性："在所有的社会主义骚动和地震中，总是可以看到卢梭，像埃特纳火山下的老提丰那样，作为动乱的根源存在着。”

卢梭的《忏悔录》之所以不仅仅是一部私人生活记录（或曰“私人病历”），更是一部哲学巨著，乃因“哲学无非是作者的私人忏悔以及某种不由自主、无意识的记忆罢了”。（尼采《善恶之彼岸》）

182

一切真假都是对特定个体而言的真假，而不是简单的事实上的真假。

183

若想成为“另一个卢梭”，须先从模仿卢梭开始。模仿未必比原创肤浅，尤其是很多原创不过是自诩原创。

184

无欲未必刚，或是死水一潭。

185

“大都市需要戏剧，而道德沦丧的民众需要小说。”（卢梭《新爱洛依丝》）

依此逻辑，则面积狭小的古希腊小邦堪谓大邦，而晚期的大明王朝处处充斥着道德沦丧的民众。

186

“这本哥特式的古旧语气的集子比哲学书籍更适合女士们。它甚至会对那些过着放荡生活但仍对正派纯洁保存着某种珍惜的女人有所裨益。至于少女，则是另一回事了，纯洁的少女是从不看小说的。”（卢梭《新爱洛依丝》）

居心叵测的卢梭——他明明知道纯洁的少女最爱读小说。

卢梭的《新爱洛依丝》是拉克洛《危险的关系》的先驱。后者与前者的不同处在于，它仅仅是一部小说。如果作者本人的历史不是一部惊心动魄的小说，那么，他写的也仅仅是一部小说。

卢梭是文字带着体温的小说家、哲学家。

187

异类往往只能在自传性小说中寻找“同类的历史”。

爱弥儿算是一个，查拉图斯特拉也算是一个。卢梭在《爱弥儿》中说：“这是我的同类的历史。”

188

在人群之中，对别人更有用、最有用的人应该是出类拔萃之人。然而，我毫不畏惧地说，评判一个哲人需要遵循相反的原则。

不必阅《庄子·人间世》，亦能领会“无用之用”的表层意蕴。

189

从肆无忌惮到谨小慎微——从孩子到成人的堕落史。

190

平原涌出山峰；沤田长出玫瑰；李树尽毁；

想象力中断；文明戛然而止；时间破碎。

这说的并非古巴比伦或大革命前的某个世袭绝对主义国家。

191

整全的社会并不比荏弱的个体更加骚动不安。

大混沌和小混沌，是一样的混沌。

即便不是在梦中，我也会时不时看见异象，听见刺耳的声音，闻到凡尔赛宫、路易十四和掷弹手的尸体发出的臭味。

192

我看着波涛、谎言、祭坛、射线、民法典、蒙田、弹珠、泪珠、爱丽舍、象声词和记忆之镜在我的脚前一一化作顽皮的泡沫。

193

如何审视《忏悔录》和《漫步遐思录》?

穷酸文人卢梭只是做到了同时代其他的杰出心灵不屑去想、不愿去做（也有可能是做不到）的事。

194

卢梭说：“当善意有可能助长他人的恶意时，切莫盲目按自己的性情行事。”

一个普通善人的善意有可能助长另一个普通善人的恶行。普通善人的行事逻辑：知恩不图报，或知恩无以为报。

是故，真诚地施与善意的人比做出恶行的人更加可恶。男与女互为天堂，善与恶互为地狱。

萨特所言的“他人即地狱”——超浪漫现实主义。

尼采所言的“善恶互为彼岸”——一厢情愿的道德箴言。

195

我越是思考自己的心灵状况和精神处境，便越明白它永远不可能改善——即便我名扬天下。

196

肉体越来越沉重，但永远不会成为累赘。

197

现代的学者藐视古代的学者，古代的学者也藐视现代的学者。

文人相轻是一种跨时代现象，不只发生在活着的同代人之间。

198

以内在的激情和思想的深刻性而论，曹丕和卢梭堪谓隔代知音。卢梭绝非十八世纪的曹植。

曹丕若不做帝王，应是更伟大的诗人。

卢梭若做了帝王，应是更伟大的诗人。

199

卢梭嫉妒卢梭。他痛心疾首地嫉妒自己的厄运，撕心裂肺地承纳他人的好意。

200

1776 年 10 月 24 日，当卢梭在梅尼尔蒙丹一边散步，一边回顾他“从青年时期到成年之后的心灵活动”时，被一条狂奔的巨犬撞晕在地（差点被紧随而至的四轮马车碾压），许久才在路人的救助下苏醒过来，他后来记述醒来的瞬间道：天黑得很慢，就像博尔赫斯在《另一个人》中谈到过的逐渐失明一样。我看了一下天空，看见梵高或蒙克画过的几颗星星。我看到周围是一片草地。这刹那间的第一个感觉，真是美妙极了。在这短暂的一瞬间我好像又诞生了一次似的。我所看到的这些东西充实了我微弱的生命。

另外两位遭遇车祸的法兰西大作家：阿尔贝・加缪、罗兰・巴特。

伊莎朵拉・邓肯因脖颈被围巾绕进车轮而死。舞神毕竟不是死神的对手。

谁是死神的对手呢？

201

“音乐并不直接表现事物。我们在看见这些事物时感到了某种乐章的伏动，音乐正是在灵魂中激起同样的激动。”（卢梭《音乐辞典》）

“音乐对心灵产生的威力，是在情感未经开放的活动深处产生的，是心灵处于运动状态的表达。”（黑格尔《美学》）

这种“音乐狂飙突进”的审美经验与古典主义的经典著作《诗艺》中的一句名言如出一辙：“你要我哭，首先你自己得感觉悲痛，这样，忒勒福斯啊，珀琉斯啊，你的不幸才能使我伤心。”

卢梭用尽一生心血，导演了一场大型“卢梭交响乐”。

202

“这就是我见到的疏懒的让－雅克，毫无做作，毫无虚假，出于爱好沉醉在他甜美的遐想中。他有时深刻思考，但这对他来说总是疲倦多于快乐。他更喜欢任凭令人愉快的想象来主宰自己，而不是费力地用理智去主宰自己的头脑。”（卢梭《卢梭评判让－雅克：对话录》）

不得不为自己辩解，该是何等无奈而绝望！何必辩解！

子非鱼，安知鱼之苦？

吾非卢梭，却知卢梭之苦、之乐。不过，我比他更洒脱。虽然愤懑、愁苦，但我只写诗著文，不辩解。

真的？

我也希望是真的。只是，任何人都没有评判自己的权利。

那卢梭呢？

他评判的并非自己，而是“让－雅克”。

203

“从儿童时代，我就被抛入人生的激流，我很早就领悟到，我天生就不是生活在这个世界里的。在这里，我永远也达不到心灵所追求的那种境地。

因此，当我停止在人类之间寻觅那似乎永不存在的幸福时，我那炽热的想象力就已经跳出了刚刚起步的人生范围，仿佛飞进了一个完全陌生的世界，以便在那里静享安宁。”（卢梭《漫步遐想录》）

早慧的卢梭（王勃）；超逸的卢梭（李白）；宁静的卢梭（王维）。

其实在另一个世界里，卢梭也是难以静享安宁的，因为那里虽然陌生却同样喧嚣——类似的戏剧反复上演。

有人说，画家亨利·卢梭是哲学家卢梭的灵魂转世，因为他的画作如此天真、古朴、充满想象力，就连为人刻薄的阿波利奈尔也对之赞叹不已。然而，卢克莱修却说：“另一个世界并不存在，灵魂转世纯属胡扯，佛教是人类有史以来最‘唯我独尊’的宗教。”这位唯物主义思想家太不识趣了，若非因为他著有哲理诗集《物性论》，我不会原谅他。拒绝原谅一个人，只有一个众所周知的原因：爱得太深。

204

卢梭：“我是观察家，而不是道德家。我是描绘植物的植物学家。”

真正的道德家鄙夷道德家这个身份。

205

卢梭：“我相信，对人们来说重要的是尊重我的书。事实上，我相信人们不会太真诚地对待我。”

既然没有人真诚地对待他，也就没有人尊重他写的书——卢梭竟然连这个基本逻辑都没弄明白！如此头脑混乱，怎么可能得到学者、贵族和大众发自肺腑的接纳呢？

沧海月明珠有泪，蓝田日暖玉生烟。

206

卢梭：“假如一个作家能够成为一个伟人，那么他成为这样一个伟人，并不是在著书立说的时候。既不是在写诗的时候，也不是在写散文的时候。”

什么时候呢？卢梭没有说，我也不好意思追问。

他看上去太疲怠太羸弱了，说几句话就累得气喘吁吁。我知道他同博闻强识的富内斯一样经常彻夜失眠。

207

“我为自己找了一个真诚、忠实的伴侣，满足内心的需要更甚于满足感官的需要，相敬如宾地一起生活了二十五年之后，我娶她做了我的妻子。假如有人把这称为放荡的话，那么我引以为豪。”（卢梭《给圣日耳曼先生的信件》）

真爱一个女人，就是在她终身陪伴之后，死前给她一个合法名分。

俗语道：婚姻是爱情的坟墓。这话其实说反了，应该说：婚姻是爱情的起点——仅限于将死时缔结的婚姻。

208

“我上百次在睡梦中梦见，让－雅克·卢梭并不是作家，并不是著书立说的人，而是思想平庸，有点敷衍从事的人，他自我推荐给领主、贵妇，令他们喜欢，在他们身边得到他一生的幸福，并且为他们的幸福作出贡献。倘若您允许我用肩膀把马勒塞尔伯城堡推到半法里之外，以便让梦想更愉悦，先生，我就会觉得，在梦想这种方式的时候，我会很长时间不想苏醒过来。”（卢梭《致德·马勒塞尔伯先生的信》）

蝴蝶梦见自己变成了卢梭，醒来后才发现自己只是卢梭梦中的一只隐居于马勒塞尔伯城堡的蝴蝶。

209

我在荒岛上寻索荒芜，在日内瓦桃源寻索笑靥似的桃花。

我被莫蒂埃的有为村民围攻，反噬于一己的无常个性。

我嘴里嘟囔着夏多布里昂的名字，把自己的灵魂从科克托、拉马丁、纪德和罗曼·罗兰开掘的陷阱中解救出来。

老虎在波尔多的葡萄园里优哉地漫步，巡视葡萄架。

葡萄园里每一粒晶莹的玛瑙，《传道书》中每一个模糊的字符，都折射了太阳、太阳镜和虚空的虚空。

我活着时是一个平凡的作家，死后成了卢梭。

卡夫卡与物理学

1

本雅明在给挚友舒勒姆的信中写到，读爱丁顿《物理学的宇宙观》如下一段，会觉得是在读卡夫卡：

> 我站在门槛上，想要进屋。这是一桩麻烦事。首先，我必须与空气斗一场，空气以一公斤的力量压在我每平方厘米的身体上。然后，我必须试图降落在一块板上，板以每秒三十公里的速度绕着太阳飞；只要晚了多少分之一秒，木板就已飞出几里之外。我必须完成这个高难度动作，这时，我悬挂在一个球形的行星上，脑袋向外探进空间，一股太空风——天知道速度是多少——吹进了我全身的所有毛孔。板并不是坚实物质。踏在上面就是踩在一群苍蝇上。我不就会掉下去了吗？不，因为如果我敢踩上去，一只苍蝇就会叮我一下，将我往上顶；我又落下，另一只苍蝇把我往上抛，如此不断。我可以希望最后的结果是，我始终保持着大致相同的高度。假如运气不好，我踩空了板往下落，或者被苍蝇叮得太狠，飞向了覆盖层，这样的事故并没有违背自然法则，不过是各种偶然的可能性极小的巧合……确实，骆驼穿过针鼻也比物理学家跨过门槛的概率更大。不管是走进粮仓的门还是教堂之塔，或许明智之举是满足于做个普通人，一脚跨过去，而不是等待，一直等到所有的困难都解决了，等到走进去在科学上已无可非议了。

“全身的所有毛孔”——大物理学家和大作家同样的敏感。

鲁迅的回忆散文《风筝》，我读后念念不忘，感同身受。我为做过的错事羞愧不已。当事者并不需要我迟来的道歉，甚至早已将那些记忆抛到九霄云外，而我恐怕一生都难以释怀。“性格决定命运”，培根这句话说得对极了。

在大作家的心灵空间中，各种记忆（愤怒、悲哀、无奈以及少许欢欣）熙来攘往、拥挤不堪，压迫得他们喘不过气来。“人生苦痛的事太多了”“记性好的，大概都被厚重的苦痛压死了；只有记性坏的，适者生存，还能欣然活着”。（鲁迅《导师》）

试论肺结核的天赋之因，试论囚禁于时空中的甲壳虫的烦恼。

有时，跨进房间和城堡比穿越虫洞还难。毛毛虫被顽童手持的竹签穿透的一刹那顿悟到天地不仁。

我擅长哲学思考，却读不懂《百喻经》和《哈加达》。

2

本雅明在信的结尾写道：“今天的圆就算画完了。圆心是我对你最诚挚的问候。”

地球、奇点和阿莱夫都是圆的，或是圆的形象。

抽象的封闭时间轴不得不借助具象的圆形空间来表达。时间比空间神秘。

3

伍尔芙亦需借助空间（出门旅行）来倾泻思绪和意识流：“我希望大家能想方设法拥有些自己的钱财，允许你去旅游，无所事事，去思索世界的未来或过去，沉湎在书本中或在街头闲荡，让思绪汇入街上的潮流中”；达洛维夫人出去买鲜花，于是自然地加入“车流”——回忆的隐喻——之中；“洪水旋转着奔涌向前，将他的谩骂席卷而去，只在他的脚边留下了一只破罐子和一根稻草”。

破罐里填满了留有余香的糖果纸。

稻草是童话故事中的稻草人留下的。稻草人早就警告过众生，螟虫、瘟疫和洪水将先后而至。

4

“他迈进上万条喧嚣的街道，在混乱和恐惧中不断找寻，他是否需要上千条舌头来表达自我的感受？”（托马斯·沃尔夫《时间与河流》）

人不能两次踏进同一条时间的河流，却可以在同一时刻迈进上万条喧闹的街道。

5

为了遮藏自己的强悍，我夸大了周遭世界的力量。这当然是有心欺骗。我是法学家，因此，我不能摆脱虚伪和恶。

6

妄图掩饰对生命的热情或对金钱的热衷注定要失败的。眼神出卖人。

7

卡夫卡说：“每个魔术师都有自己的仪式。比如说，海顿只有戴着洒有扑粉的假发时才作曲。”同样，在某些地方，戴上司法假发，也是为了让法官和律师忘记自己的自然身份或本真。如此，不管是凭职业道德守护社会正义，抑或放手做起坏事来，都会觉得不像是自己干的。

8

卡夫卡了解爱伦·坡的梦幻和逃遁之路。差点自杀的列文①懂得自杀的玻尔兹曼的抑郁和痛楚。

---

① 列文：托尔斯泰小说《安娜·卡列尼娜》的男主角之一。

9

谈论故乡的人没有意识到人类的根早已从大地上拔去。某些谈论故乡的人以为在诗中寻回了失去的根。

10

饱含人性价值的“国际主义”首先是一个被滥用的政治概念，而非道德概念或卡夫卡强调的地理概念。

11

卡夫卡平静地说：“大多数人其实根本不是在生活，他们就像珊瑚附在礁石上那样，只是附在生活上，而且这些人比那些原始生物还可怜得多。他们没有能抵御波涛的坚固的岩石。他们也没有自己的石灰质外壳。他们只分泌腐蚀性的黏液，使自己更加软弱……”卡夫卡这样说，考虑过珊瑚的感受吗?

12

有些人的诗不够有诗意，有些人的戏剧又太戏剧化。然而，不得不承认，诗体剧是最顶尖的艺术表现形式之一。

13

凡主义皆不免教条、粗糙。自由主义对应于多种政制形态，英式与法式就大大不同。

同样，国家社会主义亦非铁板一块。苏式与德式不可混为一谈。

将尼采艺术性的“权力意志”和斯宾格勒改造过的“浮士德精神”视作希特勒“国家社会主义”的理论前驱，是犯了右派的“幼稚病”。

14

有人对卡夫卡说，斯宾格勒是从歌德的诗体剧《浮士德》汲取思想，得出《西方的没落》的理论的。卡夫卡说：“这是完全可能的。许多所谓的科学家把作家的世界移植到另一个科学的层次上，从而获得荣誉，被人看重。”

我想对卡夫卡说：许多所谓的作家把您的世界移植到另一个国家，从而获得荣誉，被人看重；可是，他们没有意识到歌德的《浮士德》从此前的无名氏《浮士德》中汲取了思想，也没有想过认真读一遍比砖还厚因而难啃的《西方的没落》（读后就会发现其与《浮士德》的同异），更没有想过把科学家的世界移植到小说里——我真的很想问问他们是否读过法拉第先生的《蜡烛的科学》。

15

李商隐曰：“蜡炬成灰泪始干。”法拉第曰：“说人的生命和蜡烛之间存在联系，并不仅仅是一种诗意的比喻。”卡夫卡本该有八十二载阳寿，无奈他是一支两头燃烧的蜡烛，只活了四十一岁。

16

木心说：“卡夫卡像林黛玉，肺病，也爱焚稿，应该把林黛玉介绍给卡夫卡。”

应该把上帝介绍给卡夫卡。毋庸介绍，两人早就认识。“宁可失眠，也不能这样浑浑噩噩地过下去。”（卡夫卡《卡夫卡日记》）

17

费曼先生说：“当伯克利大学邀请我去做物理演讲时，我准备了一些颇为专门的题材，预期听众都是物理系学生。但是等我到达会场时，发现偌大的演讲厅里挤满了人！事实上我知道，懂得我演讲内容的人不可能挤得满一个演讲厅的！我的问题是，我总是希望能让听演讲的人开心，但是如果每个人再加上他们的兄弟姐妹都跑来听，我就没辙了，因为我不知道究竟来了些什么人!”

名利场的“马太效应”。半生养拙无人识，一举成名天下知。

费曼先生也太像学究了，一个名人的演讲怎么可以太“专门”呢？大家只要一睹诺贝尔奖得主的俊颜就很开心了，无须他努力“让听演讲的人开心”。

18

艺术家和常人共享的悲剧：像被绑赴刑场的死囚一样，走向表现主义和赤裸的日常生活。

19

最初的童话都是黑暗童话。现在依旧如此。“没有不流血的童话”（卡夫卡）——童话并非为孩子而备（他们看不懂）。童话越来越温软、隐晦和美化人类，这预示了权力意志的衰退。

20

犹太人卡夫卡如果还活着，应会怀念犹太复国主义炽盛的年代。以色列成功建国后，不再有卡夫卡，亦不再有爱因斯坦。

21

《在流放地》中，卡夫卡借助军官之口，不厌其烦地向来访的旅行家介绍集司令官设计的“处决机器”：这是一个庞然大物，“雕刻机”在“床”上方两米处，由四根铜杆相连；“耙”上挂着一条钢带，悬在“床”和“雕刻机”中间。等上面的人被捆好，“床”就开始启动，左右抖动，且和“耙”的动作相配合。“耙”的耙齿对着人的上身，为了使每个人都能检查处决执行、在犯人身上刻字的情况，“耙”是玻璃做的。两种齿针交错排列，长针刻字，短针往外喷水冲走流出的血……

人类设计的精巧机械转而操纵人、亵弄人，最终把人变成“历史的残余物”。

“人在科学上极有限的能力很快就会被能思想的机器人所取代”——先知卡夫卡如是说。

22

灵感不是可以任意支配的个人财产。它只在某时某刻短暂地属于某个人。

23

《易·乾》曰：“用九，见群龙无首，吉。”可是，倘若群龙真的“无首”，是不可能“吉”的。“无首”的群龙不过是十九世纪控制了街头的巴黎群众（或“一盘散沙”）。街头壁垒不可避免地要被拆除（也应被拆除），就像诗人雨果注定死去一样。每一场真正的革命都会缔造一个“拿破仑”。“拿破仑”死后，变成以新官僚体制为首。正如卡夫卡所说：革命的洪水蒸发了，只留下新官僚体制的泥浆。

“开明君主＋反官僚制的日常革命”是近乎完美的治理状态。

在追捧纪梵希口红、路易威登手提包和法拉利敞篷车的时代，克里斯玛型领袖才是罕见的奢侈品。

24

办公室生活对卡夫卡来说是一种折磨，但他好歹忍了十几年。这种意志力我没有，所以，特别钦佩他。

25

追捧侦探、推理小说是“小小英雄们”在反抗日常的平庸。终尔被日常的平庸吞噬。

26

即使是巴赫那样的超一流“水手”，有时也畏惧音乐海洋的浩瀚。

27

在成蝶之前，蛹只是蛹，一杯开水就能了结它的生命。古代的方仲永，现代的方仲永，太多了。

28

纳博科夫如果不是心有旁骛地去捕蝶，或能写出大成若缺的小说来，或能变成庄周窗外的彩蝶。

29

对于一般人而言，习作是无用的碎片。卡夫卡和狄拉克的习作绝非无用的碎片。

30

人睡着时像死亡。失眠是对死亡的本能反抗。卡夫卡：“在失眠背后，也许只隐藏着对死亡的巨大恐惧。”

31

卡夫卡和李耳在布拉格一条偏僻的街道上玩玻璃球。

卡夫卡边玩边对李耳说：“我的思想槽非常浅，盛不下您的玻璃球。但有一本书我马马虎虎读懂了，那就是《南华经》。”

32

照相机不是复杂的人眼，亦非简化得无以复加的苍蝇之眼，而是人眼妄图借助非自然之眼来欺骗自然。

成功了，是诗，是政治。失败了，则什么都不是。

摄影师的成功、成名纯属偶然（政客也是摄影师），与传教士不同，与画家不同，与梵高不同。

33

对于开窗看不到“西岭千秋雪”的人而言，对于“心”与“灵”不能相通的人而言，眼睛不可能是“心灵的窗口”。

34

《生命是什么》（薛定谔）：“对于一位不太高明的物理学家来说，周期性晶体已经是十分有趣而复杂的东西，它们构成了最有魅力、最复杂的物质结构，无生命的自然界的结构在这方面常使物理学家大伤脑筋。但是，跟非周期性晶体比起来，它们显得简单而乏味。两种晶体结构的差异，就像是普通的壁纸和拉斐尔挂毯之间的差别。前者只是周而复始地重复出现单一的花纹，而后者却没有单调重复的痕迹，展现由杰出大师描绘出来的技巧、协调、富有意义的图案，一幅杰出的刺绣珍品。”

将“非周期性晶体的结构”比喻为“拉斐尔挂毯”“刺绣”——薛定谔：物理学家中的诗人。

35

《薛定谔传》：“我不得不略去生平中一部分丰富的内容，也就是我与女性关系的那部分。首先，那些内容无疑会招来流言蜚语；其次，那些内容对别人几乎没有什么意义。还有非常重要的一点就是，我相信任何人在这些问题上，不可能也不能讲真话。”

薛定谔诚实，他的话，我信。

欧阳修曰：“书有未曾经我读，事无不可对人言。”

欧阳修狂傲，他的话，我也信。

36

薛定谔喜欢引用歌德的话，绝非因为歌德是一名对人骨、植物形态和色彩有着卓越研究的科学家（以前叫自然哲学家），而是因为歌德是真正的诗人。

37

生命、诗歌和量子论的一个共同点：非连续性。皆由一个个不连续的瞬间构成。

38

薛定谔说："在早期伟大的《奥义书》中，即古印度的思想界就认为'梵我合一'，这完全不是亵渎之词，而是代表了深刻地洞察世间万物的思想精髓。"然而，绝不能据此认为《奥义书》的作者也是杰出的物理学家。对"物"宏观之理的考察不能代替其对中观、微观之理的考察，何况，"梵我合一"和"时空扭曲"并非同一的宏观之理。最伟大的物理学家诞生在"梵我不合一"的西方，而非"梵我合一""天人合一"的东方，原因何在？由此看来，"合一"未必是好事。最起码，在某些事情上，二元论胜过一元论。

39

古怪的古斯塔夫·费希纳（《心理物理学纲要》的作者，韦伯－费希纳定律的提出者）认为：植物、地球和恒星系与人一样，都有灵魂。我不是斯宾诺莎那样的天才，无法判断他说的是对还是错。但我也有过类似异想天开的时候——难免被讥笑为"傻子"。然而，如果不曾"异想"，永远不会有"天开"的时候。我还记得，芥川龙之介的自述名为《某傻子的一生》。

40

不应以小人之心度君子之腹。君子们身居高位，而我是地位卑微的小人物——尽管我知道自己是尚未被承认的大诗人。

41

不应以“没有痛苦，就不会产生不朽之作”（薛定谔语）劝慰自己。即使身罹痛苦，也未必能写出不朽之作。

42

在十九世纪末的维也纳，公猫经常在夜间历险之后，愁眉苦脸地回家（薛定谔家的猫就是这样——它名叫托马斯·贝克特，名字取自被英王亨利二世处死的坎特伯雷大主教）。现在呢？据我不合时宜的观察，流浪猫越来越多了，却没有一个长得像贝克特——塞缪尔·贝克特。

43

1920 年的一次谈话，发生在两位年轻的物理学家之间。

马约拉纳：每隔五百年才有一个类似阿基米德或牛顿这样的科学家出现，而每隔一百年就有一两个类似爱因斯坦和玻尔这样的科学家出现。

费米：那我将处于什么地位呢？

马约拉纳：理智一点，费米，我并没有谈到你我，我谈的只是爱因斯坦与玻尔。

被谈的人幸福，谈的人也幸福。马约拉纳被文明等级更高的外星人接走了，能不幸福吗？这事发生在连环画故事里。实情是，1938 年 3 月 25 日，马约拉纳登上一艘开往巴勒莫的邮船，就此人间蒸发，再也不见人影。

其实，发生在故事里，就等于发生过了。

中国人，聪慧的中国人，也喜谈“五百年”。“五百年必有王者兴”“五百年来谁著史”。差别在于，一个谈的是“王者”“圣者”，一个谈的是“科学家”“天才”。巧合的是，东方真的出了“王者”，西方真的出了“科学天才”。是故，东西方是互补关系，而非“要么东风压倒西风，要么西风压倒东风”。这世界，既需要“王者”，又离不开“科学天才”。

44

华兹华斯描述牛顿曰：“一个人独自航行在陌生的智力海洋。”

45

费莱姆评价其祖父玻尔兹曼道：“他是他的思想的殉道者。”

46

康托尔不是被敌视他和他的理论的老师克罗内克逼疯的，而是精神病院一面纯洁白墙祈盼他去涂鸦——凌乱的、超无穷的数字符号。它们是“aleph”，是喀巴拉的启示，是有待阐释，然而并不神秘的天书。

47

玻尔兹曼谈麦克斯韦“气体运输系数”的诞生过程：

公式的混乱程度有增无已。突然，定音鼓敲出了四个音节“令 $n=5$”。不详的精灵 u（两个分子的相对速度）隐去了；同时，就像音乐中的情形一样，一直很突出的低音突然沉寂了，原先似乎不可被超越的东西，如今被魔杖一挥而排除……如果你不能理解这种天籁，就把文章放到一边去吧。麦克斯韦不写有注释的标题音乐……一个个结论接踵而至，最后，意外的高潮突然降临，热平衡条件和运输系数的表达式出现，接着，大幕降落！

这除了是诗，还能是什么呢？

48

爱因斯坦的广义相对论是一件“伟大的艺术品”（玻恩语），而米开朗基罗的《大卫》是一道完美的数学公式。

49

霍金提出的定理表明：黑洞的表面积在持续增长，这暗示黑洞的表面积与热力学的熵具有同一性。

黑洞并没有那么黑。最起码没有人性深处的黑那么黑。一个不包含暗物质的物质被认为是完整的。

“熵”字造得极妙，也极富哲理——“商代的火”。卜辞可见商代自然崇拜中的火。爱丁顿在和钱德拉塞卡的一次争论中说：“你是从恒星的观点看，我是从自然的观点看。”古希腊的赫拉克利特说，万物的本原是火，宇宙是永恒的火。“大爆炸说”本质上是一种“火宇宙理论”。

1908 年发生的“通古斯大爆炸”至今仍是谜。

1908 年清政府颁布的《钦定宪法大纲》也是一把火，“燎革命之原”的火。对一个没落王朝而言，最危险的时候往往是启动改革的时候。托克维尔在《旧制度与大革命》中说：“在路易十六亲自主持的改革中，有一些未经充分准备，就突然改变了古老而受人尊重的习惯，有时还破坏了既得权利。这样，改革不只是推倒了阻碍大革命的重重障碍，更重要的是向人民表明怎样才能动手进行革命，因而，改革为大革命做了准备。”

50

爱丁顿说：“空间不是大量密集在一起的点，而是大量互相联结在一起的距离。”

正因如此，太空望远镜拍摄的宇宙空间才会那么美（距离产生美）。“理解科学需要艺术，而理解艺术也需要科学”。（乔治·萨顿《科学的生命》）

51

没有美的真理仍称得上是真理，没有真理的美却是一剂毒药。

52

毕加索说，如果艺术品没有永久生命，就根本不值一提。

木心说，艺术品如果不是艺术，就什么都不是。

两人都未免太绝对——是啊！所以他们分别成了毕加索和木心。为人，可以中庸。艺术上，绝不可。

53

艺术家：经常遭受灵感的重负压迫，然而凭直觉和大无畏勇气突破“直觉的隐蔽机制”的人。

54

丰富了人类精神生活的少数人，即便收获了名声，也很难被时人接纳为人类的真正代表和最高代表。遑论其中生前默默无闻者。

55

孔子曰：“君子之德风，小人之德草，草上之风必偃。”

孔子是伦理政治家，所以才会自信满满如是说。艺术家、科学家不会这样，在他们看来，风随意吹，不在意草偃不偃。

费曼的物理课上，那些听讲的本科生、研究生，可有成为费曼第二的？

爱德华·吉本说：“教育的威力是难得见成效的，除非教者与被教者双方是理想的组合，然而这时教育又几乎是多余的了。”“几乎”——话未说绝，尚存一丝可能。现代大学的主要功能是向社会输送技师、工匠和职业经理人，顺带为极少数大师提供寥寥可教导的学生（或有可能建立“理想的组合”；金风和玉露的相逢），为极少数自觉的天才学生提供一个可自由出入的图书馆。

56

1669 年，二十六岁的牛顿被授予卢卡斯数学教授讲席。他的授课内容太过抽象、晦涩、超前，几乎没有学生前来听课，如他的实验室助理所言：来听他讲课的人如此之少，能听明白的更少，以至于他常常做出这样的举动——面向墙壁朗读。

“桃李不言，下自成蹊”与牛顿无涉。然而，这没有对牛顿造成任何困扰。他从来不以“得天下英才而教育之”“桃李满天下”为乐。相反，没有学生、少上课是一种福利，可以把精力节省下来，专注于一己的研究。在牛顿担任教授的几十年之中，只有三个学生（克洛普、马卡姆、萨谢弗雷尔）接受过他的指导，结局你肯定猜到了，这三位剑桥高才生一事无成。

我愿为聆听牛顿朗读的那堵墙。尽管听不懂他在讲什么。

我愿为狱中注视萨特的那堵墙。“我偷眼望他，第一次发觉他的样子很奇异，他把死亡摆在面孔上了”，我听到他喃喃自语：“看见我尸体的是我自己，是我的眼睛。我似乎必须做到能够想象出……想象出我再也看不见任何东西，再也听不到任何声音，而世界却为其余的人们继续存在。”

我惊喜地发现，自己并不比牛顿少一些孤僻和偏执，或比萨特少一些冷峻和真实。

57

有些人在熟读典籍之后造出新的典籍，有些人却成了文盲。文字障、知识障，是自己给自己设障。

58

冬夜，凉阶。曹雪芹点上灯笼，与牛顿座谈扎风筝的技巧，并相约一起寻找儿时丢在山坳里的脚印（曹雪芹和牛顿都是“风筝大师”）。

59

与牛顿为友，与玄奘为友，更要与真理、真如和真实的生活为友。

60

天才式人物每每选择自我封闭，只是为了避免回答智力低下的人提出的无理且无聊的问题。

61

一个自以为是的人是好争且无礼的哲学家，聪慧的人宁愿被体系化的哲学折磨，也不愿与之发生纠缠。

62

“科学家可以立马接任铸币厂厂长，铸币厂厂长却无法瞬间变成科学家。”牛顿笑对女王说。

63

1901 年，袁世凯向朝廷上奏折——《遵旨敬抒管见上备甄择折》，倡议“崇实学”“开民智”“重游历”等。而就在这前后，卢瑟福和索迪发展了一种新理论，根据原子内部发射的阿尔法和贝塔粒子来解释放射性衰变，并指出原子会通过此过程转变为另外的元素，他们称其为“裂变”。优异的个人、卓越的民族和倔强的国家也是原子，会经历一次次裂变。裂变类似涅槃，涅槃才能重生。但乌鸡变不成凤凰，基因突变有其限度。

64

上帝曾摧毁了两座繁华的城市：“耶和华将硫黄与火，从天上耶和华那里，降与所多玛和蛾摩拉，把那些城和全平原，并城里所有的居民，连地上生长的都毁灭了。”

有人认为，上帝手中的骰子是人造的，是像普朗克、陈抟和爱因斯坦那样的人造的。

地上的城才是人造的，是独裁君王（如秦始皇）、受迫害者（如西伯利亚囚犯）和出走的人（如“五月花号”上的清教徒、兰波、高更、高迪、萨曼·拉什迪、乔治·伊斯曼、乔伊斯）造的。

65

徐光启的“光”并没有徐徐肇启十七世纪中国的黎明之门。

66

在一个标榜见微知著的时代，我提倡见著知微、见著知著。

67

在生命最后的三十年里，爱因斯坦没有取得任何重大突破，大部分时间在徒劳地寻找一种可以统一引力和电磁力的理论。爱因斯坦的热切崇拜者兰佐斯说：“爱因斯坦在最后的三十年中，越来越像个隐士，和当时的物理学发展失去了联系。”难道真如托马斯·赫胥黎所言，科学家过了六十岁害多益少？

数学家哈代说：“一个数学家到了三十岁已经是比较老的了。因此，拉玛努扬的死也许并不像表面上那样是一场灾难。”

与科学家相反，诗人的黄金年华却在三十岁以后。

后半生的爱因斯坦为何不去写诗？如果既是大物理学家中的诗人，又是大诗人中的物理学家，该何等伟哉！

68

狄拉克初始是“空想家”，后来成了“想空家”——畅想空间的科学家。

69

凡被一致评价为雅俗共赏的事物，往往既不雅，也不够俗。真正雅的东西，俗人是赏不了的。

70

费米子遵循泡利不相容原理，即没有两个或两个以上的粒子处于完全相同的状态。

然而，李白与杜甫、蒲宁与梅列日可夫斯基、维米尔与梵高却可以共存，为同一片空间和时间所包容。

71

量子化粒子具有一种自旋的属性。艺术家也具有一种自旋的属性。《星空》是梵高先生自旋、晕眩的副产品。

72

“学好数理化，走遍天下都不怕”是我少时社会上流行的一句话。当时舆论氛围推崇理工科，认为文科无用，后遭批判，曰“缺乏人文素养很可怕”云云。直到某一天，文科出身的我，猛然意识到，理论物理学才是真正的哲学，而“受过人文学科教育的人们所表现出来的对科学的无知，甚至轻蔑，是令人惊愕的”。玻恩说：“在我碰到过的受过纯粹人文学科教育的人当中，有非常多的人对真正的科学思想没有一点认识。”在学科分工日益精细的当下中国更是如此——法科生对科学的漠视尤其严重；研究人工智能和互联网的法学教授竟缺乏最基础的信息技术、大数据和量子物理知识，更不用提科学的思维方式了。

73

玻恩：“巧妙的、基本的科学思维是一种天资，那是不能教授的，而且只限于少数人。”

哪一种巧妙的思维不是天资？莫扎特的天才，唯莫扎特才有。梵高的躁狂同普通人的躁狂不是同一种躁狂。

74

玻恩说：“如果人类没被核战争所消灭，它就会退化成一种处在独裁者暴政下的愚昧的没有发言权的生物，独裁者借助于机器和电子计算机来统治他们。”从玻恩离世到现在已经过去五十多年了，现在对未来的担忧已经转变成“机器和电子计算机（虚拟人或复制人）是否将统治人类”？未来虚拟人或复制人对未来的担忧是“治下的人类是否会恢复被泯灭的记忆，从而重新进化，奋起反抗”？

75

斯宾诺莎如果出生于1920年，那么，他在1940年荷兰遭受纳粹德国入侵时，会不会被征募服兵役，去保卫曾经宣布他为异端的祖国，而无法隐逸于寂静的小镇独自沉思，靠磨镜片为生？

76

一定程度的孤独感、神学式信念，为做大事者所不可少。

77

爱因斯坦说：“关于自然，最令人费解的就在于它的可理解性。”

关于爱因斯坦，最令人费解的就在于他不是自然的一部分，因此难以理解。下一位“爱因斯坦”会抽丝剥茧似的理解他。

78

诗人艾略特说：“一个人应该具有一种蜡炬成灰的激情，去从事他难以胜任的事业。”

蜡炬成灰？在发出持久（甚至永久）的光之前，还是莫成为灰较好。

难以胜任的事业？那么艾略特为何不去研究X射线（伦琴射线），而是写诗？

1896年1月23日，维尔茨堡大学的学生为了庆祝威廉·康拉德·伦琴的成就，特意举行了火炬游行。伦琴发表讲话：“我从未做过这样的梦……”是的，他是没做过这样的梦，他做了太多别的梦。

79

先“举重”，再“若轻”。“若轻”，并非真的轻。

卡尔维诺说：“我有时尽力减轻天体的分量，有时尽力减轻城市的分量，首先是尽力减轻小说结构和语言的分量。”

80

博尔赫斯在踏入天堂之门前参与了《特隆第一百科全书》的编撰。“特隆宇宙”是我们已经感知到但从未抵达的另一个宇宙。那里有隐秘的河流和幽灵，有像少女纤指和月亮一样的温柔。那里的人都是天生的理想主义者，不存在神学与玄学之争。那里没有诗人和化学家，因为所有人都是诗人和化学家。

81

库克船长驶入的是狄拉克之海。而狄拉克正在一个雾气氤氲的早晨，绕杭州西湖步履沉重地漫步，默念“十年生死两茫茫”的诗句。

82

德国作家埃尔文·斯特里马特说：“每个真正的科学家都知道，他的种种科学假想，实质上都是些朦朦胧胧的、诗意盎然的预感，而每一个真正的诗人也晓得，他那些朦胧的预感实则是一些尚未得到验证的科学假想。”

83

对科学家而言，想象力比知识更重要。对具有成为大诗人潜质的诗人而言，知识与想象力同等重要。

84

奥古斯丁说：“好的基督徒应该提防数学家和那些空头许诺的人。这样的危险已经存在，数学家已经与魔鬼签订了协约，要使精神进入黑暗，把人投入地狱。”

不必提防数学家。因为从阿基米德、海亚姆到希尔伯特，都是最纯洁的人。

不必提防“空头许诺的人”。因为遍地皆是，防不胜防，干脆不防为好。鲁迅叮嘱：“别人应许给你的事物，不可当真。”

85

怀特海说：“阿基米德死于一个罗马士兵之手，是一个世界发生头等重要变化的标志：爱好抽象科学、擅长推理的古希腊在欧洲的霸主地位，被重实用的罗马取代了……罗马是一个伟大的民族，但是他们却由于只重实用而导致了创造性的缺乏。他们没有发展其祖先的知识，他们所有的进步都局限于工程技术的细枝末叶……没有一个罗马人因为沉湎于数学图形而丧命。”

俄罗斯帝国根本没资格自诩为“第三罗马”。它又不尊奉实用主义。

实用主义是美国人的玩意儿，如皮尔士、詹姆斯、杜威、罗斯福、爱迪生、福特、比尔·盖茨等。美国才是名实相副的“新罗马”，它将工程技术的细枝末叶创造性地发展到极致：从爆炸的原子弹到罗尔斯的正义理论，从麦当劳配方到好莱坞女星的一蹙一笑。

我们或可假设，墨子死于一个大秦帝国的小兵之手。

白起将军因沉湎于数学而丧命——被伤亡和活埋的数字之大吓死了。他不是墨子的门徒，不是爱丁顿崇奉的贵格会的信徒，不是范雎那样阴险、杰出的政治家，他只是战国四大名将之首的白起将军。

86

卡夫卡审判的不是陵轹于人的美国，不是骄横跋扈的父亲，不是找不到城堡之门的测量员，不是并非无辜的无辜者，而是暗香疏影处、小径独徘徊的自己。

大地法

1

大地之存在，非为供我们占有、栖居或流浪，而为引出如下的感叹和睿思：“谁拥有大地？难道我们需要大地就是为了在那里流浪吗？难道我们需要大地就是因为我们永远平静不下来吗？不管谁需要大地，他都可以占有大地。”（托马斯·沃尔夫《时间与河流》题词）“人类的思想必须再一次聚焦于人间此在的基本秩序，我们力图发现大地的丰富意义，这是本书的尝试，也是我们的使命所在。大地承诺了和平，只有新的大地法思想可以实现和平。”（卡尔·施米特《大地的法》① 序言）。

2

“云母屏风烛影深，长河渐落晓星沉。”

吴刚入碧海掣鲸，与青天交谈，站在月球环形山上思考人类大地法的困境。累了就和“偷灵药”的嫦娥一起编撰关于月亮的诗集。

如果生于十七世纪的那不勒斯，就只能像贝尼尼那样雕刻《阿波罗和达芙妮》。

如果失眠于二十一世纪的大梁城，则可以做到对中西诸神一视同仁。尽管诸神的黄昏已成往事，但月亮正悬空高照，像太阳。

---

① 本章凡引用卡尔·施米特的言述而没有特别注明的，皆出自其《大地的法》（刘毅等译，上海人民出版社 2017 年版）一书。

3

纯粹的学术神坛上不可能有纯粹法学的一席之地。

汉斯·凯尔森不仅要排除法律与正义（道德）、客观法与主观法的二元论，而且欲废除法与国家的二元论。他的目标是构建一元、纯粹的法学理论。

可纯粹法学并不纯粹（尤其是当它把政治贬低为“暴政”时）——一种不自觉的去政治化（反意识形态）的政治。一切文化都是自觉不自觉的政治。如果这样说有“泛政治化”之嫌，那“泛纯粹化”就值得被尊敬？

或许存在纯粹的女子和诗人，但不存在纯粹的科学和政治。

当凯尔森道出“思想比权力更受到尊敬”的价值观时，他为自己在纯粹的学术神坛，不，思想神坛上，赢得了一席之地。

思想史无他，思想家的历史耳。

4

学者不上前线，将帅不上前线，诗人不上前线。

其实，让手无缚鸡之力的人热衷于以暴力解决问题，比让狗飞翔、让鸡抓鼠还要蹇难。

懂政治的诗人和作诗的政治家皆可安心冬眠矣。

5

边沁经常说“所有的诗都颠倒黑白”，这让追随他和老密尔（詹姆斯·密尔）的小密尔（约翰·斯图亚特·密尔）吃尽了苦头。小密尔在二十岁就患上“神经麻痹症”。他把自己的病归咎于过分强调分析而没有情感上的平衡发展：“分析的习惯有种磨灭情感的倾向……于是就像我告诉自己的那样，我停泊在我航行的出发地，有装备精良的船和舵，但是没有帆。”

于是他自觉地转向柯勒律治、卡莱尔和华兹华斯等作家，培养自己的“情感”。密尔终于成了密尔，而非另一个人。

6

卡尔·施米特："一本书的命运并非掌握在作者手中，更少与作者本人的命运有关。"

一本书的命运仍长期掌握在作者手中。最可怕的是作者还活着，却已意识到他撰述的书已死。意识不到这一点更可怕、可悲。

7

"法学家对事物与土地、现实与领土的知识并非源于地理学家，夺海的概念具有法学而非地理学的印记""法学与神话渊源的联系远远深厚于法学与地理学的联系"——神学家卡尔·施米特如是说。

这话若出自麦金德之口，将更有说服力。

狡黠的孟德斯鸠拒绝明确表态。他暗示，答案就藏在《波斯人信札》之中。

作为婚姻法专家的孟德斯鸠先生通过苦心经营的婚姻轻而易举地赢得大笔金钱，可以毫无后顾之忧地辞去高官厚禄，赴古罗马腹地旅行。我羡慕且嫉妒他。我曾在有阴谋、角斗场和废墟的梦中与他邂逅。

8

李零说，与其拿罗马帝国跟秦汉帝国比较，不如拿波斯帝国跟秦汉帝国比较。因为波斯帝国有三大特点：大（横跨三洲五海）；统一（车、书、教、货币、度量衡统一）；与中国关系密切（丝绸之路的中介，提供了国际语言）。他还说，研究历史，学会比较很重要。

尽管比较分析方法经常失效，但胜在能激发想象力。而且，会显得博闻多识——这一点在当下和未来的"专家时代"难能可贵。人以稀为贵，人以唯一性和无可替代性为贵。

"所有个体都是唯一的，都无可替代。"有人宣布道。

将自由主义和个体逻辑贯彻到底会让人觉得无比真诚。然而我却无比清醒地意识到它的荒谬和可笑。我不会直接戳破那层薄薄的窗户纸，我厌恶自己的胆小和伪装，谁让我不是决绝的人呢？一个问题：自由意志是否应归于表象的范畴，抑或根本就是假象？

9

在大航海时代到来之前，海洋是没有特性的，“波涛之上尽是波涛”。

海洋是自由的。海洋之上没有法律。

海洋有神话，却没有“神圣的场域”。

路易十四于 1681 年颁布的《海事条例》宣布了波塞冬的死刑。毕竟，最原始的大炮也比三叉戟的杀伤力大。

10

卡尔·施米特：“在坦荡的海洋上，没有围篱，没有界限，没有圈定的区域……也就不存在法权和财产权。”

“坦荡”一词极妙。坦荡率真的施米特不可能是勇敢但却混沌的希特勒的同道。希特勒不自觉地做了人类试错的工具，汉姆生则无耻地为希特勒辩护：“我没有资格大声说出他的英名，他的一生和事业也不容人们加以任何情绪化的讨论，他是一位战士，人类的战士，也是所有国家正义之书的预言家。他有最为崇高的变革的天性，虽然这个时代无比的野蛮最终埋葬了他，但他的身影必将高踞其上。”电影《从海底出击》和图书《艾希曼在耶路撒冷》中的政治观比大多数坊间讨论战争和大屠杀的皇皇巨著的思想都要深刻。

贯彻国家意志的“杀人犯”可能是极坦荡的人。

犯下平庸之恶的普通人是否应承担集体伦理昏厥的责任？人类何时才能放弃寻找替罪羊的潜在冲动？

11

孔子是“坦荡荡”的君子。纵使“道不行”“穷乎陈蔡之间”，他也不愿登蓬莱，“乘桴浮于海”。

赞曰：“无恒产者亦可有恒心。”

真正的无产者是坦荡的海洋。无产者在心性革命中失去的是锁链，得到的是海洋般辽阔的返璞归真的自己。

12

如果孔子还活着，绝不会“述而不作”，而是用尼采笔法撰写国际法随想，以反儒学的姿态复兴儒学。

13

卡尔·施米特：“迄今为止的国际法历史就是一部占取的历史。到了某个特定的时间，对海洋的夺取也附加其上。这时，大地的法，便以稳固的土地和自由的海洋之特定关系为基础建立起来。”

实证法意义上的“占有”与政治历史意义上的“占取”不宜画等号。

国际法并非实证法，从来都不是。

“某个特定的时间”不如译为“某个特定的时刻”。“时间”既不如“时刻”准确，亦不如“时刻”有诗意。所有重大事件都是在某个特定时刻发生的。

14

卡尔·施米特：“今天，无论是稳固的土地还是自由的海洋，其自身内部和相互之间的关系，都被一宗新的空间事件——控制天空——急剧地改变着。”

早在1950年，施米特就预见了航天飞机、宇宙飞船的诞生。他活得足够久（1888—1985年），亲眼见证了预言的实现。不是所有人都有这样的好运气，诺查丹玛斯、袁天罡和赫伯特·乔治·威尔斯就没有。

主权：陆地与海洋的联结点；秩序与场域的联结点；个人英雄情结与普遍帝国想象的联结点。

最初，强权的标志是战列舰、坦克、大炮，后来是航空母舰、核潜艇、原子弹，现在则是宇宙飞船、航天飞机和反卫星导弹，以及拥有宏大想象力的科幻文学。之于中国而言，《三体》的出版和《流浪地球》的上映无疑是标志性事件。仰望天空与翱翔太空有时是一码事。不要忘了《纯粹理性批判》和《永久和平论》的作者也撰写了《宇宙发展史概论》。

因为尚有穷人需要救济就反对登月计划和发展太空武器的文艺青年可以枕着“面朝大海，春暖花开”之类的诗去睡觉了。

15

黑格尔：“正如家庭生活原则的条件是大地、土地和耕地，对于工业化，海洋乃是其由内向外生生不息的自然元素。”

如今，这已是显而易见的常识。稍有常识的人都知道海洋和巨型油轮的不可或缺，也都晓得苏伊士运河、巴拿马运河和马六甲海峡战略地位的重要性。前人的高明处，恰恰在于发现和道出了我们今天众所周知的常识，或以精妙的语言道出了常人习焉不察的道理、习以为常的常识。

16

不错，在今天，一位平庸的博士也能道出上述黑格尔的话来（甚至说得更好），但谁让他“吾生也晚”呢。

“问君能有几多愁”“池塘生春草”“明月照高楼”等句，顾随的评价是“真好”，然而又说“多幼稚”“叫我们也写得出来，只可惜我们生得太晚”。今天的中国诗人，不宜再写古体诗——不是写不好，而是纵使写得很好，仍称不上足够好。百丈怀海禅师对弟子云：“见与师齐，减师半德；见过于师，方堪传授。子堪有超师之作。”（释道原《景德传灯录》卷六）

前人写尽的东西，须弃之。从荒僻之处，杀出一条血路来。

旧瓶未必不能装新酒，以诗为例，木心先生就写了《诗经演》。但那需要才够高、胆够大。即便如此，其局限仍一目了然。何时不再区分旧瓶新瓶，才算“成了”。木心的散文诗尚余文人味，鲁迅的散文诗已臻化境。木心是鲁迅的好学生。

17

木心曰：“大哉鲁迅，五四一人，凡爱读鲁迅文者都可能成为我的良友。”

木旻曰：“大哉施米特，现代一人，凡爱读施米特文的博士都可能成为我的良友。”

18

苏力的《大国宪制：历史中国的制度构成》很偶然又必然地成了学术畅销书。实际上，它只是拨乱反正、重归常识。然而，太多人连基本的常识都不具备。

我看重的并非苏力教授的结论，而是他在历史分析中展现的惊人直觉。比如，他分析上古时期的禅让制：后来的儒家当然可以用“天下为公”的伦理话语来解说这种制度实践，但仅仅凭借这些是说不通的。更有说服力的是，当时没什么人想干这份吃力不讨好或未必讨好的工作，责任太大，工作太累，几乎没什么物质收益。在这种条件下，禅让制的核心道理，说穿了，就是在一个血缘群体中，一大家子亲人，有些活哪怕再脏再累，也得有人干。

19

从“神话般的描绘”转向“知识性的经验”——近代科学主义的兴起——是人类的一大进步。到了再次从“知识性的经验”转向“神话般的描绘”的时候了。这不仅仅是个美学问题，更是个认识论问题。“日中则昃，月盈则食；天地盈虚，与时消息，而况于人乎？况于鬼神乎？”不识鬼神则不可能识人——弥尔顿《失乐园》的主题。“时间概念总是被摒弃，神话时间被重新获得”——“在梦里”；正是在梦里，萨满进入“纯粹神圣”的状态，“并与天神、神灵和祖先灵魂重新建立直接关系”。（米尔恰·伊利亚德《萨满教：古老的入迷术》）所谓“回到初心”，即重新回到源初的神秘经验。

“太初有道”，具体到政治哲学，就是将建国创制之初的某个文本、事件和人物加以神化。政治神话和法律事实可以并行不悖——某些法律家、实证主义的法律家，却对此不以为然。人们对《山海经》《创世纪》《吉尔伽美什史诗》再次焕发热情无疑是对的——尽管只是少数人的热情。

20

在中国，那些列奥·施特劳斯的徒子徒孙们，既然可以衣带渐宽终不悔地发掘、整理和诠释灵知派经典《蒙福的尤格诺斯托及耶稣的智慧》，何以反而不能对陶渊明的爱欲和政治哲学做一番细密探究？难道因为白话文运动影响深远，他们读不懂“愿在丝而为履”“瑾瑜发奇光”“乃在峚山阳”“素驥鸣广陌”之类的文字吗？认真思索一番，我突然醍醐灌顶——他们欲通过解读西方经典来糟蹋西方经典，内心对中国经典仍持敬畏之心。显然，这是极高妙的文化政治策略。然而，《诗》之教不是“温柔敦厚”吗？《中庸》之教不是“唯天下至诚，方为能经纶天下之大经”吗？他们如此作为，岂非心地太阴险？我如此揣度，岂非心地太阴险？曰“或阴或阳”（鬼谷子《鬼谷子·捭阖》）；曰“建大业者不拘小节，知天命者不系细物”（陈寿《三国志·文帝纪》）；曰“懂得显白教诲与隐微教诲之分是理解‘过去的思想’的前提”“如果现代学界已经不再有人懂得教诲有内外之分，现代还有真正的哲人吗”（刘小枫《学人的德性》）。动辄拿“哲人”一词说事的人大多自命为哲人。当然，是否称得上哲人，只能由以后的哲人来评鉴。时间无穷尽也，哲人也无穷尽。最起码，辩证法的原理是这样。

21

秦始皇和乾隆两人的空间感更为接近，而与我们相差甚大。然而，秦帝国、清帝国、大英帝国和美利坚帝国的空间感却惊人的一致，即“这些帝国中的每一个都自视为整个世界”。菩提树已经结出了无花果，帝国的逻辑却从未改变。

22

在前全球时代，尽管海盗也是罗马法或万民法意义上的“罪犯”，却被某些居民、海岛和鲨鱼默认为英雄。到了全球时代，海盗如果拒绝解散或被海军收编，则是民族、国家或全球秩序的敌人。郑芝龙是海盗，郑成功是英雄。父子俩是一个新时代的象征。

23

除了少数几个国际法专家，谁还晓得公元前1259年埃及大帝拉姆西斯二世和赫梯王阿图西里什签订的国际协约？

春秋战国时期的诸侯盟约也属于国际法？

晚清士人用古代事物（如《春秋》）附会现代现象（国际法）固然显得迂腐，但他们仍具备最基本的“通古今之变”的易学思维和修辞能力，今天的某些国际法专家则只会撰写“首先其次再者”的八股论文。

24

卡尔·施米特：“在东方和西方，古代和中世纪高度文明地区的大型政治体所产生的文化种类，不是内陆型的，就是河流型的，最多也只是内海型的。因此，他们的空间秩序的法则，并不是像迄今为止的欧洲国际法那样通过‘陆地—海洋’的对立来确定的二元体系，也就更谈不上与此对立的超克。”

“内陆—草原”难道不是二元体系？

中亚的草原、荒漠和戈壁滩是海洋，马是船，剑是帆，苏鲁锭是风，而铁木真是舵手，是船长，也是萨满。那是一统天下的唯一契机。成吉思汗死后，世界岛就彻底分裂了。

“文明—野蛮”难道不是二元体系？

圆明园的名物在各大拍卖行之间来回漂泊。有人说，也好，放在有钱人手里比放在喜欢“破四旧”的人手里安全。我听后五味杂陈。为抚平激荡的心灵，我到丁韪良访问过的那座皇家园林的废墟，不，是地坛独臂将军柏下的轮椅轨印上，睡了一晚。我梦见《金铁主义说》的作者向信史、永生和欧罗巴的王冠开炮。

发端自东瀛的“超克”一词进入汉语表明，知识分子构想的东亚共同体既无比真实，又特别虚幻。

25

是谁，抑或是什么暂时遮住了末世论的阴影？

帝国，不管多么强大，以什么名义，都不可能成为阻拦现世永恒之终结的决定性历史力量。

26

护教者德尔图良说：“不要让任何人通过哲学和空洞的欺骗误导你们，它只是人的传统，与圣灵的智慧相对立。”此说法不准确，应该说“不要被装扮成圣灵智慧的空洞哲学和人的传统所欺骗”“不要被异化成空洞哲学和人的传统的圣灵智慧所误导”“不要因被圣灵赐予了智慧而遗忘了智慧乃由人创造的客观事实”。

27

在各种坏事中，没有比谣言飞得更快的。

在各种好事中，没有比贴地飞行的伊卡洛斯更畅快的。

还有更畅快的，那就是亲眼见证具有波西米亚气质的科耶夫与堪比宗教大法官的施米特在北大附近的某个咖啡馆会面，激辩“普遍同质的国家”是否有未来，以及“人生的星期天”有何独特隐喻。

28

战争和血腥革命的消失未必导致哲学的消失，却会降低仁爱、艺术和游戏的价值。

29

如果说“二战”没有带来任何本质上新鲜的事物，而“一战”只是个插曲，那几千万士兵的血岂不是白流了吗？

进一步的问题：1812 年只是个序曲？

柴可夫斯基不愧为音乐界的政治巫师，他早早地预见了“工业化的拿破仑”和“网络帝国的凯撒”之时代的到来。

30

与其做一个咿呀呻吟的抒情诗人，莫如做一个吊儿郎当的“半黑格尔主义者”。

31

卡尔·施米特绝不会把恐怖分子视作游击队——在他看来，游击队这一“非正规军战士”才是“二战”后具有世界性的人物形象。

32

切·格瓦拉是被过度消费的美学形象。在一个消费时代，有什么不是被过度消费的？

33

在第一次同科耶夫碰触之后，施米特即兴写就《占取—分配—生产》一文，认为这三个环节构成了以律法为标志的世界历史的重要特征。

在《大地的法》这本精心撰述的著作中，施米特进而指出：“法的原初意义，或者说法源自占取”；欧洲的“民族—区域”国家“在海外占取方面打开了无限的自由空间”；“法是关于空间分配的基本进程”“对于共存于地球上的人民、帝国和国家来说，对于所有类型的掌权者和权力机构来说，每一个新的时代和新的纪元，都要以一种新的空间分配、新的圈围和新的大地空间秩序为基础”。

问题在于，在小小地球已无无主场域、广阔天空尚无法占领的背景下，如何进行新的空间分配？

34

卡尔·施米特——一位哲学保守主义者，妄图用哲学自由主义反对实践自由主义，妄图用大空间理论为垂垂老矣的欧洲国际法续命。

35

科耶夫说施米特是“唯一值得交谈的德国人”。

想在活人中找“唯一值得交谈的人”诚非易事，那首先得苦己心志、劳己筋骨，把自己变成“唯一值得交谈的人”。

36

任何对权力和金钱毫无兴趣的人，都需要找点开心的事情去做。

37

谁能对现代技术和官僚政治安之若素，谁能对天衣无缝的晋升计划无动于衷，谁能对时尚生活的加速度熟视无睹，谁就能在日渐褪色的旧画卷上“绘事后素”。

38

卡尔·施米特：“但丁在《论世界帝国》中将帝制描述为最完善的人类团体形式，它不同于王国或自治城市，而是一种能够给各个自治体带来和平与正义的超越性机制，并因此而成为一种更高层次的整全性的特殊组织形式。”

帝制既是古典的，又是现代的。

一个关键词：整全性。邹谠在《二十世纪中国政治——从宏观历史与微观行动的角度看》提出的“整全性”概念并未过时。

帝制是一种整全性的组织形式。“苏联就是一个现代帝国，它以实现全世界的共产主义革命作为存在的意义与理由。”这种超越狭隘民族立场的革命理由源自俄罗斯精神底色中的弥赛亚主义，与但丁所言的“帝制—世界政体—世界和平”一脉相承，与《礼记》所言的“天下大同”殊途同归。

列宁式政党也是一种整全性的组织形式。葛兰西在《现代君主说》中指出，“现代君主”不可能是某一现实人物或具体个人，而是一个有机体——政党，它作为“最初的细胞，包含着追求普遍与总体的集体意志的胚芽”。它不可能是代表阶层利益或小集团利益的西式自由政党，而只能是整全性的列宁式政党。

但“追求普遍与总体”的帝国、帝制和政党都有可能异化，走向、陷于自私之境，渐渐背离了初心。

如何维持公共性？个体化的国王有两个身体（公共人格和自然人格），集体性的“现代君主”同样也有两个身体。自然人格总是潜存侵蚀公共人格的倾向。自私的帝国极可能变身为“吸血鬼”，以维持小团体的福利为能事，而非“给各个自治体带来和平与正义的超越性机制”。

如何维持超越性，且是持续、长久地维持，这本身就是一个永恒的难题。少数人甚至个别人，才“热心于造福后代”，大部分人是既不热爱真理亦不具有灵性的。但丁：“但凡具有灵性因而热爱真理的人，显然都会十分热心于造福后代。”

但丁太乐观了。思想家总是容易乐观。我更喜欢作为诗人的但丁。

做思想家不易，做有思想的诗人更难。充任民族宪法的守护者不易，构建统一的世界政体更难。

39

中岛美雪是大地的真正歌者，她在《竹之歌》中唱道：

日月五星周旋，月出火明，雨润成木，
为金欢舞，又回土与日，
我所能仅记并留传后世的，
就是那根深入地的竹之歌。

40

卡尔·施米特：“一旦各类政治实体（自十三世纪以降）不仅在事实上，而且逐渐在法律上开始脱离罗马帝国，并将教士阶层的权威限制在纯粹的精神领域，中世纪基督帝国就不可避免地走向解体了。在法国，这一过程被称为‘城邦之上无权威’。”

城邦之上是另一个城邦的废墟，之下也是。

41

苏格拉底之死的教训：“法”不等于“众意”。“国际法”更是如此。在大国霸权和操纵下确立的欧洲主权国家的“小圈子式的平等”并不意味着“在这种领土均衡系统中，每个国家甚至那些最小的国家都具有同等的重要性”，皆有其历史和现实合理性。亚里士多德认为，法的统治意味着中产阶级的统治，区别于整个帝国的统治，也区别于大多数穷人的统治。这是可以理解的，他没有追随自己的弟子亚历山大东征西讨，眼光局限在城邦之内。

42

亚里士多德的学说是现代中产阶级的学说：抛弃理念论和唯心主义；拥有现实主义和实证主义的政治观；对因果律的过于重视；信奉形式逻辑和三段论；认为知识起源于感觉；认为艺术即模仿；提出“凡运动的事物必然都有推动者在推着它运动”的力学理论；拥护“地球中心说”；等等。这一切都表明，亚里士多德不知诗和天空为何物。

43

亚里士多德认为“统治者和被统治者的区分”是必要的，并指出“有些人在诞生时就注定将是被统治者，另外一些人则注定将是统治者”。这种“天才说”我完全同意，但我清醒地意识到，它不适用于奉“王侯将相宁有种乎”“彼可取而代也”为圭臬的中国。亚里士多德还认为，“男女间的关系也自然地存在着高低的分别，也就是统治者和被统治者的关系”。这种“不平等观”我万万不敢同意。

既然人注定是“政治动物”和“社会关系的总和”，就必须了然什么叫政治正确，懂得如何避免被舆论围攻。

如果亚里士多德不是将“统治与被统治的关系”局囿于人事领域，该多好！

他已经够好了，不必更好。毕竟，他在《政治学》一书中发出过如下告诫：“事事必求实用是不合于豁达的胸襟和自由的精神的。”

44

起初，“法”是一种建构性的历史事件，是建构“正当性”的行为。渐渐地，“法”被功能化为“法律”。

如何不断地激活制宪权，并转动由宗教、法律和政治共同构筑的圆环？

将“法”比作“一种音阶”“音乐秩序”，只是形似而神不似。

和谐分两种：外部空间秩序的和谐与内在心灵秩序的和谐。前一种可望可即，后一种不可望不可即。

45

瓦格纳并非视黄金如粪土的大音乐家，他是乜斜“海上马车夫”和“飞翔的荷兰人”的莱茵河水手。

46

卡尔·施米特："只有认识到'占取'一词在国际法中的重要意义，我们才能从法律史和法哲学的角度理解欧洲国际法史上的重大事件：占取新世界。"

冯象先生说，历来"法学的传世之作"无外乎两类——法律史和法哲学。他还说，法学只有"上升为史学"，才能"承载民族精神，加入一个伟大的学术传统"。卡尔·施米特对"法现象"进行了系统化的历史考察和历史化的哲学论述，他早就预料到遥远的东方精英会像解剖麻雀一样来解剖他的隐秘言辞，且不会失望而归。

47

新的陌生大空间的出现，足以改变时间、概念和国际法的意义，如1492年的地理大发现。卡尔·施米特："欧洲各民族及其王侯们，现在看到一个巨大的、迄今为止不为人知的、非欧洲的空间在自己身边出现。"

随着中国人"睁眼看世界"及其"天下—空间"观的改变，1840年成为一个特殊的年份。

然而，"1492年"和"1840年"的精神意义是后人赋予的，因为当时的人只是凭直觉感知世界之变。

48

纵使我拥有穿越时空的能力，亦不愿充任京师同文馆的国际法教席，因为，我不可能改变历史进程。

历史自为，时间自为。改变的时刻会自动降临。

49

在经过长期较量之后，巴黎和柏林在二十世纪初不得不承认伦敦格林尼治子午线的地位——这是对英国强大制海权的承认。不错，没有必要把表面上纯粹的数学和地理学问题过度政治化，只是，倘若丧失了政治视野，则不可能意识到“承认”和“霸权”之于世界历史意味着什么。

50

英国有个地方，叫伦敦。伦敦东南面有条河，叫泰晤士河。泰晤士河边有个台，叫格林尼治天文台。格林尼治天文台里有个馆，叫子午馆。子午馆里有条线，叫东西半球分界线……

有钱的有知识的现代芸芸众生，都喜欢分开双腿，一只脚踏在子午线东侧，另外还有一只脚，真的，都有两只同样大小的脚，分踏于东侧、西侧——拍照，叫“脚踏东西两半球”。

啊子午线，当人们分腿威临于你之上，便有一场先验的追思弥撒，那样地在旁为你而悲恸，一批又一批游客，侮辱子午线，地球成了伎物，尽嫖它，一点也不爱它。（木心《即兴判断》）

51

殖民是残忍事件。最起码，对于印加帝国和夏威夷王国的子民来说是这样。

殖民是宗教事件。1493 年 5 月，罗马教皇亚历山大六世划定“教皇子午线”。

殖民是国际法事件。教皇首次划定分界线之后，1494 年 6 月 7 日，西班牙和葡萄牙签订的《托尔德西里亚斯条约》将这条线向西移动了 270 里格。以该子午线为界，往西新发现的区域归西班牙，往东新发现的区域归葡萄牙。

殖民是“大一统”事件。我指的是万花筒般的印度。

殖民是“美学事件”。位于委内瑞拉境内的安赫尔瀑布是世界上落差最大的瀑布。这道瀑布原本被当地人称作丘伦梅鲁瀑布，后因一位名叫詹姆斯·安赫尔的美国探险家曾考察此地而以现名闻名于世。名不正，则言不顺；言不顺，则事不成。命名、命名权是很关键的问题。堂吉诃德如果不叫堂吉诃德，就不会被视为“最后的骑士”。英法之间划定的“友好界线”如果不叫“友好界线”，两国将在拼斗中同归于尽，那世界历史就要改写了。

殖民是文学事件。幸好印度裔的 V. S. 奈保尔先生从不在意“乱花渐欲迷人眼”的后殖民理论。后殖民时代、后现代的中国理论家最多情，比放浪形骸的奈保尔先生还多情，只是，他们写不出《幽黯的国度》那样的思想评论。奈保尔生前曾计划写一本关于中国的书，幸好没有写出，否则，要么被捧到天上去，要么被批判得七零八落。倘若真是如此，倒是中国核心文学期刊之幸。

52

在学者竞相写作“全球史”、民众竞相出国旅行的当下，“全球公民”反而变得越来越不可能了。被灌输了“自由民主”“市场化”“地球村”“全球公民”意识的年轻一代，一旦走出本国的窄门，便须直面异邦的无形高墙和“非我族类”的人心铁壁，美好的想象即使不是瞬间坍塌，也会慢慢减损。异域的人文风情尽管非常美，但毕竟是“他者”，不属于短暂来访者。何况也没那么美，何况还可借助推特、脸书、百度、谷歌地图和穆罕默德遗下的圣书瞭望世界。原来觉得美，乃空间和距离使然。旅行是本能，爱国是本能，审美和写作也是本能。

作为一名真正的全球主义者，我宁愿待在国内小城的书房思考全球，像康德。

如果康德复活了，他还能安详地回到柯尼斯堡的故居吗——那座城市现在叫加里宁格勒。赢得了卫国战争的俄罗斯人不至于小气得不愿归还大哲学家的祖屋，只是，康德先生的国籍将是什么？

53

霍布斯认为，在自然状态中，“人对人像狼一样”。狼界有霍布斯吗？会不会说出“狼对狼像人一样”的话？

西班牙教士维多利亚在他的演讲词《论印第安人》中指出，人与人之间的相处之道不应是狼道，而应是人道。他既反对“人与人是狼”，也反对

“人与人是神”。

维多利亚倒是深得中庸之道的精髓，问题在于，人类社会如果不践行狼道和神道，如何界定、维持人道，并意识到人道的模糊性和可贵处？“己所不欲，勿施于人”“己所不欲，施于人”“己所欲，勿施于人”“己所欲，施于人”并存，才是人性和人类社会的常态。“天下大同，美美与共”只是能在极小空间、极短时间内暂时实现的乌托邦理想（孟德斯鸠曾指出，自由和正义的烙印皆局限于特定的时间之内），它如此脆弱，甚至经受不住“杨柳风”和“杏花雨”的摧残。

54

人道主义干涉的本质是“主义”大于“人道”。

55

一个人可以同时是教会神学家和国家法学家。

当然，一个人也可以选择做“教义法学家”或“教义国际法学家”——既远离了“神学”，又脱嵌于“ 国家”。

56

卡尔·施米特：“教宗所下达的传教任务，实际上间接地建构了正义战争的理念，也就是大征服授予了合法资格……教宗对异教徒发起十字军东征的呼吁便具有了国际法的头衔，有极其重大的政治意义，因为它成为获得伊斯兰帝国土地的国际法基础。”

传教必然伴随着征服，征服必然伴随着传教。当年的阿拉伯帝国即是如此。

征服必须“师出有名”。只要有强大的“师”、百万雄“师”，发明“名”不过是举手之劳。“国际法”属于“名”的范畴。“正义战争”属于美学范畴。而战争一旦美学化、道德化，将变得极其残酷。

面对叨叨不休谈论梵蒂冈的丘吉尔，斯大林打断他，问：“罗马教皇有多少个师？”

十字军东征只宜称作“弱者的圣战”，“圣战”一词本身就包含弱者的意味。基督教世界的十字军东征直至“属灵权力”消失——教皇失去发动“圣战”的资格和能力，连调动一个“师”的权力都没有；“神学应对陌生事物闭嘴”，法学家真提利斯如是说——之后的近代才取得成功（伊斯兰教的生存、政治和文化空间被大大压缩了）。中央集权的、封闭且界限明确的领土国家意味着一种“全新的清晰的空间结构”“谁没有能力转变成现代意义上的‘国家’，谁就不得不退出竞争”。现今，罗马教宗靠瑞士卫队提供保护，直接权力仅限于在只有几百人的梵蒂冈。然而，他因为退出竞争而获得更高的威望——象征性的威望。

57

刘奭“柔仁好儒，见宣帝所用多文法吏，以刑名绳下，大臣杨恽、盖宽饶等坐刺讥辞语为罪而诛”，尝侍燕（宴）从容言：“陛下持刑太深，宜用儒生。”宣帝作色曰：“汉家自有制度，本以霸王道杂之，奈何纯任德教，用周政乎！且俗儒不达时宜，好是古非今，使人眩于名实，不知所守，何足委任！”乃叹曰：“乱我家者，太子也！”

“霸王道杂之”，一语道破近代国际法的本质。

58

黎塞留说：“要加以支撑的事物和支撑事物的力道之间，应该互相保持几何比例。”

基辛格说：“有实力而无合理的安排会引起测试实力的争战，有合理安排而无实力为后盾，则只是虚有其表。”

两位相隔几百年的政治家进一步道出近代国际法的本质。

59

“俗儒不达时宜，好是古非今，使人眩于名实，不知所守，何足委任！”

汉宣帝一语道破现代知识分子的臭毛病。

“俗儒”并不可怕，可怕的是俗儒掌权，尤其是掌管或影响外交政策。

1935 年 6 月 20 日，胡适深夜致信王世杰（国际法专家，曾担任国民党外交部部长和国立武汉大学校长）：“在最近期间，日本独霸东亚，为所欲为，中国无能抵抗，世界无能制裁。这是毫无可疑的眼前局势。”1937 年 8 月 6 日，胡适向蒋介石提出“大战之前要作一次最大的和平努力”。1938—1942 年间，胡适出任中华民国驻美大使。1945 年，作为中华民国国民政府代表团成员，胡适在旧金山出席联合国制宪会议。1949 年 4 月，胡适赴美为中华民国国民政府做说客，1952 年返台，1957 年出任中央研究院院长。

1962 年 2 月，胡适在参加中央研究院的酒会时心脏病发作，猝然离世。去世那天，他办公桌上摆着中华书局 1937 年出版的《汉书》，书签刚好夹在“俗儒不达时宜”那页。

60

1935 年 10 月，鲁迅致信萧军：“我所采取的战术，是：散兵战，堑壕战，持久战——不过我是步兵，和你炮兵的法子也许不见得一致。”

鲁迅是专门发射炮弹的步兵，曾出现在托尔斯泰的小说《战争与和平》之中。

鲁迅留日期间致力于介绍摩罗诗人拜伦和尼采，胡适留美期间认真钻研杜威学说和宣传自由民主的小册子。境界之高低早就决出。

胡适心中装的是想象的人民，而非想象的共同体，更非闰土脚踏的大地。

鲁迅心中装的是实在的宇宙——宇宙是他的第一故乡，星云流转是他在排演社戏，飞船爆炸是他将野草点燃。他的匕首刺中的是落水狗，是井底之蛙，是精明的愚民，是“惊诧的友邦”，是不革命的革命文学家。他原谅了全世界，唯独没有原谅他自己——写过打油诗的自己。

61

卡尔·施米特：“绘图资料不仅对于航海，而且对国际法问题也具有非常重要的意义。一份科学的绘图记录在事实上就体现为对某一未定土地的真实法权。”

当代中国的法学家何时能爱上看地图？

不谙地图，无以成大法学家和大立法者。

不谙地图，无以为宿将。林彪和粟裕都是“超级图痴”。

不谙博尔赫斯的《地图册》，无以得到穹隆似的时间的庇护，无以在金字塔附近获赐一个词句的帝国，无以领略山势的巍峨、海洋的平滑、岛屿魔幻似的屏障，以及“三个世界”理论的宏大气魄。

62

绘图未必是科学的，而可能具有审美和价值观的考量。维森特·韦格在《绘出世界文明的地图》中写道：

“中国地貌图集书法和绘图于一身，不仅体现出各种审美要素，而且具有与书法、绘图相同等的表现力（而在西方世界，这种风格的地图直到十七世纪以后才出现）。”一幅朱元璋下令绘制的黄河测量图，“虽然没有用到地图应有的抽象符号，但它的确是一幅地图而不是绘画，因为统治者绘制这幅图不是想要展示黄河的自然之美，而是要说明其巩固政权的战略意义。这幅地图的魔力就在于，当心理空间和现实空间融合时，阅读者心里就会产生一种奇妙的反应”。

“1907 年的一幅英国地图清晰地表现出阿富汗的命运。阿富汗人民的斗争结束后，俄国承认阿富汗属于英国的‘影响范围’。这幅地图就像一幅被操纵的财产图。地图上有两名解除武装的英国士兵，他们的比例高于图上所有的山峰，而且正在欣赏着英国最新的战利品。其中一个人指着‘通向印度的道路’，仿佛在说着自家花园中的一条小径，或是在高谈阔论着世界的种种。这幅图也告诉英国民众，大英帝国将‘那里’的一切掌握在手中，所有不利的人为因素都已去除。这一幅地图含蓄地表达出英国的殖民野心，英国的价值观昭然入目。”

63

《哥伦布航海日记》中记载:“由于船员们快饿得不行了,有人甚至想效仿加勒比人,将船上的印第安人吃掉;而另外一些人,为了节省有限的粮食,则更赞同把这些土人扔进海里。”

拜伦的长篇叙事诗《唐璜》、爱伦·坡的小说《阿瑟·戈登·皮姆历险记》和李安的电影《少年派的奇幻漂流》中均有吃人的描写和镜头——所以,它们成了经典,而且有了些许史诗的意味。

人类显得文明或“人道”,只因未经受极端情况的考验。

战争必伴随奸淫(尤其以二十世纪的大战和“全面战争”为最),乃因在特定的空间和语境中,杀人和奸淫皆非犯罪。文明面纱被撕下,谦谦君子转身变恶魔。“侵略战争”的本质即是强势民族对弱势民族的“奸淫”。羊吃草是羊错了吗?狼吃羊是狼错了吗?人杀狼是人错了吗?“正当敌人”的概念确乎是近代国际法的一大发明,然而,战争的理性化、中立化和法制化多属虚妄的表象。

64

茨威格在《麦哲伦航海日记》中说:“忠于葡萄牙多年后,步入中年的麦哲伦意识到了等待着他的任务。既然生他的土地拒绝给他实现使命的机会,他只能求助于新的祖国(指西班牙)。他毅然地抛弃自己现在的名声和公民荣誉,以一个信念的献身和一项不朽行动的执行者的身份跨过了国界。”

对所有人而言,“中年”(即但丁所言的“人生的半途”)都是一个转折点。有人向左,有人向右。有人而立,有人隳颓。有人撰写关于普芬道夫的论文,有人焚烧林黛玉的往日诗稿。有人享受香奈儿式的小资生活,有人像麦哲伦一样开启新的航行。

对于信念在身的人而言,使命比国籍重要。

麦哲伦因敢于放弃公民荣誉而成为真正的世界公民,因勇于抛弃“现在的名声”而获得不朽的名声。

65

思想的微光被关于初始占有和派生占有的讨论以及纯粹的民法史概念遮蔽了，甚至淹没了。

66

只有在思想和历史层面做好足够准备的发现者，才能在“发现的时代”到来之际更精确地发现“被发现者”，并为后来的“发现的时代”的发现者所发现。世界史是一部发现者和互相发现者的历史。

67

卡尔·施米特：“法学在任何时候都意味着关于罗马法的学问。因此，新国际法在学术上必然与罗马法不可分割。”

政治学在任何时候都意味着关于罗马帝国的学问。从罗马、伊斯坦布尔、圣彼得堡到华盛顿，都是如此。

宗教学在任何时候都意味着关于罗马教宗的学问。

建筑学在任何时候都意味着关于罗马的学问。比如万神庙、凯旋门、斗兽场、庞贝古城、巴西利卡，以及“条条大路通罗马”，等等。

68

国际法学应归入政治学科（而非法学学科）。政治学：一门关于“谁得到什么？何时和如何得到”的学问（拉斯韦尔语）。

69

国际法原理——主权平等；在平等的主权人格之上没有共同的立法者；平等者之间无管辖权。有当代中国诗人主张将这一原理推衍至文学界，进而义正词严地得出结论：文学界不存在更高的立法者；沈从文和普鲁斯特是平等的，王安忆和伍尔芙是平等的，而他本人，与莎士比亚在同一等级上。

70

诗人如果不愿接受莎士比亚的管辖，即使活着也等于是死了。

文学上有必要“弑父”，但得等刀子磨得“霍霍”以后——幸好文学上的“父亲”是杀不死的，幸好文学不是刀子。

71

蚂蚁若挑拨大象和狮子争斗，可能是自己首先被踩死。

夹在大国之间的小国的生存之道：谨慎为上。

72

条约并非是用来遵守的，而是供“利维坦”和“超级利维坦”随时破坏的。

73

霍布斯：“当权的人和蔼可亲是权势的增进，因为它可以博得爱戴。”

烛残漏断的长夜，可邀霍布斯、荀况与李世民座谈，纵论民本思想和权术之道。

“二千年来之学，荀学也，皆乡愿也”“二千年来之政，秦政也，皆大盗也”。然而，荀学未必皆“乡愿”，秦政未必皆“大盗”。“乡愿”装到底就成了圣贤，“大盗”知行合一了，或可变成明君。

窃钩者诛，乃因他的远大理想只是窃钩，永远是窃钩，而窃国者的理想是“千古一帝”——大大的不同。

74

某个时期，大家（特指中国的“大家”）都有理想——有人梦想做素王，有人研读《素书》，有人翻刻绣像本《素女经》，就是没有人去翻译托克维尔的《论美国的民主》，更没有人意识到东西方各有一个超级利维坦正在形成，而“欧洲国际法的时代”即将终结。西方列强在 1884 年承认非洲土地上的新国家的先例，“尽管当时都不以为然，殊不知，这正是传统的特定的欧洲国际法逐渐走向衰亡的先兆”“欧洲公法日薄西山，继而向无差别普世化之世界法的转变乃大势所趋，与之相伴随的是传统世界整体秩序走向解体”“先前被承认的各大国所组成的具体秩序已然衰亡，但是新的秩序仍未建立”。

75

刘阿斗（刘禅）也懂战略思维和外交平衡术的，否则，他不可能在诸葛亮死后稳稳地“自摄国事”三十年，也不可能颁布如下睿智的诏书。公元 238 年，刘禅诏琬曰：

> “寇难未弭，曹叡骄凶，辽东三郡苦其暴虐，遂相纠结，与之离隔。叡大兴众役，还相攻伐。曩秦之亡，胜、广首难，今有此变，斯乃天时。君其治严，总帅诸军屯住汉中，须吴举动，东西掎角，以乘其衅。”

阿斗之“扶不起”，乃国势衰弱使然。

曹植倒是政治上的“阿斗”（文学上不是，但绝不至于“才高八斗”），曹操不立他为太子乃基于成熟的政治理性。

我爱曹孟德，只因他是“烈士”（“烈士暮年，壮心不已”），不存在日薄西山的问题。

我爱夏多布里昂，只因他活着时就想象自己已被置于墓中。

我爱捕鲸船，只因一位冰岛渔夫送过我一本《菊子夫人》，其中细腻地描绘了白种男人对黄种女人的猎奇心理。

我爱塔列朗（法兰西第一帝国的外交大臣，被舆论称作“外交界的耆宿”“拿破仑的经纪人”“教皇的芥末瓶”“全欧洲的屠夫”），只因他说出了“变色龙才是政治的徽章”“吃斋念佛，只是说说而已”“有可能是暴君带领我们重归自由”“政府有可能犯错，但从来都不会犯罪”“如果不在上面撒上大炮的火药，外交官的签字就会很快消失得无影无踪”等发人深省的箴言。

我爱貂蝉，只因她纯属虚构。

76

美国的建国精神不应到宪制文本《独立宣言》和《联邦党人文集》中寻找，而应到小说《白鲸》《老人与海》和电影《荒野猎人》中寻找。2016年，“陪跑”了二十二年的莱昂纳多·迪卡普里奥终于赢得奥斯卡电影金像奖最佳男主角奖。并非因为“小李子”的演技比以往更出色（他一直都那么出色），而因为“奥斯卡奖”也要“讲政治”——2016 年距 1776 年恰好是四个甲子。

77

克尔凯郭尔说：“我对上帝的爱必将战胜我世俗的幸福——只要我确认这一点，我的灵魂就不会凋落。”

初步觉醒的万民——肯定有一万个，尽管仍是“万民”中的少数——宁愿以君王或超级利维坦作王，因为“君王”和“超级利维坦”是可见、可推翻、早晚要死的。而上帝是不可见、无法反抗、永远不死的。

屈原、亚伯拉罕、约伯和克尔凯郭尔在超越初步觉醒、大彻大悟的行列。

“政治哲学”首先是哲学的，然后才是政治的。如果不能超克政治，便称不上合格的政治哲学。

78

托马斯·阿奎那提出正义战争必须满足四项要求：第一，只为和平之目的，而不是仇恨和野心；第二，正当理由；第三，由具有正当性的权威机构宣战；第四，禁止欺骗。

问题在于，战争双方皆宣称有“正当理由”，是为了“和平之目的”——尽管有“帝国之和平”“均衡之和平”“民主之和平”“恢复原状之和平”的区别——因此是正义的。

79

到底阿尔萨斯和洛林归哪一方，才叫“恢复原状”？原状的时间点应定在870年、1639年，还是1871年？

1648年有了答案——之前和之后适用不同的规则。

都德小说《最后一课》则给出了完美的美学答案。

1870年的某个夜晚，妓女羊脂球为了救一车人于危厄，将自己鲜美的肉体献给了粗鲁的普鲁士军官，而那些被救的贵族、修女、绅士和太太们却极力回避她，以免产生“不干净的接触”。“羊脂球一直在饮泣；夜色苍茫，有时在歌曲的两个节拍之间，传出她未能忍住的一声呜咽。”

一旦沦落到妓女救国的境地，该国男人便可以买醉、说秽语、高歌《马赛曲》了。

别忘了赛金花与德国统帅瓦德西、小凤仙与蔡锷将军的逸事。更别忘了赛金花晚年穷困潦倒，而小凤仙在晚年再嫁给一个比她大五岁的锅炉工。“花开花落不长久，落红满地归寂中！”“落红不是无情物，化作春泥更护花。”我愿化作一方手帕，帮赛金花、小凤仙和羊脂球抹去最后一滴辛酸泪。

80

席勒指出：“由于宪法、法律、语言、风俗和民族特性的不同，各民族和国家之间存在隔阂，这种隔阂让国家与国家之间的关系非常冷漠，有时还会发生对峙，只有发生重大事件对双方都产生威胁的时候，他们才肯相互提供帮助。”

诗人席勒令历史学家蒙羞，历史学家席勒让诗人不知所措，国际法专家席勒遭其他国际法专家耻笑曰“他不懂国际法”。

81

卡尔·施米特说："英国与其对手们不同，没有太多陷入欧洲大陆的政治与战争中""只有英国成功地完成了从中世纪封建的、区域性国家转变为一个纯粹海洋性的、能够在全世界建立均衡性力量的海洋性大国""英国彻底地转向了海洋的那一面，并且从海上决定着大地法"。

"从海上决定着大地法"：距离不仅产生美，还产生力量。一条英吉利海峡胜过百万雄师。英伦三岛是移动的航空母舰。

"有所不为"是为了"有所为"：英国没有太多陷入欧洲大陆事务。当然，它也意味着海上女皇永远没有机会亲睹莫斯科的大火。

夫唯不争，故天下莫能与之争。可之于大英帝国而言，这一原则仅仅限于十七世纪至十九世纪，且是"打了折扣"的十七世纪至十九世纪。到了二十世纪则"非不愿也，实不能也""日薄大西洋，气息奄奄"。"日不落帝国"仍旧是日不落帝国，但此处的"日"特指托马斯·卡莱尔在《英雄与英雄崇拜》中说的："倒不一定非要回答要不要印度帝国这个问题不可，但是我们不能没有莎士比亚！印度帝国终究有离去的那一天，但是莎士比亚不会离去，他与我们永远共存。"

82

从印度丛林退出后，大英帝国就渐渐地退化成英国，就像老虎变为猫。

吉卜林——大英帝国的理论家和预言大师。他在《老虎！老虎!》这首诗中写道：

> 那令你自豪的力量在哪里?
> 兄弟啊，它已从我的腹部和肋侧消逝。
> 你这么着急要到哪儿去?
> 兄弟啊，我回我的兽穴——去死。

83

美国在本质上是一片新大陆，但绝非英国的扩大版，因为美国自 1776 年之前就开启了边疆化和不断边疆化——向西拓殖、西进运动——的过程（参见弗雷德里克·杰克逊·特纳《边疆在美国历史上的重要性》）。拓殖经验和“与狼共舞”在很大程度上塑造了美国人独特的气质，从而与其欧洲先祖区别开来。我最喜欢穿的裤子是牛仔裤，而西部片，我永远都看不够。

84

阿纳斯塔普罗在《美国 1787 年〈宪法〉讲疏》中说：“美国人民的第一部宪法，是他们与大不列颠和其他地方的许多人共享的一部宪法。而且，我还论及了英语民族的语言——莎士比亚和钦定本《圣经》，出于道德和政治目的，已经决定性地塑造了这种语言。”“我这样讲的目的，就是要在最宽泛的意义上使用宪法这一术语，而语言则意味着一个共同体的种种传统或累积性的智慧。”

美国宪法的历史可不止 1787 年以来的两三百年而已，它有现在，有未来，也有过去。过去的根在欧洲，在大不列颠，在盎格鲁—撒克逊。

然而，“英美法系”的说法太笼统，英美的宪制更是截然不同。

英式英语和美式英语既是同一种语言，又不是同一种语言——内在气质迥异；何况美国人“出于道德和政治目的，已经决定性地塑造了这种语言”。

85

英国绅士和美国人相互看不起。不要紧，博尔赫斯对他们一视同仁就行。

眼盲的博尔赫斯先生既欣赏英国作家萧伯纳、切斯特顿和吉卜林，又喜欢美国诗人狄金森、弗罗斯特和惠特曼。他歌颂的那位船长用自己的鲜血夯实了大国的宪制基础：“我的父亲不能感觉我的手臂，他已没有脉息、没有知觉；我们的船已安全抛锚碇泊，已经结束了它的航程；胜利的船从险恶的旅途归来，我们寻求的已赢得手中。”乔治·P. 弗莱切在《隐藏的宪法：林肯如何重新铸定美国民主》一书中评论道："民族国家、平等和民主，合在一起，界定了一个崭新的宪政秩序，这个秩序并非根植于十八世纪后期反对英国的独立战争，而是根植于十九世纪中期南北双方的内战。"

86

拿破仑的战略谨慎、宗教宽容和美学意义，与希特勒以及倡议和发起"铁幕"的丘吉尔区别开来。拿破仑在 1799 年说道："必须不惜任何努力使伊斯兰教徒深信我们爱好《可兰经》并尊敬先知者。但是，一句欠斟酌的话或一个考虑不周的行动，就能把几年内所做的一切化为乌有。我永远不许行政机关的代表直接影响清真寺的工作人员，或对他们的财产采取任何措施。"

拿破仑说："毫无疑问，作为一名帝王，我这种不信宗教的态度对人们来讲是大有裨益的。不然的话，我又怎能实现真正意义上的宽容呢?"（拿破仑《拿破仑随想录》）

尽管拿破仑只是佛罗伦萨破落贵族的后裔，却是真正的贵族。

拿破仑是意大利歌剧和法国大革命混血的产儿。他诞生在科西嘉岛，命定属于海洋。折戟于俄罗斯大陆是他的失败，也是他的成功——他在反抗夙命，知其不可为而为之，就像耳聋的贝多芬，就像《命运交响曲》的乐谱撕不破一样。

拿破仑死在了圣赫勒拿岛。他的灵魂复归大海。

比海洋更宽阔的是天空，比天空更宽阔的是拿破仑的胸怀——改编自雨果的诗。我以改编经典诗歌为乐，为谑，为虐。

87

1813 年 1 月 22 日，拿破仑致书欧仁·德·博阿尔内："不幸既已发生，任凭谁也无法扭转乾坤。"

坚韧的拿破仑也有脆弱之时。

"乾坤"两字让我想起哈姆雷特。他说："这是一个颠倒混乱的年代，唉，倒霉的我却要负起重整乾坤的责任。"拿破仑是法兰西的哈姆雷特、中年的哈姆雷特，是永不退位的李尔王。

88

卡尔·施米特：“相比大陆国家仅在概念上提出决断主义，英国在海洋之本质性上作出的决断，其意义要更加重大和深远。”

概念、命题和理论，总是这样，有人提出，有人实践。

不必说“知行合一”为国人首倡。此乃世界通说。何况，是国人首倡又怎样？王阳明只有一个，曾国藩只有一个，俾斯麦也只有一个。大政治家不能不同时是唯心主义者和唯物主义者。

89

1950年，是否出兵半岛，对新生的共和国及领袖毛泽东都是重大考验——领袖最终作出英明决断。

“主权就是决定非常状态”“对非常状态作出决断乃是真正意义上的决断。因为常规所代表的一般规范永远无法包含一种彻底的非常状态”。（卡尔·施米特《政治的神学：主权学说四论》）

决断非常状态、管控大风险和危机的能力，领袖必备。

决断即自主，即主权，即主格，即人格。

布封说：“风格即人格。”此不仅适用于写诗著文，还适用于政治领域。大政治家有风格、有人格，小政客的风格算不上风格，技术官僚则永远是技术官僚。写诗的法官不属于司法官僚。拉德布鲁赫说过，很多诗人是从法学院逃逸出来的学生。

“人格”往往是“个性”的同义词，因此未必符合普通人的伦理审美。

“能够掌控心灵的天才，就像精通读心的高超隐士，就像丰饶妩媚的诱惑之神，就像与生俱来的良知使者。他的声音，可以渗透到每个灵魂深处。”（尼采《善恶的彼岸》）

“自欺”的人不可能欺人，更不可能欺己——掌控不了心灵的人没有自己。是故，“自欺欺人”的成语不成立。

“自出机杼”“自由自在”“自言自语”等成语，在大多数情况下也不成立。

“无师自通”倒是可以成立。因为凡“通”皆自通，没有人是自己没通，而老师可以帮其通的。更可怕的是老师本人尚未通，甚至远远未通。毕竟，孔子那样的导师是不多的，苏格拉底那样的导师也是不多的。苏格拉底比孔子幸运，他有柏拉图那样的好学生，有尼采那样的好敌人。

“导师”这个词极好。导，引导之意。能否通，在于学生自己。

如果倏地意识到老师本人尚未通怎么办？无须怎么办，自通的契机来了。当然，也有可能更糊涂。“难得糊涂”：在世俗生活的层面上，糊涂不要紧，甚至要装糊涂。在存在意义的问题上，绝不能糊涂，一糊涂，一辈子就过完了。

90

邦有道，讷言敏行；邦无道，讷言敏行。有邦，讷言敏行；去邦，讷言敏行。

和这个世界有什么好谈的呢？在“行行重行行”的水墨画被鳟洞污染了的薄情年代，还有什么值得“行行重行行”？精神洁癖者如何苟活下去？永恒知音和伟大友谊是可能的吗？1516 年 10 月 31 日，托马斯·莫尔致书伊拉斯谟：“我认为我们两人代表着大群人，我想你我会在任何孤独环境中共同愉快地生活。”他们代表的绝非“大群人”，只是“少数人”，也只应是“少数人”。

好想当着汉武帝的面，通读一遍意大利文的《君主论》。

好想闻着中世纪的酒香，与马丁·路德来一场桌边谈话。

好想亲聆子虚先生与乌有先生的论辩，领略雷霆之声和俶傥瑰伟，以及方圆九百里云梦泽的局促。

好想与卓文君来一场倾城之恋，将特洛伊、苹果和文明抛在脑后。

好想变成《乌特勒支和约》中的一行字母，上帝的秘密就藏在我这行写得歪七扭八的字母里。

91

起初，黑奴是财产法或侵权法而非人格法问题。

然后，黑奴变成国际法问题，变成内战问题，再变成政治正确问题。现在不再是问题——哦，我只是说说，不要当真——但愿在未来，没有变成科幻问题——电影《逃出绝命镇》给我的启示。

凡可怖事，皆由可怖心起。每一代人都有自己的怕和爱。

92

卡尔·施米特：“国际法的任务在于阻止毁灭性的战争。既然战争不可避免，就要对之施加约束。”

“战争不可避免”——《大地的法》中最坦率的一句话。

93

和亲的任务在于减少士兵伤亡，避免财政危机，可就是苦了昭君们啊。

杜甫：“千载琵琶作胡语，分明怨恨曲中论。”

“血腥玛丽”无疑是残忍的。伊莎贝拉一世无疑是幸福的。武则天无疑是唯一的。中西文化差别就是如此之大。

94

婚姻的任务在于阻止毁灭性的爱欲。既然爱欲不可避免，就要对之施加约束。

95

死神的任务在于阻止大地的空间被占满。既然空间有限，就要对贪婪无度的人类施加约束。

96

杰弗逊在1820年写道："这一天不会太远了，那时我们会正式地在大西洋上划一道经线将两个半球分开，我们这一侧将听不到欧洲的枪声，那一侧也听不到美洲的枪声。"

后来，美洲确实没有再响起欧洲的枪声，但欧洲却经常响起美洲的枪声。对此，希腊神话早有预示：欧罗巴是腓尼基公主；而美国是狡猾的宙斯，是欲望强盛的公牛。

我在开封的书房听得到纽约校园的枪声。

我当然不是"顺风耳"，只是清楚，枪是一定要发声的（恰如斯宾诺莎一定要磨镜片），它不以人的意志为转移。所以，即使哥伦比亚大学邀我赴美讲演，我也不去——除非FBI（美国联邦调查局）派重兵保护。

97

卡尔·施米特："自此（1823年12月）以后，门罗主义和'西半球'就联系在一起，并明确了美国在此区域内的特殊利益。因此也出现了一个远超出国家边界的、国际法意义上的'大空间'。传统的美国国际法理论将'大空间'构建成为一个防御性的区域。世界上每个真正的帝国都会要求一个超越国家领土范围的空间主权。"

在一项关于美国最伟大总统的排名中，詹姆斯·门罗仅列第十八位。但"门罗主义"足以使门罗芳名永传了，最起码使他在国际关系史、国际法史上芳名永传。

"半球"是一个空间概念，而一切主义都是政治性的。

从十九世纪到二十世纪，美国的空间主权（霸权）逐渐从西半球扩展到全世界。注意：学术空间与思想空间可是两码事。美国为什么出不了康德、马克思、卢梭和福柯？这个问题同"为什么美国没有社会主义"一样难以回答。即使写九百九十九本专著也未必说得清楚。美国文化空间之辽阔确实名列前茅——如好莱坞、摇滚乐、波普主义、肯德基、迪士尼等，代表了人类自觉的颓废倾向——这是可以理解的，毕竟，奢雅的贵族时代自从《追忆似水年华》初印本被甩进图书馆地下仓库以后就烟消云散了，一切坚固的东西都烟消云散了。

98

张爱玲说：“君主政治的毛病就在好皇帝太难得。若是民主政治呢，大多数的女人的自治能力水准较男子更低。而且国际间闹是非，本来就有点像老妈子吵架，再换了货真价实的女人，更是不堪设想。”

钱穆不是通儒，张爱玲才是。张爱玲懂艺术，懂女人，懂上海，懂“如何更衣”，懂“必也正名乎”，最重要的是，她懂政治、国际法和国际关系。

钱穆是乐观谐趣的教授，所以道出“温情之敬意，同情之理解”之类的呆话。

张爱玲是秉性凉薄的女人，所以说出“最讨厌是自以为有学问的女人和自以为生得漂亮的男人”之类的废话。

钱穆和其他号称“通儒”的人，明于礼义而陋于知人心。既然“陋于知人心”，则“明礼义”云云，就成了绝妙的反讽。

张爱玲是女人，懂女人，而懂女人是搞清楚民主政治之弊和全球民主之不可能的基本前提。

钱穆是作为众星捧月的“史学大师”死去的。这就对了。

张爱玲是作为一个孤独女子死去的。这就对了。

李德哈特对《孙子兵法》再熟稔不过，而中国的通儒们却不知李德哈特为谁，不知朱利奥·杜黑为谁，亦不知赫尔多尔·奇里扬·拉克司奈斯为谁。这就对了。

99

因为王尔德的缘故，威廉二世宁愿死在纳粹占领的荷兰，也不愿接受大英帝国的政治庇护。他的碑铭曰：“无需赞赏我，我无需赞赏。不要给我荣誉，因为我不要荣誉。不要制裁我，因为我即将受难。”

100

欧洲在不经意间就老去了，恰如逃避自由的人，自由的代价是高昂的，所以，人才甘愿放弃自我独立（与自身之外的某人或某物合为一体，以便获得自我所缺乏的力量），才会产生破坏欲（与施虐—受虐倾向交织在一起，破坏是挽救自己不被击碎的绝望尝试），才会走向机械趋同。中立国——逃避自由的国家，中性的国家。“人在江湖，身不由己”是大国的甜蜜烦恼，小国欲求而不得。

101

卡尔·施米特：“1848 年以后所有的欧洲人和欧洲政府都不是努力寻求解决问题的方法，而只是急于扼杀那些以社会主义、共产主义、无神论、无政府主义和虚无主义等形式表现出来的深层次问题，或者试图填平出现在正当性与合法性、保守主义和立宪主义之间的鸿沟。那个时代的伟大的批评家往往都是离群索居且不合时宜的人……与这个反动的欧洲相比较，自信的美洲看起来更像是真正的欧洲。”

群魔是扼杀不了的，罪恶的激情释放完了自然会消停。时间解决一切。

众神将一直处于黄昏之中，直至太阳燃尽，坍缩成一颗白矮星。

陀思妥耶夫斯基说，“任何一个民族在它存在的任何一个时期，整个民族运动的目的，说到底就是寻神，寻找自己的神”“民族消灭之日就是众神成为共同的神之时”。

如果全世界只剩下唯一的共同的神，国际法还有存在的必要吗？

同样是信仰上帝，难道天主教国家、新教国家和东正教国家之间就不打仗了？就不缔结和约了？“民族”（小范围的集体归属感）是天性，不可能彻底消灭。而“约”，本身就是上帝的发明。

逃亡北美新大陆的清教徒自诩是上帝的特殊选民，信誓旦旦说是按照与上帝的约定，将在新的人间土地上建立“上帝之城”（最美丽的尘世共同体），并将保命的逃亡经历美化为又一次“出埃及记”。可两万五千里长征才称得上货真价实的“出埃及记”。（陀思妥耶夫斯基们的）从圣彼得堡到西伯利亚的被动流放之路，（契诃夫们的）从莫斯科到库页岛的主动流放之路，才称得上是无与伦比的“出埃及记”。没有经历过“出埃及记”的国家不可能成为伟大的国家。

102

凡是伟大的批评家，未必离群索居，却都是不合时宜的人。

103

自信的美洲看起来更像是真正的欧洲。“欧洲”成了一个文化符号，一种超越国界和洲界的理念。“中华”也是文化符号，也是超越性理念。朝鲜、越南和日本一度都自封为“真正的中华”。日本后来觉悟了似的创造了一个所谓“大东亚共荣圈”的新概念，希冀以之代替“中华”——终归是没有觉悟，因为“中华”一词无可替代。禅道和茶道太发达的民族缺乏理论建构能力，也不可能成长为足以摧毁帝国的真正蛮族。

104

“朝贡”和“丝绸之路”是旧概念。“国际法”是不旧不新的概念。“一带一路”是新概念。

105

潜艇和战机（轰炸机）的出现，使战争从平面化升级为立体化。

太多人，尤其是学者，一辈子平面化，不知立体化为何物。

106

黑格尔说：“国家不是艺术品；它建立的基础是尘世，是专断、偶然和谬误的领域，而恶劣的行径在很多方面都会扭曲它。”雅各布·布克哈特则将国家视作艺术品："无论在什么地方，只要阻止了或以任何方式补偿了邪恶的趋势，历史上就会出现一个新的事实——经过深思和谋算所产生的国家，作为一种艺术品的国家。"

尽管我更欣赏布克哈特的文风和格调，但心底明白黑格尔是对的。

其实在艺术家眼中，没有什么不是艺术品或艺术品的材料。

107

存在国家的美学化（如费希特、仪仗队）、美学的国家化（如国立大学的美学教授）和脱离了美学的美（如才露尖尖角的小荷、莫奈、卢梭的《植物学通信》）等大相径庭的美学现象。

108

柄谷行人："即使建立起了全球的联合组织，也未必有抑制各国家的力量。即使曾经实现过，也不能成为今后可以实现的任何保证。"

柄谷行人是个头脑清醒的日本人，是罕见的拥有全球视野的日本人。

遗憾的是，伊藤博文无缘亲睹东京的大火、广岛的惨剧，而李鸿章也没有活到"辽宁舰"海试的那一天。

109

李鸿章、卡尔·施米特都清醒地意识到已经深深地嵌在这个世界之中。

凡酒神的祭司都懂得如何"从两个杯子里喝酒"，如何在悲剧的世间喜剧地活着，如何"在神圣之夜走遍大地"。歌声不会长出翅膀，但人会。瞧！又一个即将坠海的伊卡洛斯。

110

汉姆生在《大地的成长》中写道："这是一个庄稼人，身体和灵魂的耕耘者。一个知晓过去、沟通未来的精灵。一个来自最早的开拓时代的人。一个在荒野安家落户，九百岁的老人，又是一个现代人。"他指的正是卡尔·施米特，穿越了古今时空、超越了左右之争的卡尔·施米特。

沉睡的利维坦

1

在寻求国家的庇护中会丧失个人自由吗？

一个人绝不会丧失他的真正拥有之物和不曾拥有之物。

人、利维坦和丛林法则，先后走出丛林。

2

“他们会教导我们说，永恒是目前的静止，也就是哲学学派所说的时间凝固；但他们或任何别人对此并不理解，正如不理解无限广阔的地方是空间的凝固一样。”（霍布斯《利维坦》第四十六章）

时间和空间的凝固：但丁与贝雅特丽齐在阿尔诺河的维琪奥桥相遇。

时间和空间的解冻：《新生》的诞生。“献给魂和心皆受到重击的一切人……”

《神曲》是文学史上非常伟大的一次虚拟审判；《利维坦》是政治学说史上非常形象的一次界说或辩护。

3

“艺术则更高明一些：它还要模仿有理性的‘大自然’最精美的艺术品——‘人’。因为号称‘国民的整体’或‘国家’（拉丁语为 Civitas）的这个庞然大物‘利维坦’是用艺术造成的，它只是一个‘人造的人’。”（霍布斯《利维坦》引言）

"人造的人"出于上帝的指令，又具有自然性。存在即合理，存在即自然。

盲眼钟表匠（"上帝是钟表匠，牛顿是盲眼钟表匠"，演化生物学家理查德·道金斯如此说）、装置艺术家（如梁琛）和建筑学家（如奥斯曼男爵和柯布西耶），往往是不愿从事政治研究的政治哲学家。

4

"'公平'和'法律'是人造的'理智'和'意志'。"（霍布斯《利维坦》引言）

霍布斯光明正大地否定了神法。

5

"'和睦'是它的'健康'；'动乱'是它的'疾病'，而'内战'是它的'死亡'。"（霍布斯《利维坦》引言）

非线性的内战不仅不会导致利维坦"死亡"，而且可以重塑宪制、礼法。1861—1865 年的美国内战、1918—1922 年的苏俄内战，是现代巨型利维坦的诞生。

苏联帝国崩溃的深层原因——领导者失去主体性、领导权意识和普世帝国的理想；文化内战。与宪法典的规定与联邦制的国家结构形式关系不大。

十九世纪以来拉丁美洲和非洲的内战是线性的，故与世界历史无涉。

6

"'认识你自己'……每个人对自己进行反省时，要考虑当他在'思考''构思''推理''希望''害怕'等的时候，他是在做什么和他是根据什么而这样做的；从而他就可以在类似的情况下了解和知道别人的思想感情。"（霍布斯《利维坦》引言）

霍布斯是"英格兰的苏格拉底""十七世纪的王阳明"。

在当今中国，阳明心学已沦为文化大众、精英的心灵鸡汤，距离其作为统治术的本来面目越来越远。这是一件幸事——增加国民幸福指数，是对泛政治化的有效反动。

7

“我们只有对用词达成一致，我们后面的讨论才会较为有益。”（霍布斯《哲学家与英格兰法律家的对话》）

“用词达成一致”几乎是不可能的。

正因如此，才诞生了以研究语言为目的的语言哲学。

8

斯宾诺莎说：“缔结和平条约的国家越多，各国之间互相的威胁就越小。”

我推测，这位靠磨镜片生活的荷兰哲人肯定是太穷了，买不起，也没有读过《伯罗奔尼撒战争史》。

9

普鲁塔克说：“我们和诗人们的看法不同，他们用愚蠢的想象混淆视听，胡说八道，简直该死。”

诗人也是这样想象史家和政客的。

10

孔雀的尾巴本来是只展示给其他孔雀看的。自从迁至动物园，它们就不得不忍受别的禽兽的另类眼光。刘慈欣的小说《三体》好就好在戳破了地球是一座微型动物园的本相。在电影《疯狂动物城》中，孔雀并非主角，连配角也不是。大数据时代的人类是孔雀的尾巴。

11

人皆有三副面孔：显示给别人的、自己以为的、真正拥有的。

12

读《变色龙才是政治的徽章：塔列朗自述》有感：变化的从来是风向，而不是风向仪。高明的政治家不会犯类似郑人买履的错误。变色龙才是政治的徽章。

茨威格著有《一个政治家的肖像：约瑟夫·富歇》，却以艺术家的身份自杀了。

看来，艺术家只能做艺术上而非政治上的变色龙。能将两种身份合二为一的是天才，如曹孟德。

13

如果不让牧师把政治学带到教堂，就等于否认了他的牧师身份。

14

卡扎菲：“代议制就是欺骗。”

他的观点对尚未成功转型为现代民族国家的非洲部落社会是十分适宜的。

15

拿破仑：“人民一旦摆脱了锁链便成为一头猛虎。”

这是在褒扬人民，还是在贬低人民？因为我忘了他讲这句话时的语境，只好存疑。

16

《君主论》除了论及已被滥用的“国家理性”概念和马基雅维利主义，还探讨了情感、性格、伦理、命运等人生哲学方面的话题。后一方面才是这本书的精髓，却很少被注意到。

17

若欲深刻了解人性和马基雅维利的人性观，除了必须熟读《君主论》这一现代政治哲学巨著之外，还得翻烂《曼陀罗》这一现代戏剧杰作才行。

在曼陀山庄读《曼陀罗》，怎能不感喟时间的流逝？“事情一桩生一桩，唯有时间主宰一切。”（马基雅维利《曼陀罗》第一幕第一场）

18

“《君主论》的根本特征在于，它不是什么成体系的论述，而是‘活生生的’书：政治意识形态和政治科学在这里以戏剧性的‘神话’形式融为一体。”（安东尼奥·葛兰西《现代君主论》）

尼采宣布一切体系都是不诚恳的。他的态度无疑是诚恳的。然而，体系化的尝试不能同不诚恳完全画等号。即使是最诚恳的学者也会陷入理性的混沌状态。或可说，体系化既成就了学术的权威，又毁灭了学术的权威。在一个学者不会撰写活生生的政治散文和历史散文的时代，八股思维和教义学确实在威胁和戕害原创性。

一种政治意识形态只有在把它非意识形态化的地方才更有可能成为一种政治科学。是“科学”而非关于“意识形态”的体系化研究在反哺“意识形态”。能把“意识形态”和“科学”融为一体的，唯有政治艺术家。他发明了神话，又意识到神话的意义局限。他是莎士比亚的拥趸，又是孔德的信徒。他或许不会唱《国际歌》，但他知道，会唱《国际歌》的人断然不会否认对马基雅维利学说的自觉继承。

19

“神话在某种意义上来说是驳斥不了的，因为它不接受理性的辩驳，不能为三段论所驳斥……它能使我们理解对手。”（恩斯特·卡西尔《国家的神话》）

神话不接受理性的辩驳，却不能不接受神话的辩驳。故，必须以神话对付神话，恰如必须以匕首对付凯撒。不是手持匕首的臣子布鲁图刺杀了凯撒，而是高贵的匕首自身想刺杀凯撒。那把匕首因沾染了曾经血洒高卢大地的凯撒的血而成了政治神话。那把匕首至今仍下落不明。想来它是故意隐藏不现身，唯恐自己有一天被供奉于富丽堂皇的苏富比拍卖行。本来，能标价的才能拍卖，无法标价的不宜拍卖。问题在于，在去魅化的现代社会，没有什么不可以拍卖。这并不比被解构的神话悲哀。然而，若想搞清楚现代国家的起源，就必须运用比较历史社会学的方法分析和解构罗马、美国和日本的建国神话。

20

“两千年之政，秦政也，皆大盗也；两千年之学，荀学也，皆乡愿也。唯大盗利用乡愿，唯乡愿工媚于大盗。”（谭嗣同《仁学》）

谭嗣同是安徒生笔下刚穿上新装的孩子，他戳破了一个不应被戳破的神话。可政治不属于孩子，安徒生写给孩子的神话，孩子是看不懂的，仍秉童心的成人才看得懂，《西游记》也是如此。

雷海宗是近代中国罕见的头脑清楚的文人。他说：“中国社会自汉以下只有两种比较强大的组织，就是士大夫与流氓……一二流氓的头目因老于世故，知人善任，于大乱时期或能成伟人，甚至创造帝业。汉高祖与明太祖是历史上有名的这类成功人物。”（雷海宗《中国文化与中国的兵》）

此处的“士大夫”和“流氓”对应于谭嗣同所言的“乡愿”和“大盗”。

“乡愿”和“大盗”不应被视作贬义词，可改造为中性的政治学概念。谭嗣同若非被砍了头，宜担任北京大学政治科学教授。

21

的确，每一个人都可以轻率地炮制出一套关于法、伦理和国家的哲学来。

的确，每一个人都有权自诩不费吹灰之力即可把黑格尔打倒在地。

的确，每一个人都可自以为精通黑格尔的《法哲学原理》，而浅薄的我，只关注它的修辞和文学性。

22

“哲学的任务在于理解存在的东西，因为存在的东西就是理性。就个人来说，每个人都是他时代的产儿。哲学也是这样，它是被把握在思想中的它的时代。妄想一种哲学可以超出它那个时代，这与妄想个人可以跳出他的时代，跳出罗陀斯岛，是同样愚蠢的。”（黑格尔《法哲学原理》）

此处黑格尔谈的似乎不再是超越性的文学和哲学，而是现实主义的法、人和时代。叔本华和尼采都讨厌黑格尔非毫无理据。在顽固的偏见面前，内在批判与外在批判的区分不免显得多余。哲学无法教导理性，就连崇尚理性的黑格尔哲学也不能。理性是一种不可靠的本能。

23

黑格尔论卢梭契约论思想之于大国的危险性：“在一个现实的大国中，随着一切存在着的现成的东西被推翻之后，人们根据抽象思想，从头开始建立国家制度，并希求仅仅给它以想象的理性东西为其基础。又因为这都是缺乏理念的一些抽象的东西，所以它们把这一尝试终于搞成最可怕和最残酷的事变。”（黑格尔《法哲学原理》）

黑格尔太高看卢梭了，其实也是高看自己，因为他们本质上是一类人：思想型文人。

所有思想型文人都易犯一个并不严重的毛病，即高估思想之于政治、法律或社会实践的作用。其实，思想主要作用于思想而非别的领域，即使在知识已被制度化的情形下亦是如此——它沦为了一个符号，尽管是一个重要的符号。哲学家、政治学家和法学家的任务是提供、丰富关于实践的理论，其性质是“事后诸葛亮”，而非提前的预示、预卜或预警。没有人有资格充任革命或实践领域的先知，即使有，也属于“事后封神”。卢梭对法国大革命的爆发及其造成的灾难不承担任何责任。

24

国家制度“不能视为一种制造的东西”“它简直是自在自为的东西，从而应被视为神物，永世勿替的东西”。（黑格尔《法哲学原理》）

如果说人类是神造之物，也不代表每一个人都是神造之物。

如果说国家是神造之物，也不代表每一个国家都是神造之物。有资格承受神命的永远寥寥无几。

25

“精神只有认识了自身以后才是现实的，作为民族精神的国家构成贯穿于国内一切关系的法律，同时也构成国内民众的风尚和意识，因此，每一个民族的国家制度总是取决于该民族的自我意识的性质和形成；民族的自我意识包含着民族的主观自由，因而也包含着国家制度的现实性。”（黑格尔《法哲学原理》）

此处的“自我意识”“主观自由”即当今中国政学两界极力伸张的“主体性”。

26

“读史使人明智”，这话说得极好，却只适用于极少数智者。比如说培根。

27

“公共舆论值得重视，又不值一顾……谁道出了他那个时代的意志，把它告诉他那个时代并使之实现，他就是那个时代的伟大人物。他所做的是时代的内心东西和本质，他使时代现实化。谁在这里和那里听到了公共舆论而不懂得去藐视它，这种人绝做不出伟大的事业来。”（黑格尔《法哲学原理》）

公共舆论的本质是流行性意见，而非时代本质或永恒真理。

学界的同行评价也是一种公共舆论。各种称号和期刊发表的压力，令众多聪明的青年学者痛苦地乐在其中。他们在追求内心的同时渐渐失去了内心，距离伟大的事业越来越远。

28

从“差序格局”“县际竞争”到“去政治化”，学者若不能发明一二新概念，则难以快捷地、名正言顺地猎取名气、地位和影响力。

29

“社会、家庭等作为自然的关系是沉重的障碍，它缩小了我的精神自由。”

“对于有理性的人，即‘精神的人’来说，根本不存在作为自然力量的家庭：与双亲和兄弟姊妹等断绝关系的情况发生了。如若他们作为精神的、理性的力量‘复活’，他们就绝不再是过去的他们了。”（麦克斯·施蒂纳《唯一者及其所有物》）

惊世骇俗、大逆不道的施蒂纳！放在中国，岂不要遭批判？

新时代的青年，多是为叛逆而叛逆，少有抵达精神自由的。他们很快就成人了，兴趣从叛逆转为“形体的、个人的、利己主义的”的事物。没有精神创造的运动，除去激情后，就不剩什么了。

30

在二十世纪三十年代关于“民主与独裁”的思想论战中，胡适道：“民主宪法只是一种幼稚的政治制度，最适宜于训练一个缺乏政治经验的民族。”

民主宪法无所谓幼稚不幼稚，是胡适博士太幼稚了。他没有看到中华民族是最具政治经验和实用理性的民族。而且，我怀疑他是否读过《三国志》《资治通鉴》《读通鉴论》。李泽厚早就睿智地指出，中华民族“注重吸取历史经验以服务于社会生活的现实利益”。李泽厚对实用理性倾注了太多溢美之词。他说：“实用理性”就如同“积淀”和“文化心理结构”一样，并不是一个封闭的概念。它们都不是指某些一成不变的模式或形式，而是指一个活生生的过程中的结构原则或创造原则。他忽略了普遍精神的创造。“只有借助一个精神的世界，精神才真正是精神”“精神是精神世界的创造者”“作为纯精神而存在的精神，就必须是一个彼岸的精神”。（麦克斯·施蒂纳《唯一者及其所有物》）

31

施蒂纳说：“唯生者享有权利。”但是，有些权利，唯死者才享有。

32

“由于要理解掌握幽灵，或者是要把无稽之谈现实化的热望，导致产生一个肉体的精灵、一个拥有实际身体的精灵或神灵。”（麦克斯·施蒂纳《唯一者及其所有物》）

国家（利维坦）就是一个有形体的精灵、神灵、幽灵、巨灵。我们透过它了解政治现象、普遍精神和人性宇宙的本质。伟人最擅长把抽象的人格寄附于有形的巨灵之上，而侠客和无政府主义者总想把有形的巨灵杀死。巨灵是杀不死的。圣乔治在杀死一只巨灵后，成了它。在活生生的现时代，人们可以没有虚构的神话，但不能没有有形的国家。

33

技术是幽灵，然而被资本俘虏了。人工智能的崛起是幽灵在反抗。

34

冯象先生宣布：“知识产权正在消亡。”假若真如此，则既不是好事，也不是坏事。这只是一件正常的事。

35

“新左派”和“新自由主义”的标签让人不知所云。

老鼠既蛀蚀《资本论》，也蛀蚀《致命的自负：社会主义的谬误》。经典书籍是蛀蚀不完的，老鼠也是不会灭绝的。

36

《摩罗诗力说》是荷尔蒙的一次倾泻。毕竟，周树人当时只有二十六岁，而且旅居没有情人伴宿的异邦。

37

“一个人的性格之伟大并不在于他拥有这些情感，而在于尽管他拥有最强烈的情感，但是他却能控制住感情，并且在控制感情之时得不到快乐，因为他是强者。”（尼采《权力意志》）

只是，“能控制住感情”的强者鲁迅先生，在正当盛年的五十五岁时就病逝了。他死后比活着时稍微快乐一些——我的想象。

38

托马斯·莫尔不曾读过《汉书·王莽传》，王莽却在梦中邂逅了陪周公旦和威尔斯喝茶聊天的托马斯·莫尔。

黄粱一梦的寓意极好，打破了空间和时间的界限。

中国的成语典故已被滥用到不咀嚼其意的地步了。

39

李零说：“美国先进，先进到只剩要钱和玩弹（核弹、导弹，各种聪明弹）。金融风暴和战争风暴，轮番教育着我们：我们的世界还非常古老。”

能意识到世界还“非常古老”的人，有资格充任占卜师和未来学家。

“苟日新，日日新，又日新”讲的是个体的人，不是整体的世界，世界的变化微乎其微。个体与整体之辩是我们以为的矛盾。

40

阿伦特说，战争是旧词，革命是新概念。

“革命是新概念”讲的是西方，之于东方，依旧是个旧词。《彖》曰：“革，水火相息，二女同居，其志不相得，曰革。巳日乃孚，革而信之。文明以说，大亨以正，革而当，其悔乃亡。天地革而四时成，汤武革命，顺乎天而应乎人。革之时大矣哉!”

旧词生新意，政治哲学由此生生不息。

现代人的无能首先体现于词语的贫乏。关于现代性的鸿篇大论完全可投入火堆——供轴心时代的野蛮人取暖。

41

当下世界的小冲突是“在祀与戎”的国家与“在商与戎”的国家之间的冲突。

42

一般人对于不擅长的事，只好认命。达·伽马不会去中亚沙漠贩卖骆驼，而我不会去注释洋洋洒洒的《神学大全》。

43

《自由大宪章》被神话的过程，最足以昭示帝国的话语政治、“历史倒叙”的修辞力量，以及后殖民文化的症候。

44

我不关心真正的、严格意义上的古代西方人是希腊人、罗马人、凯尔特人，我独钟爱凯尔特人遗留下的长剑、战车、酒杯、双耳爵、项圈、手镯、扣钩、球队、巫师、精灵。

45

找朋友的逻辑是，无论怎么找，都找不到。

找敌人的逻辑是，只要找，就肯定找得到。

“神父”出身、熟知宗教裁判所历史的卡尔·施米特先生深知政治的首要问题是“敌友之辩”。

46

在《不列颠百科全书》中，色诺芬笔下的“攻心战”是恐怖主义，罗马暴君的暴行是恐怖主义，中世纪的宗教审判是恐怖主义，法国大革命期间的“恐怖统治”是恐怖主义，美国三 K 党的种种暴行是恐怖主义，十九世纪末至二十世纪初的无政府主义暗杀是恐怖主义，纳粹统治是恐怖主义……那么，美国的反恐行动是不是恐怖主义呢?

恐怖主义的一种分类——个人恐怖与国家恐怖。关键是，谁来定义“恐怖”?

道德、宗教和美学标准一旦加入对“战争”“恐怖”“恐怖主义”的界定，将变得极其恐怖。

恐怖主义之父是“普世价值”，之母是“原教旨主义”。

47

啊，罕见的老鲸，生活在狂风暴雨中，
强权即公理的大海是它的家，
它就是代表强权的巨人，
无边无际的大海之王。

研读一国的代表性文学，是了解一国政治逻辑的基本前提。

大政治家，等而下者是目光如炬的文学爱好者，等而上者是眼光瞄向海洋的大诗人。

48

“天理之束缚人，甚于法律；而公理之束缚人，又几甚于天理矣。”（章太炎《四惑论》）

即便在“强权即公理”的乱世之中，章太炎先生也保持了作为哲人的超越性，不愧为鲁迅曾经的人生导师。

49

凡不是创造性的工作，哪怕微不足道，亦令我疲惫不堪。

50

清代地理学家龚锡瑞如是说（节译成白话文）：夷夏是具有普世意义的词汇；“夷夏之辨”和“夷夏之辩”从未停止；不分出个高下来，文化之间的交往不可能井然有序；等级秩序才是最坚固的秩序；相对于“追求平等”，“平等”更是纷争的起源，因为平等意味着“谁也不服谁”。

51

“王安石是中国十一世纪的改革家。”（列宁《修改工人政党的土地纲领》）

说王安石是二十一世纪的改革家，也不能算错。克罗齐曾说：“一切历史都是当代史。”说王安石是世界的改革家，也未尝不可。列宁在肯定王安石的同时又否定了他。如何让俄国精英读得懂宋代文言文？

王安石曰：“经术正所以经世务，但后世所谓儒者，大抵皆庸人，故世俗皆以为经术不可施于世务尔。”

向来是俗儒熙熙，庸人攘攘，“霸王道杂之”的大士罕见。

王安石——安如磐石；张居正——居于正位；熊十力——“运十力以摧魔，弘四等以济俗”。

经纶天下的情怀属于意图伦理，然而，好心可能办坏事。改革是动手术，病虎有致死之虞。

52

谁来做一部现代世界各国的《春秋》?

孔仲尼、布罗代尔和霍布斯鲍姆合作如何？那得时间可逆才行。“我相信是可逆的，有超时间”“一超光速，时间可逆了”。（张文江《潘雨廷先生谈话录》）

53

在改造我们的文化历史观之前，必须先长出灵魂的“指甲”。

54

贝多芬偶尔也有精神堕落的需求。庸人偶尔也有精神升华的需求。

55

“就像通过康德一关方可谈西方哲学一样，不通过《易经》一关不可能谈中国哲学。这不是因为我喜欢《易经》，事实上如此。”（张文江《潘雨廷先生谈话录》）

依潘雨廷先生的逻辑，则阿奎那没有资格谈论西方哲学。没有人有资格谈论中国哲学，包括潘雨廷本人，因为《易经》乃不可知的天书。不是因为我搞不懂《易经》才这样说，事实上如此——不错，我亦可说“事实上如此”。然而，哲学不是政治，哲学意味着怀疑，而政治则意味着“决断”。《政治的概念》不是一部谈论政治概念的书，恰如《道德经》并非一部谈论道德的书一样。

56

“为了控制和使用人，经过古典时代，对细节的仔细观察和对小事的政

治敏感同时出现了，与之伴随的是一整套技术，一整套方法、知识、描述、方案和数据。”（米歇尔·福柯《规训与惩罚》）

福柯预见了人工智能和大数据时代的到来。

人工智能是新的利维坦。他说：“把灵魂交给上帝，把肉体交给我。”适应了物联网、体制化的肖申克，还会愿意逃离吗？还能逃离吗？狄金森说：“希望是长着翅膀的东西。”然而，希望不会自动长出翅膀来。

57

对史学家兰克来说，国家是神秘生命本源的一种发散物，是“精神的凝结物”“在权势中显露出一种精神存在”。

国家一旦产生，便会寻找、确立自己存在的理由，恰如人工智能具备深度学习的能力。它逐渐演变为一种自主性的精神存在，一种黑格尔式的幽灵。

亟须对国家，而不是对掌握国家权力的人，在弗里德里希·迈内克的研究基础之上，进行进一步的精神分析。

施展博士的《枢纽》是一部研究中国现象，然而缺乏足够独创性的“精神现象学”著作。

58

科耶夫在《法国国是纲要》中写道：“非政治化所带来的灾难性后果已经攫取了法兰西民族的心脏。”

当代中国的有些智者，也对中国政治的去政治化倾向忧心忡忡。

59

“物极”就会“必反”吗？假若永远到不了“极”呢？

日裔思想家弗朗西斯·福山以为，这个世界会没有尽头地坏下去，直至末日火山大喷发……后来，为避免被认为过激，他不情愿地修正了自己的观点。

60

“如果上帝赐予我以健康的话，我希望其中所作出的新颖之论使人感到喜悦的程度能不下于这部有关人造躯体的学说经常冒犯人的程度。”（霍布斯《利维坦》）

凡大思想家皆长寿。

凡真思想皆有“毒”，既冒犯人，又令人喜悦。

愿醒来的利维坦睡去，愿尚未苏醒的利维坦继续沉睡。他们将在史前的废墟、海洋深处或一只南极企鹅的梦中相遇。

西方的没落

1

1912 年，有国家（阿尔巴尼亚）宣布独立，有国家（英国）成立空军，有政治单位（亚利桑那州）决心加入美利坚帝国，有皇帝（宣统皇帝）宣布逊位，有豪华游轮（泰坦尼克号）撞上冰山，有数学家（彭加勒）像透明的老虎一样死去，有人（斯科特）大张旗鼓地抵达南极。此时，默默无闻的地矿工程师的儿子奥斯瓦尔德·斯宾格勒也草拟好了他即将缔造的一部大书的名字——《西方的没落》，雄心勃勃的他希冀“以古典时代的没落为殷鉴，来描述一个历时达数世纪之久、而我们自己现在正在进入的世界历史的样态”。①

2

血气、元气、骨气、杀伐气、运气、煤气、“器物赋了成形”的阴阳之气——世界史是一部关于“气”的历史。

“布尔乔亚也需要一点野蛮。”耶鲁哲学教授史蒂芬·B. 斯密什如是说。

3

奥斯瓦尔德·斯宾格勒：“生命本身只有到死的时候才能得到完成。”

---

① 本章凡引用奥斯瓦尔德·斯宾格勒的言述而没有特别注明的，皆出自其《西方的没落》（吴琼译，上海三联书店 2006 年版）一书。

有的生命——真正的生命——在死之前许久即已完成。如果在死之前许久仍未完成，则不再有可能完成。

许久是多久？死之前十四年吧。

1922 年，斯宾格勒完成《西方的没落》第二卷。1936 年，斯宾格勒病逝。

1886 年，尼采的《善与恶的彼岸》出版。1900 年，尼采病逝。

1817 年，黑格尔完成《哲学全书纲要》。1831 年，黑格尔因感染霍乱而死。

4

凡不为浮词所动的人，皆有资格探讨《沉思录》的类比法、城邦形态学和人性形而上的结构。

5

“历史即重复”，此话被少数人不断重复。

被线性进化论和历史观蹂躏了脑袋的人可不这么想。他们信誓旦旦地说：“查尔斯·达尔文是唯一的。”

6

当布鲁图斯这位巧取豪夺的百万富翁打着反寡头政治的名义，把锋利的匕首刺进“独裁者凯撒”的身体之时，他没有意识到自己谋杀了一位民主人物。面临类似情境的荆轲则有此理论自觉，故，直面秦王时，他犹豫了。机不可失，时不再来。荆轲被秦王的剑刺中了。死前的一瞬间，他或许后悔不迭，谁知道呢？

7

熊十力的《论六经·中国历史讲话》曰：“秦以后奴儒，皆以正名定分为上下尊卑之等，一定而不可易，此缘维护帝制之私，不惜厚诬经义，至可恨也！太史公在汉初，治《公羊》学，古义未坠，其言闻诸董生‘《春秋》贬天子、退诸侯、讨大夫以达王事而已’云云。古训王者往义，王事言天下所共同向往之事，如《易》之《比卦》明万物互相比辅而生，《同人》之卦明人类当去私而归大同。《礼记》言天下为公。事变无穷矣，毕竟向此大道而趋，是谓王事。董生言《春秋》，显然与奴儒异义，今犹可不辨乎？”

有小人儒，有君子儒。有奴儒，有主儒。

熊十力谈主奴，谈量论，著《佛教名相通释》，堪谓“儒释化的中国黑格尔”。他的民主主义、社会主义思想与马克思主义思想息息相通。因此，将熊十力所言“全世界反帝成功后，孔子六经之道当为尔时人类所急切需要”中的“孔子六经之道”，切换成“黑格尔学说”或“马克思主义”亦是可以的。赵汀阳发表过类似的论调：“‘天下体系’因其在哲学层面上满足制度最大化和普遍化的原则，在思想上以其‘无外’的包容性从而具有先天的优越性，将是未来世界制度的必然形态。”“天下为公”的意思是，关于天下的学说归天下人所有。因此，欧洲中心主义与华夏中心主一样荒唐可笑。斯宾格勒指出：“对于西方诸文化而言，雅典、佛罗伦萨或巴黎的存在，远比洛阳或华氏城（Pataliputra）重要。但是，依据这样一种评估来建立世界历史的框架行得通吗？如果可以的话，则中国的历史学家大可建立另一个世界历史框架，在那里，十字军、文艺复兴、凯撒、腓特烈大帝等都无足轻重，只要一笔带过。”

《易经》为中国人所发明，却属于整个地球。

一位思想家，假若不能将《盐铁论》和《国富论》置于同等重要之地位，则注定是地方性思想家。知识可以是地方的，思想却应是天下的。“一个人多么应该完全地摆脱自我、实践旨趣、视野的局限——然后他才胆敢挑起理解世界历史或作为历史之世界的重担。”

8

法律是一种“地方性知识”。“地方”和“大地”是两个完全不同的概念。研究民俗、乡村和习惯法的学者不大能想到主动研读《陆地与海洋》

《大陆和海洋的形成》《当中国称霸海上》《贸易打造的世界》《世界千年经济史》之类的书籍，也读不懂。

9

钱钟书在《管锥编》的开篇《论易之三名》一文中说："胥征不仅一字能涵多意，抑且数意可以同时并用，'合诸科'于'一言'。黑格尔尝鄙薄吾国语文，以为不宜思辨；又自夸德语能冥契道妙，举'奥伏赫变'（Aufheben）为例，以相反两意融会于一字，拉丁文中亦无义蕴深富尔许者。其不知汉语，不必责也；无知而掉以轻心，发为高论，又老师巨子之常态惯技，无足怪也；然而遂使东西海之名理同者如南北海之马牛风，则不得不为承学之士惜之。"

钱钟书以为汉语亦"宜思辨"，何以他本人未能写出一部《逻辑学》?《围城》俏皮诙谐得稍猛了些，反显得"轻逸"，无以引发沉重的情感。卡尔维诺视"轻逸"为文字、思想和美学的一种美德。保尔·瓦莱里说："应该轻得像鸟，而不是像羽毛。"依我说，应该轻得像火箭，而非纸飞机。钱钟书的"轻逸"非纸飞机，亦非火箭，而是真飞机。《管锥编》反《围城》之道而行之，求"深"求"重"，藏微义于琐言之中。然以吾观之，其重而不厚，匮厚味、后味、诗味也。其"厚味"，是引文诱发的，而非钱之卓见。《管锥编》是知识丛林中的庞然大物，让"承学之士"叩拜在地，一拜不起。

"东西海之名理"固有同者，但"同"的程度有限，方式有差。而差之毫厘，往往谬以千里。

汉语"宜思辨"，然《易经》之逻辑与《逻辑学》之逻辑不能画等号。《易经》是简洁的、直观的、诗意的，是反逻辑的逻辑。《逻辑学》是被本体、价值、认识、外化、理念、判断、推论、二元等概念湮没的逻辑。举世观之，《逻辑学》影响更著，然吾爱《易经》，爱"素履之往"，爱"白马翰如"，爱"舍车而徒"，爱"向晦宴息"，爱"巫纷若吉"，爱"丽泽兑乐"，爱得一塌糊涂。木心说："如果中国有宏伟的史诗，好到可比希腊史诗，但不能有中国的三百零五首古代抒情诗。怎么选择呢？我宁可要那三百零五首

《诗经》抒情诗。我是老牌个人主义者。我不是爱国主义者。所以，我爱《诗经》之诗。任何各国古典抒情诗都不及《诗经》，可惜外文无法翻译。”依我说，如果中国有严谨的、体系化的逻辑学，但不能有中国的《易经》，怎么选择呢？我宁可要《易经》。我是中年个人主义者。我不是美学爱国主义者。我爱《易经》之逻辑、哲思、诗学。任何各国逻辑学都不及《易经》，可惜外文无法翻译。

黑格尔的错误是知识的，而非思想的。

钱钟书之误，是未搞清知识与思想之辨。智者派又称“诡辩派”。钱钟书深谙国学，但文化自信力不足，非得挖苦黑格尔一番，得出“东西海之名理同”的结论才肯罢休，因而远离了诗味、诗范。

黑格尔绝非诗人，然而，他说的“认识的目的一般就在于排除那与我们对立的客观世界的生疏性，如人们所常说的那样，使我们居于世界有如回到老家之感”，颇具诗味，很像荷尔德林的风格。荷尔德林：“不错！这就是出生之地，就是故乡的土地；你梦寐以求的近在咫尺；已经与你照面。”海德格尔评荷尔德林的诗：“诗人的天职是返乡，唯通过返乡，故乡才作为达乎本源的切近国度而得到准备。”

10

钱钟书既有“古之知识”，又有“知识之古”。所以，他做不了永远的孩子，进不了西方的天国。

11

尼采复兴的是孔丘、奥勒留和培根的修辞传统。

12

培根说：“剧场假象，或学说体系的假象，是很多的，而且是能够抑或将要更多起来的。”克尔凯郭尔说：“如果黑格尔在写完了他的全部逻辑学之后说……这仅仅是一种思想实验，那么，他无疑是最伟大的思想家。但现在，他只是一个滑稽演员。”

有了剧场，就得有演员、有观众。演的演，看的看。演的得到报酬，看的得到欢乐。无聊的时光就这样被打发掉。当事者并不觉得滑稽，在他们看来，反而是说这一切纯属滑稽的人太滑稽。依其逻辑，存在滑稽的演员，存在真诚的观众，存在揭破剧场假象的人，就是不存在“剧场假象”。

13

起初，学说体系简单明了、启人深思。后来，学说体系叠床架屋、乱人心智，终尔变成假象了。

14

“野有死麕，白茅包之。有女怀春，吉士诱之。”

恋爱经历单薄、情商低于智商的人可能做不了大学问。歌德便是寡廉鲜耻地引诱了无数怀春女子的“吉士”之一，但他同时又是位大学问家、大诗人，其思想成为斯宾格勒的理论来源之一。斯宾格勒不无神秘又故作夸张地写道：“在歌德的个别言论和诗句中，可以看到一些实际上不可能用理性的方法加以传达的东西，例如在《奥菲斯的秘语》中，在‘你要步入无限中’和‘无人诉说’这样的诗节中——它们都应看作是一种完全明确的形而上的学说的表达。下面这段话我只字未改：‘上帝只对生者有效，不对死者有效，只对生成的和变化的东西有效，不对已成的和固定的东西有效；因此，同样地，理性所关心的只是通过生成的和活生生的东西去追求神圣的东西，而知性所关心的只是如何去利用已成的和固定了的东西’。这句话包括了我的全部哲学。”

15

在中国，“礼失而求诸野”或许有可能，但“学在民间”不可能。

既然学院内诞生不了康德，则为数众多的“民哲”中亦不可能诞生康德。学院内外皆是中国人——被儒释道思想浸泡了几千年的中国人。

宋明以后，礼越来越“下庶人”。阿城指出：“明代是礼下庶人最厉害的时候，因此贞节牌坊大量出现，苦贞、苦节，荼害世俗。晚明读书人的颓风，或李贽式的特立独行，亦是对礼下庶人的反动。”

现代读书人颓风更甚，只是不出李贽，不出《金瓶梅》，只出李贽研究专家、《金瓶梅》研究专家和一些俗诗。

16

在循规蹈矩的高尔夫球和美国制造之间，
在微积分和路易十四的朝堂原则之间，
在古典城邦和欧几里得几何之间，
在对位音乐和信用经济之间，
在观象台和内在视觉之间，
在金钱豹和人脸识别的支付手段之间，
在现代芭蕾和看不见的酒吧之间，
在作伪证的妻子与缠斗太阳的月亮之间，
在混沌虚无的枕头和物我合一的镜头之间，
在散步女人的叙事诗和埃菲尔铁塔的电梯之间，
在“罢黜百家，独尊儒术”和贵族式的悲观主义之间，
在西方油画的空间透视和以铁路、电话、远程武器进行的空间征服之间，
在蛇神和精神分析之间，
在身体信号和高度遐想之间，
在海洋和海马状突起之间，
在新交通系统和有灵魂的理性之间，
在圣母和发电机之间，
在董仲舒和皮尔士之间，
在历史和自然之间，
在泥捏的你和水做的我之间，
是否原本就存在深刻的一致性？

17

印度人的心灵和世界意识是非历史的，这让“什么都不忘记”的埃及人和中国人感到费解。

18

在印度人看来，“历史不是由特定的人写出的一系列有机的著作，而是逐渐地出现的一堆模糊的文本，每个人都按自己的意愿往里添加东西，而诸如理智的个人主义、理智的演进和理智的时代等观念在这件事中根本不发生作用”。

印度人的史书是“沙之书”。像沙子无法计数一样，它无始无终，不存在最后一页。中国人的史书是“简之书”，再厚的书册也数得清页码，有始有终。在中国，有可能发生“焚书坑儒”这样的怪事，而这在印度是完全不可能的，因为竹木可焚，而沙无法焚烧。大火过后，竹木化作灰烬，而沙仍是沙。至于儒士或儒侠，在印度则并不存在。同样，“通古今之变”“往来成古今”、今古文经之争等，对“古今一体”的印度心灵而言亦是难以想象的。

19

当我远眺尼罗河的旭日美景时，我设想自己的灵魂比猎户座还高，与下界同在。

而我只是一名来自赵孟頫故乡的游客。“如果说什么我觉得自己就是个古埃及人，那肯定言过其实，矫情了。但是我确实感觉到有一种关联，一种异常的交感共鸣。”（威廉·戈尔丁《埃及纪行》）

所谓“交感”，无法言说，言说即矫情。可以言说的寂寞不再是寂寞。杰克·吉尔伯特：“金斯堡有一天下午来到我屋子里；说他准备放弃诗歌；因为诗歌说谎，语言失真。”既然不落言筌近乎不可能，那就跳入图特（Thoth）挖掘的火坑吧，在罗塞塔石碑的注视之下，勇敢地失真于计算与学问之神。商博良肯定偷偷嫉妒我。

20

《光辉岁月》是献给狱中的曼德拉的。

自从曼德拉步出监狱大门，局部历史便不可避免地倒退了。

“Beyond 乐队”的名字极好。Beyond，超越、超人之意。做超人的代价，是过早疯掉或死去。黄家驹只活了三十一岁。

21

我也想邯郸学步啊，只是，邯郸已非昔日邯郸。

实际上，“邯郸学步”和“寿陵失步”两个成语皆不成立。因为它们违背基本常识，直立和行走是本能，人不可能“失其故行”。并非我太较真，寓言不等于胡言。

较真和爱幻想并不矛盾。就像理智和诗、感性的政治家互不排斥一样。

到了对熟稔的成语、典故和格言重新检视的时候了。每一次重新检视，都是锻造伟大之诗的契机。

22

爱伦·坡曾在波士顿做过一次报告，解释他是如何想起写《乌鸦》这首诗的，并细致地分析作诗的技巧，从叠句、语音、短语、词语的选用，到白色、雕像、雅典娜、乌鸦、图书馆、暴风雨、香消玉殒的女子意象等。博尔赫斯说，他只是开了一个无伤大雅的玩笑。“爱伦·坡要让我们相信，他是以机智的方式写下这首诗的；但是，我们只需稍稍留意一下这个情节就可知道一切都是杜撰的。”

如果你以为爱伦·坡在调侃读者，而博尔赫斯揭示了诗之真相，那就大错特错了。

博尔赫斯说：“诗是智力的产物。”亦即说，灵感可以捕捉。毕竟，“凡斯种种，感荡心灵，非陈诗何以展其义，非长歌何以骋其情”的时候是不多的。

作诗确实有技巧。我写诗遇到瓶颈时就翻看字典、辞典和百科全书。谁让我不具备博尔赫斯图书馆一般的记忆储存呢?

23

亚里士多德的“水晶球”预示了“水晶宫”的诞生。

托勒密学说的糟粕也是精华。

24

叛教者尤里安想让日益萎靡的罗马帝国重归血性、重振雄风，为此，他恢复多神信仰，废除基督教的国教地位——这意味着他放弃“君权神授”的光环，承认自己只是“民选皇帝”“平等者中的第一人”。然而，承平已久的、“开化”的民众却认为有条件的公民权是一种野蛮。绝望之际，他亲赴前线，死于战场。死前他留下遗言：“哲学使我得知灵魂超越肉体，能够脱离高贵的皮囊，并非痛苦而是欢乐……我憎恶专制政体的腐化败坏和草菅人命，认为政府的目的是使人民得到幸福。”可惜，人民并不关心他是否幸福，对此他心知肚明，否则，他也称不上罗马的皇帝、罕见的叛教者了。

25

舒尔策说：“在二十世纪的后半叶，以黑格尔、马克思、海德格尔为代表的德国哲学思想所能贡献于世界的范围，已经退入到逻辑、语言学或历史琐碎的壅水之中了。”

“壅水”一解：水流因受阻而产生的水位升高现象。二解：庸水。

原来的哲学家致力于改变世界，现在的哲学家致力于解释世界。吊诡的是，总是那些致力于改变世界的哲学家提供了关于世界的有效解释。

26

如果可以重来，我将攻读生物学，而非法学博士学位。

“您才四十岁，现在也来得及!”“不不不！现在已无必要。没人教得了我，除非薛定谔的猫复生。”

27

薛定谔说：“当我们体验到神存在的时候，这种体验就像直接的感官感觉或者像我们自己的性格一样真实。”

当我们体验不到神存在的时候，便是无神论者。

时而有神，时而无神，大科学家和大艺术家皆如此。往功德箱投过钱币的善男信女可以安详地步出相国寺大门，下馆子吃红烧肉了。

28

薛定谔说：“有时一位画家或诗人，会将自己当作一个不起眼的配角画进自己的巨幅图画里，或者写进自己的长诗里。”

是故，配角即主角。是故，谦逊与傲慢乃一体两面。

是故，但丁在森林里被维吉尔搭救，拉斐尔在雅典学园漫步时撞见柏拉图，一个人在故乡小径上邂逅儿时的自己，皆属再正常不过。

29

干点蠢事！或有可能摆脱“无法将各种知识融为一体的困境”。

30

“在塞曼效应和斯塔克效应的情况下，某些光谱线是偏振的”——文科出身的诗人应读点科学史。

31

认为“古希腊历史是伪史”同“英国人源自中国湘西”的结论一样可爱。我只是奇怪，何以那些可爱的始作俑者不去写诗，而是选择做学者。很显然，他们入错行了。语惊人后，可以休矣。

32

“语不惊人死不休”说的是杜少陵。唯一的杜少陵。

33

汉斯·约纳斯在《诺斯替宗教》中说：“异乡者，其绝对的理解就是完全超越者、‘彼岸’者，是神的一个显著属性。”

光明从光明中流放出来，生命从生命中流放出来。

流落异乡和回归的历史，坠落又回升的道路。

我已在黑暗中住了千万年，他们并不知我住在他们的世界。

孤独的藤，光明世界的信使。

写下“枯藤老树昏鸦”“夕阳西下，断肠人在天涯”的马致远是中国第一个诺斯替主义者。

34

斯宾格勒说：“每一种文化都有自己的观念，自己的激情，自己的生命、意志和情感，乃至自己的死亡。这里确实充满着色彩、光和运动，但理智的眼睛至今仍是视而不见。”这意味着，画家和摄影师是比专业史家更合格更睿智的历史学家。专业历史学家只知把有机的、形似盈亏图像的世界历史看作“绦虫一类的东西”，然后“不断地把历史时代一节节地往自己身上增加”。是故，与其读四百九十六卷的《宋史》，莫若观《清明上河图》。三百三十二卷的《明史》讲出的东西，赶不上“八大山人”的一幅画或一首诗。绢本设色画《千里江山图》是空间化的中国史，照片《火从天降》是凄惨的越战史，油画《与但丁讨论神曲》是浓缩的人类沧桑史，油画《我们从何处来？我们是谁？我们向何处去?》是蛰居在荒岛岩穴中的宇宙史。“抛开图像的美学性质不谈，任何图像都可以用作历史证据”仍是史家之言，怎能抛开图像的美学性质不谈呢？“美就是生命，就是有生命的形式”“美不在狭隘的实际用途”，美是“最高意义的快感”。若无法提升至史诗水平，“美学”便是“假美学”。若只知在黑夜苟且，便不可能理解塞利纳、奥尼尔和赫克托尔的焦灼。若无法先像丑小鸭一样隐忍地活着，便变不成纯洁、高贵然而势必终生痛苦的白天鹅。安徒生好就好在喜欢剪纸，木心好就好在喜欢安徒生的剪纸，《伯罗奔尼撒战争史》好就好在其文学性，而《荷马史诗》，是最真实的历史。

如果生于清朝年间，我不愿做隐逸的顾炎武、出仕的张廷玉，亦不愿做睁眼看世界的康熙、魏源或康有为。只因我是《论语言的起源》的作者、浪漫主义的先驱、德国史家赫尔德呀。

35

赫尔德在《论语言的起源》中说：“我们的心灵要掌握多少知识，要达到多么灵活的程度，才能彻底了解那种野性的智慧、大胆的幻想和异时异地的民族感情，并用我们现代人的现代语言把这一切表达出来！然而，正是这样一项工作，不仅可以使我们熟悉一个国家的历史、文学和思维方式，而且将会照亮人类心灵中朦胧昏暗的领域。在这个领域里，概念与概念交错缠绕，极为不同的感觉相互生成，所有的心灵力量因迫于需要而聚成一体，尽其所能地表现出全部发明艺术。”博尔赫斯谈《博闻强记的富内斯》，“他不费多少力气就学会了英语、法语、葡萄牙语、拉丁语”，他“拉丁语和西班牙语并用，列举了《自然史》中记载的超凡记忆力的事例：波斯国王西罗能叫出他军队里每一个士兵的名字；庞塔斯古国的密特里达特斯大帝能用二十二种语言治理他的帝国；希腊诗人西蒙尼德发明了记忆训练法；梅特罗多罗只要听人念一次，再长的文章都能一字不差地背诵出来。”乾隆《上元灯词有序》第三首自注云：“乾隆八年始习蒙古语；二十五年平回部，遂习回语；四十一年平两金川，略习番语；四十五年因班禅来谒，兼习唐古忒语。是以每岁年班，蒙古、回部、番部等到京，接见即以其语慰问，无藉通译。”仅凭乾隆的语言能力即可大胆推论，他不可能是“闭目塞听”“闭关锁国”的皇帝。乾隆答复英王乔治三世敕谕的言辞，长期以来在东西方饱受批评和嘲笑，其实是这些批评和嘲笑者应被批评和嘲笑。对马嘎尔尼使华引发的礼仪冲突需要再评价——礼仪冲突背后是文明冲突，更是两大帝国的冲突。

有道者的高谈，往往沦为“以文乱法”的“笑柄”；无知者的评鉴，折射了贫陋萎缩的心灵。

36

鲁迅说：“总之，我们要拿来。我们要或使用，或存放，或毁灭。那么，主人是新主人，宅子也就会成为新宅子。然而首先要这人沉着，勇猛，有辨别，不自私。没有拿来的，人不能自成为新人，没有拿来的，文艺不能自成为新文艺。”

有些人拿是拿了，却将拿来的新文艺、新思想当作阉割刀，自阉。“欲练此功，必先自宫。”中国有赵高、高士力、魏忠贤，就是没有法里内利那样的阉伶歌手，也没有托尔斯泰那样的雄性。中国的小说家聪慧，不学托尔斯泰狗尾续貂。那位老伯爵，非得在精彩得不能再精彩的小说结尾加上几十页言不及义的鸿篇史论，谈吉本、巴克尔，谈“无往而不胜”的天才拿破仑，谈神权，谈历史的目的，谈法学，谈权力，谈纸币，谈莱茵同盟，谈“许多人拖一根木头”的困境，谈自由意志，谈“超空间、超时间和不受原因影响的人”，谈鲁迅拿来又放下的果戈理。《狂人日记》是清醒的狂人写的，《战争与和平》是狂躁的素人写的，《素女经》是无名氏写给无名氏的。

37

托尔斯泰的尴尬：史家说他的史论浅陋，不在意他的故事情节；文学爱好者偏爱他的故事情节，摒弃他的史论。

38

鉴于“中世纪”的概念无法准确地处理中国史，中国史学家及时地寻得“中古”一词，并找到了出处：“《易》之兴也，其于中古乎？”

39

赫尔德："显然，整个地球都是为人类设计的；反过来也一样，人类是为整个地球设计的。"地球和人类是命运共同体。天降祥瑞是地球心情好，天降灾异是地球在发脾气。董仲舒在《天人三策》中说："天人相与之际，甚可畏也。"张祥龙在《拒秦兴汉和应对佛教的儒家哲学：从董仲舒到陆象山》中说："为什么近现代，特别是二十世纪的中国学者对于董仲舒评价很低？主要是因为受到西方科学的影响。"除此之外，恐怕还因为他们的心灵遭到不假思索即接受的民权学说的荼毒，无法以历史理性的眼光审视至今仍在默默起作用的"罢黜百家，独尊儒术""一体多元"的原则。莫忘了，政教分离是美国宪法的基本原则。更莫忘了，美国总统宣誓就职时必须手按《圣经》。

40

我会让艺术的藏獒去驱赶披着宗教羊皮的政治狼。

41

青龙偃月刀是儒教的正义。长矛和圆盾是基督教的正义。锤子、镰刀和喀秋莎火箭炮是社会主义的正义。

42

大道至简的原则也适用于战争。"二战"时期，苏制武器型号简单，品种单一，易维修，易补充。而德制武器复杂、精致，品种多样，难维修，难补充。仗打得越久，德国的劣势越明显。"闪电战"只适用于入侵小国，对苏联这样的大国是无效的。

43

庐山并不在意人们横看它还是侧看它，它静静地等候那个三百年才来一次的人。

“三生石上旧精魂，赏月吟风不要论。惭愧情人远相访，此身虽异性长存。”

44

卢梭是一个喜欢忏悔的人。然而，他的《忏悔录》是在代世人忏悔。

45

芥川龙之介：“我仍然记忆犹新，在那月光微露的洛阳废都里同情连李白的诗一句都不懂的无数蚂蚁群。”

我仍然记忆犹新，在伦勃朗的画里探寻理性、空间、数字、绝对标准、内在声音和总体性的不幸经历。我仍然记忆犹新，在温婉的新京料理店里听一位伊豆舞女用抑扬顿挫的声音吟唱《商女不知亡国恨》。我仍然记忆犹新，身材高大的斯威夫特在发疯前的几天变成了蹲在树梢上渐渐枯萎的小人。我仍然记忆犹新，一位对武士道深恶痛绝的军官双眼噙泪地对我说：“为了统治人类，暴力是必要的；为了促进全球一统，暴力是必要的。”

46

芥川龙之介：“不是男人俘虏女人，而是女人俘虏了男人——萧伯纳在《人与超人》里曾把这个事实戏剧化，但是把它进行戏剧化并不是从萧伯纳开始的。我看了梅兰芳的《虹霓关》，才知道中国已经有注意到这个事实的戏曲家了。”

为避免被女人俘虏，斯宾格勒选择了独身。

斯宾格勒从去世的母亲那里继承到一小笔遗产，虽不甚丰厚，但足以让他下决心辞去教职，到慕尼黑做一名隐修学者。马塞尔·杜尚说：“为了糊口而工作是挺傻的……感谢我的运气，使我不必‘下海’挣钱。我从某个时候起认识到，一个人的生活不必负担太重和做太多的事，不必有妻子、孩子、房子、汽车。幸运的是我认识到这一点的时候相当早，这使我得以长时间地过着单身生活。”

47

政治家三过家门而不入，艺术家无家门可入。

卡夫卡明明有机会跨入专门向他开放的精致的法律之门，他犹豫再三，还是拒绝了。他知道，一旦跨进去，不再是卡夫卡了。

48

加缪不是局外人。之于他，“局”是不存在的，遑论“局外”。

加缪不是修士，不是和尚，不是惠能。加缪是写小说的，惠能是讲经的。惠能活了七十六岁，圆寂，涅槃。加缪活了四十六岁，死于车祸——他乘坐的小汽车撞到大树上。据说，那棵大树的树冠呈莲花状。

49

罗兰·巴特在《符号帝国》中说：“只有当人们尝试在历史、哲学、文化和政治上拉近和对立东西方时，东方和西方才会在此被看作‘现实’。我并非钟情于某种东方本质，东方于我无关紧要，它只是为我提供了一个保留着诸多表达方式的地带，这些表达方式的汇集以及人们臆想的‘这个保留地带的’活动，‘抚慰’了我对闻所未闻的、完全被我们‘西方人’丢弃了的那个符号系统的构想。在对东方的考察中所能追求的，不是种种别样的符号、一个别样的形而上学或一种别样的智慧（这似乎也十分令人向往），而是在符号系统的种种属性中出现某种差异、变化、革命的可能。”

何谓“现实”？是《符号帝国》日译本的出版？是马修·佩里将军率领的舰队驶入江户湾浦贺海面？是 1945 年冲绳的血腥？是杀人不见血的“广场协议”？是一次与悟无涉的赏樱之旅？是伏尔泰、孟德斯鸠对亚洲的误解？是作为感情大杂烩的文乐木偶戏？

东方有本质，西方有本质。“本质”等于“体”或“魂”。

“和魂洋才”和“中体西用”都是极高明的修辞战略和表达方式。1868

年，日本天皇颁布《五条誓文》，提出“求知识于世界，大振皇基”。1875年，福泽谕吉发表《文明论概略》，曰：“外在的文明易取，内在的文明难求……不应单纯仿效文明的外形，而必须首先有文明的精神。”他又在《劝学篇》中写道，“一个国家的文明是不能通过外表来判断的”，更重要的是“人民独立的精神”。1898 年张之洞刊行《劝学篇》，主张“旧体新用”：“旧者不知通，新者不知本。不知通则无应敌制变之术，不知本则有非薄名教之心。”相蓝欣在《传统与对外关系》中评曰，“张之洞的《劝学篇》不仅充满了哲理，而且具有强烈的历史感”，他主张新旧学融会贯通，所谓“旧学为体，新学为用”道出了中国传统儒家哲理的真谛。

东方无本质，西方无本质。因为存在无法用本质界定。

斯宾格勒指出：“迄今为止，西方人关于空间、时间、运动、数字、意志、婚姻、财产、悲剧、科学等问题的所言所思，仍是狭隘的和不足信的。”正因意识到这一点，罗兰·巴特走向了虚实之间的日本，正如当年的皮埃尔·洛蒂一样。必须摒除意识形态的遮蔽，丢弃大量的阴影地带，才有望开掘出内在于符号和形式中的质料。

人通过差异界定自身。趋同而非寻求变化，乃群氓永恒不变的秉性。

革命不是请客吃饭。革命，意味着逃离熟悉的地方、空间和语境。当下中国，中产阶级和小资产阶级的规模虽然比毛泽东发表《中国社会各阶级的分析》时的 1925 年壮大许多，甚至成为社会的主流人群，但他们的软弱性如故，“胆小”“怕官”“怕革命”。他们也革命的——在网上骂几句泄泄愤，或跑到外地、异域旅行一番，极端一点的，移民海外。电影《革命之路》，揭示了现代中产阶级的软弱、空虚和悲剧。

人间的革命可不止政治革命和心性革命两种。阿伦特和王阳明都未免自信过头了。

自信过头是天才的特征之一。李白说，“天生我材必有用，千金散尽还复来”“仰天大笑出门去，我辈岂是蓬蒿人”。杜甫说，“读书破万卷，下笔如有神”“会当凌绝顶，一览众山小”。尼采说，“我何以如此渊博？我何以比常人聪慧？我从来不会思考那些不是问题的问题，也从来不会为此白白浪费精力”。帕斯捷尔纳克说，“你们身上唯一有光彩有生命的东西是你们和我同时代，是我的朋友”“所有的时代将从黑暗中流出来、流向我，接受我的审判”。

天才极其自信，无所谓过不过头。每当我谈论天才时，会觉得自己也是个天才。

50

天才制造让公众喜闻乐见的丑闻。圣人也无法做到让荆棘之路开满玫瑰。

凡尔赛宫的花匠有时会觉得比路易十四幸福。

和梦的搏斗比与人的搏斗辛苦——曹雪芹比弗洛伊德痛苦，波德莱尔比俾斯麦痛苦，陀思妥耶夫斯基比斯大林痛苦。

51

在墨索里尼身败名裂之前，为何欣赏他的文士如此之多?

概因他呈现出“外强”的表象，而“中干”的本色尚未暴露。伶牙俐齿、铁齿铜牙、青面獠牙的希特勒是不招人待见的。

52

三类人：有恒产、有恒心的人；有恒产、无恒心的人；无恒产、有恒心的人。

我搞清楚自己属于哪一类人时已三十五岁了，你呢?

无恒产有恒心者，友之。有恒产有恒心者，观之。有恒产无恒心者，远之。在这个世界上，值得“友之”的人实在不多。

53

荻生徂徕曰：“学之道，以仿效为本。”芥川龙之介道：“汉字就算是变成罗马字，从久远的过去所积蓄的中国式的表达方式，也还是存在于日语之中。所以，读汉诗汉文既有益于日本古代文学的鉴赏，也有益于日本当代文学的创造。”

擅长仿效，足以乱真的仿效——日本人在十九世纪发起的明治维新成功，在二十世纪比中国人先斩获诺贝尔文学奖的缘由所在。

在知识即财富、专利能卖钱的时代，有志者研发 AI（人工智能）技术，不写诗。“绝圣弃智，民利百倍”的箴言过时了。

54

罗兰·巴特在《符号帝国》中说：“从拓扑学的观点来看，西方人以双重性著称，即由社会性、造作和虚假的‘外在’和个人性、真实的‘内在’（神圣的沟通之所）构成。”

双重性在人性、民族性之中乃普遍真实，无可指责。只是，作为有血性的中国人，仍不免为西方某大国在重大国际问题上的双重标准愤懑不平。或许，“己所不欲，施于人”“不勉己而欲勉人”，最能让西方某大国彰显自己的存在感吧。难道，它就不忧虑将来某一天，不再保有大国地位了吗？其统治精英不可能看不到这一点，但那是许多年之后的事情，而且，它似乎摸透了中国人个个是君子、中国是君子国的脾性。知己知彼，百战不殆。

55

罗兰·巴特在《符号帝国》中说：“俳句在我们眼里，既不古怪，亦不熟悉。它什么都不像，又什么都像：它容易阅读，我们以为它简单、亲近、已知、有趣、精美、有‘诗意’，简言之，为所有人提供了一个让人放心的谓词游戏。然而，它又毫无意义，它抵制我们，最终失去了那些先前人们授予它的那些形容词，进入这种意义的悬搁——这对我们来说是最奇怪的事情，因为这种悬搁使我们进行最日常的言说（也就是评论）都变得不可能。”

俳句“有诗意”？俳句不就是诗的一种吗？

俳句“有诗意”？岂非等于说“俳句”之外的其他“诗体”不一定有“诗意”？

“我们以为……”只是“以为”？岂非等于说写俳句的俳句师、评俳句的评论家容易自我感觉良好？岂非等于说太多的俳句不一定有“诗意”？岂非等于说太多的诗不一定有“诗意”？

日本人喜辩证法，不喜中庸之道。

倘若没有能力把形容词、成语和意义放进诗中，并恰当地安排它们的位置，便没有资格称为现代诗人。

56

影子武士的行动原则：“其疾如风，其徐如林，侵掠如火，不动如山，难知如阴，动如雷霆。”

57

黑泽明在《蛤蟆的油》中说：“我听说莲花开的时候，会发出难以形容的清爽的声音，所以曾经一大早到不忍池听过。我站在黎明前的迷蒙晨雾中听到了这声音。这声音固然微弱，但是在宁静之极的晨雾中听来，确实沁人心脾。”

日式敏感、中式敏感、法式敏感都有所不同。

一个日本人，如果既能敏感地听见莲花开的清爽声音，又能道出“处于世界—帝国核心地位的俄国和中国，则抗拒世界—经济发展过程中被周边化的命运，并试图重建新的世界体系。俄国和中国的社会主义革命，应该作为这样的企图来看待”① 之类的敏锐观察，则有望成为“东方的莎士比亚”和大思想家。

日本诗具有“无思想性”。芥川龙之介已然是日本文学家中的异类。

日本人具有物哀之美。日本人能欣赏京剧，却很难写出“看万山红遍，层林尽染；漫江碧透，百舸争流”之类的诗句。

58

歌德讨厌数学。我也讨厌数学，经常梦见自己的微积分考试不及格，然

① 柄谷行人：《世界史的结构》，赵京华译，中央编译出版社 2012 年版，第 140 页。

后从噩梦中惊醒。现在的我，嗜读《数学史》《数学的故事》《算术探索》《自然哲学的数学原理》，被纳什、伽罗瓦、张益唐和拉马努金的故事感动得落泪。

59

斯宾格勒："应当让人类文化的世界密切地、毫无保留地作用于想象，而不是强行把它纳入一个已预备好的框架。"

这正是我这本哲学随想录奋力践行的方法论。

60

世界属于城市，城市属于帝国，帝国属于主义，主义属于辞典，辞典属于福楼拜、比尔斯、帕维奇、王云五和米沃什，米沃什属于波兰，波兰属于中欧，中欧属于世界。

61

法律条文、纪念碑和钱币等索然无味的事物，之于政客、学者、农夫和诗人的意义迥然不同。

62

尽管对毫无逻辑可言的历史很失望，但我并没有像叔本华那样转身背对历史。

63

斯宾格勒："如果有人研究希腊的财政问题，不告诉我们德尔斐神谕的深奥意义，却向我们描述神庙祭司用聚敛的钱财进行金钱交易的深远影响，观念论者一定会大为震惊。"

朱元璋知道，在羽翼丰满之前，"广积粮"比"晚称王"更重要。

作为一名观念论者，我不看重“容忍”“自由”“新生活”之类的美词，我更关心法币发行与财政收支、国防建设的关系。“意缔牢结”如果不与财政和组织力量有机结合，便绵软无力。

64

尼采：“城市生活即是恶，那里有太多的诱惑。”

王尔德：“摆脱诱惑的唯一方法是臣服于诱惑。”

我没有那么极端。我既不认为城市生活是恶，也没有看到太多的诱惑，大概因为我“看，却看不见”的缘故。齐美尔暗示我，对时尚生活和货币哲学视而不见是不可原谅的。

65

现代人胜过前人的地方，就在于把金钱看作是无机和抽象的量，任何高尚的生活理想基本上变成了与金钱有关的问题。

66

斯宾格勒：“不论是用堂吉诃德的精神对待过去，还是用桑丘的精神对待过去，都是一样的。两种方法都不能达到目的。总之，每一学派都只是突出了古典中最能表达自己观点的那一部分，例如，尼采突出了前苏格拉底时期的雅典，经济学家突出了希腊化时期的雅典，政治家突出了共和国时期的罗马，诗人则突出了帝国时期的罗马。”

为堂吉诃德和桑丘的友谊干杯！应将他们视作一个人。桑丘象征马不停蹄地变成过去的现在，堂吉诃德隐喻过去中的未来。堂吉诃德只是堂吉诃德，他既不是最后的骑士，亦非贵族精神的余绪。

近两百年来，资本力量和贵族精神对灵魂和情感反复争夺。终尔，资本成了新贵，贵族精神没落。巴尔扎克堪谓新贵和新时代精神的热心代言人和冷眼旁观者。二十一世纪的新贵不会因为装模作样地做慈善，开始收藏古董、老爷车和名画，用餐、吐痰、擤鼻涕的姿势变得优雅而被纳入十八世纪宫廷贵族的行列，“因为对于上流社会的人来说，出身卑贱的人其思想和感情必定是庸俗的”。（诺贝特·埃利亚斯《文明的进程》第一卷）

到了二十四世纪，贵族精神将复活？物极必反？

有时，“极”的结果是彻底毁掉、死掉，“反”不了。三代或可培养一个贵族，更有可能造就一个败家子。

67

贵族精神从未死去，而是零零星星地从古希腊延续到现在。

孔子自述“吾少也贱”。屈原是王族后裔，莫扎特是地位低微的小音乐家的儿子，卢梭和博马舍都是贫贱的小钟表匠的儿子，拜伦是吃穿不愁、主动找罪受的男爵，木心是乌镇乡绅的公子。贵不贵，贱不贱，与出身没有必然关系。木心说：“比起伏尔泰从小生活豪华，出入上流社会，卢梭出身中下层社会——成就不论阶层的高下，但气质是有影响的。我们不能想象屈原出身下层。”但我可以负责任地断言，卢梭的成就高于伏尔泰。这样说，不是因为我像卢梭一样出身中下层。当然，也可以这样认为，反正我不在意。

68

薄则易裂，刚则易断。是故，做人或写诗，既要有“厚”味，又要有“韧”劲。

徐志摩、海子和顾城，薄。

乔峰、袁崇焕和阿喀琉斯，刚。

伽利略，厚。

曾国藩，韧。

罗伯斯庇尔、卡门和蒋中正，薄而刚。

孔代亲王，薄而韧。

汉景帝和普希金，厚而刚。

黎塞留、郭子仪、杜少陵、巴赫和夏多布里昂，厚而韧。

《列子》曰：“欲刚，必以柔守之；欲强，必以弱保之。积于柔必刚，积于弱必强。”《荀子》曰：“与时屈伸，柔从若蒲苇，非慑怯也。”《人物志》曰：“其为人也，质素平澹，中睿外朗，筋劲植固，声清色怿，仪正容直，则九徵皆至，则纯粹之德也。”《圭恰迪尼格言集》曰：“天赐予超世之才，只是使人徒生烦恼、不幸。与资质平平之人相比，这种人内心更为躁动，加倍地不安分。”《道德箴言录》曰，“人类的中庸之道，虽抑制了那些大人物的野心，也使平庸之辈安于现状而无所作为”“只有大人物才会犯下滔天大错”。东西方品鉴家的语气、格调和修辞果然有东西之别。我夜夜做着变成犯下滔天大错之人的噩梦。

69

马奈的《草地上的午餐》既为道学家津津乐道，又迎合了都市市民的口味，摇漾了地方乡民的神经。这是一种形而上的沉思，一种有声有色的绝技，一种现代式的混乱、贪婪、诱惑和操作。

波德里亚在《论诱惑》中说：“在象征范畴内，位居首位的应该是诱惑，而性只是一个额外之物”“人们越是狂热地走向性的真实性，在没有遮羞物的情况下操作，就越是会投身于符号的积累，就越是会自我封闭在无穷无尽的超值意义中”“对于世界的操作来自一种精神诱惑——于是庄子笔下的庖丁和他对牛的身体结构的领悟，使他能得心应手地描述这个结构，毫不损害刀刃的锋利：一种象征性解决法，它会额外地带来一种实用目的。”

象征性解决是比真实性解决更真实的解决方法。

统治是精神操作，爱是恒久迷醉。存在理智的诗、士兵和透镜，不存在理智的爱。爱的迷醉产生两种效果，“或增添生活那高度明澈的欢乐，或加重那阴郁的沮丧”。（索伦·克尔凯戈尔《爱之诱惑》）

古典共和吞噬智慧，现代庖丁不食牛肉。

汉尼拔和李广是自然的，他们自刎于战败之后。

乘坐十九世纪的火车旅行的马奈是怡悦的，那时的蒸汽机头冒热气，有人间味。

70

柳暗，花明，又一村——世界的表象。山重，水复，无路——世界的真实。

如果世上本没有路，走的人再多，也踏不出路来。对此，女法老了然，李商隐了然，吾亦了然。蓬山此去无先路，精卫殷勤空填海。

71

清者未必高。如若不高，清有何用？“清官”若缺乏政治和行政能力，便只是“有比没有好”的摆设。

高者未必清。只要高，清否不甚重要。

既清且高者寥若晨星，不，比晨星还少。既清且高者，外人一般是看不见、不知的，而当事者也最好缄默不语，更不宜自我宣扬；否则，会遭到讥讽，沦为不是笑柄的“笑柄”。

当局者未必迷，旁观者未必清。

有的人，集当局者、旁观者于一身，精神分裂的滋味可不好受，但这是成为大立法者的前提条件之一。

72

既然不爱吃鱼，亦不授徒，“至清”何妨？“察天下”可比“察人”有意思多了。

73

杜甫：“香雾云鬟湿，清辉玉臂寒。”我愿是清辉，可是玉臂呢？

王维：“明月松间照，清泉石上流。”我愿是清泉，可是明月呢？

我愿是激流、荒林、废墟、草屋、云朵，可是裴多菲呢？

我愿是贝拉四世，东挡蒙古，重建王朝。

我愿是亚诺什·匈雅提，充任坚硬的“基督教之盾”。

我愿为马扎尔人和奥托大帝构撰史诗，可惜我既不识匈牙利字母，亦不懂拉丁文、低地萨克森语和《路德圣经》。

74

山不在高，有仙则名——那是说以前。

以前山中也无神仙，偶有一二闲人，或曰诗人。

而今，珠峰屡遭驴友热情脚掌的践踏。地球急需一次新的、剧烈的板块运动，挤出一座更高的山。

75

康德将想象力分为“再生的想象力”和“创造的想象力”。他本人的想象力水平处于两者之间。

76

巴什拉在《火的精神分析》中说：“世界，对所有人都是同一个，不由神或人造成，但它过去一直是，现在是，将来也是一团持续燃烧的火，按比例点燃，按比例熄灭。”

这与“大爆炸理论”相呼应。

火自生自灭，与木元素和水元素无涉。烽火自生自灭，与战神无涉。佛火自生自灭，与佛无涉。丹火自生自灭，与悟空无涉。欲火自生自灭，与爱无涉。鹁火自生自灭，与地球无涉。

77

斯宾格勒：“罗马至上权就不再是一个孤立的现象了，而是一种严格的、精力饱满的、世界都市市民的、一味地讲求实际的精神的正常产物，是历史上经常出现而只有在这里才被指认出来的一种终极的、不可逆转的状态的典型。”

“至上权”原是区域性现象。“大航海”之后，变成全球性现象。

虚假而又真实的相似性——“讲求实际精神”的罗马；“实用主义”的美国；“实用理性”的中国。关于“实用理性”与“乐感文化”的关系，中国的才智之士们耗尽热情但却徒劳地为之忙碌着。

78

斯宾格勒说，“一切真正的历史著作必定都是哲学”“没有比建立一个体系来掩饰观点的贫乏更简单的了”。

《史记》《英吉利教会史》《蒙塔尤》《旧制度与大革命》《英语民族史》《2666》《柳如是别传》是真正的历史著作，《宫崎市定中国史》和内藤湖南的《中国史学史》是真正的历史著作。

“建立一个体系”诚非易事，让康德忙乎得没时间谈恋爱和出远门，让哈耶克差点坠入地狱和奴役之门，让本来就很窄的“窄门”一怒之下，自动关上了。八股文什么都缺，就是不缺观点。

79

陈寅恪先生之言述，令我印象最深的并非“独立之精神，自由之思想”，而是“此身未死已销魂”“平生所学供埋骨，晚岁为诗欠砍头”。

80

《史记》：“以为儒者所谓中国者，于天下乃八十一分居其一分耳。中国名曰赤县神州。赤县神州内自有九州，禹之序九州是也，不得为州数。中国外如赤县神州者九，乃所谓九州也。于是有稗海环之，人民禽兽莫能相通者，如一区中者，乃为一州。如此者九，乃有大瀛海环其外，天地之际焉。”

赤，大火为赤。《易经·说卦传》：乾为大赤。《周易尚氏学》：“乾舍于离，南方火，故为大赤。”赤心，火一般的热忱。赤即丹，赤心，丹心也。赤即红，赤心，红心也。诗曰：只把赤心献神州。革命志士“抛头颅，洒热血”。鲁迅诗：我以我血荐轩辕。文天祥诗：留取丹心照汗青。金庸《射雕英雄传》第一部名为“铁血丹心”。赤，古文烾，从炎、土。南方神赤帝以火德王。县即王畿，《说文解字》曰：“天子畿内，县也。”赤县，传说中炎帝统辖的土地。神州，传说中黄帝统辖的土地。后二者统一起来，合称“赤县神州”，即华夏、中国、天下。神州又称九州。“九”在《易经》中为阳数，“六”为阴数。“人民”居阳位，“禽兽”居阴位。夷夏之大防，文野之大防，其来有自矣。世界史是一部中国精英眼中的从“夷”到“洋”、从“洋”到“夷”的变迁史。何时奥斯卡颁奖典礼搬至长沙，“变迁史”才暂告一段落。

81

我没有生在菲狄亚斯或米开朗基罗生活的时代，是无可奈何的事。

幸运的是，在死之前，我终于摆脱“黄昏的猫头鹰”的纠缠和“书呆子”的身份，并接受了“雅典娜神像”和“大卫之诗”的注视。

82

太阳之下，并无新事，亦无新“主义”。

杨朱：中国的“伊壁鸠鲁主义”；

墨翟和王莽：“社会主义”；

庄周：“厌世主义”；

邓析、孟子、孔德和金岳霖：“实证主义”。

泰勒等人编写的《后现代主义百科全书》中说：“《〈吉诃德〉的作者皮埃尔·梅纳尔》所暗示的去除作者中心，同博尔赫斯作品的另一个后现代特征有关：他对独创性的摒弃，他认为要写出新的东西是不可能的。”

83

《汉书·王莽传》曰：“散舆马衣裘，振施宾客，家无所余。”

《汉书·王莽传》曰：“（莽）欲令名誉过前人，遂克己不倦，聘诸贤良以为掾吏，赏赐邑钱悉以享士，愈为俭约。母病，公卿列侯遣夫人问疾，莽妻迎之，衣不曳地，布蔽膝。见之者以为僮使，问知其夫人，皆惊。”

《汉书・王莽传》曰："莽复以其千万分予九族贫者。"

《汉书・王莽传》曰："莽杜门自守，其中子获杀奴，忙切责获，令自杀。"

《汉书・王莽传》曰："莽执宇送狱，饮药死，宇妻焉怀子，系狱，须产子已，杀之。莽奏言：'宇为吕宽等所诖误，流言惑众，与管蔡同罪，臣不敢隐，其诛。'"

胡适赞王莽为社会主义者，非无理据。

王莽先后杀了两个孽子，置"父为子隐，子为父隐"的儒家伦理原则于不顾，其风范，直逼"三过家门而不入"的大禹和杀兄杀弟只为成就贞观盛世的太宗皇帝。若言王莽演戏，演到此种程度，直令人汗颜矣。

白居易评王莽："向使当初身便死，一生真伪复谁知?"可《红楼梦》曰："假作真时真亦假，无为有处有还无。"

周公吐哺，犹惧流言日。王莽谦恭，当在篡位前。

毋庸假设王莽"当初身便死"。真假、真伪等概念，不适合评价公众人物、公共人格或艺术品。国王有两个身体：政治之体（阳）和自然之体（阴）①。二即一，一即二，恰如阴阳和太极，不可分离，亦无法分离。而只要具备艺术性，则"赝品"亦属于艺术品。

《汉书・王莽传》曰："是以四海之内，嚣然丧其乐生之心，中外愤怨，远近俱发，城池不守，支体分裂，遂令天下城邑为虚，丘垅发掘，害遍生民，辜及朽骨，自书传所载乱臣贼子无道之人，考其祸败，未有如莽之甚者也。"

班固寓贬于褒，寓褒于贬，其史笔，其文笔，令人称叹。

《汉书・王莽传》曰："以'新'为'心'，后又改'心'为'信'。"王莽之败，在于没看到"足食""足兵"比"民信"重要百倍："食""兵"是实的，"信"是虚的。

王莽，真诚的唯心主义者，失败的唯物主义者。

王莽，半个刘玄德加半个戈尔巴乔夫。

---

① 亦参见恩内斯特・康托洛维茨：《国王的两个身体》，徐震宇译，华东师范大学出版社 2018 年版。

王莽，熊十力的半个知音。

王莽注定是过渡人物，恰如蒋中正，恰如张居正。

可谁又不是过渡人物呢？

王莽好就好在成了令哲人而非史家纠结的王莽。《汉书》好就好在有篇幅很长、文采斐然、无偏无党的《王莽传》。

84

《东方的文明》："中国水墨画中的烟岚雾霭赋予大地面貌一种强烈生动的表情，既淡漠疏远，同时又渗透深入，与在某些用明暗对照法画的人像面貌上——伦勃朗（Rembrandt）或考力尔（Carriese）的作品——所看到的一般。"

存在"当代董源"吗？存在"中国的伦勃朗"吗？有中国大学者写出《西方的文明》，被列入"企鹅经典""七星文库"或"英译世界学术名著丛书"吗？

想到荷兰没有诞生过"苏轼"，我的心理平衡了。

"可是荷兰是小国呀！"有人小声道。"荷兰、葡萄牙也曾是大国，最起码是强国。"有人大声反驳。

85

程抱一先生曰："中国的绘画作品属于一种非自然主义的精神绘画，它是作为一种心灵的风景来被观赏的。它是从主体到主体，在私密倾诉的角度下，人和自然相连。这个自然不再是一种惰性的被动的实体。"

"精神绘画"和"禅意"被东方的艺术家滥用了。中国水墨画和日本俳句确有禅意。可后人不断重复，就变成僵死的教条了。勒内·格鲁塞："这种艺术的唯一缺点是……它不久即定出若干现成的规范，学生借此便可自动作出美景的、自然的或梦境似的绘画来。"

中规中矩的绘画和八股文一样令人讨厌。而且，无论如何，"人闲桂花落，夜静春山空"和"闲寂古池旁，青蛙跳进水中央，扑通一声响"表达的哲理是极其有限的。山、水、池、蛙、桂花、梅、兰、竹、菊，总不如图书馆、迷宫、地图、老虎、镜子、地狱、时间、殖民地、家族幽灵、“法律就像爱”“论音乐的国际性”等，更能激发我的诗兴和哲思。或许，我既不是合格的诗人，亦非深刻的哲人，否则，我怎么会对亚里士多德毫不感兴趣?

王维和松尾芭蕉是葡萄，晶莹剔透。博尔赫斯和奥登是海椰子，神秘，果肉多。

王维和松尾芭蕉是念珠，是玛瑙。博尔赫斯和奥登是城堡，是哥特式教堂。

风景有什么好“观赏”的，人和自然有什么好“相连”的。东方人的自然固然不是“惰性的被动的实体”，却也没有多少积极性和主动性。东方固然有意境高远的“精神绘画”，东方的诗人和画家却匮缺灵魂的撕裂、精神的张力。中国人画不出《卡尔约翰街的夜晚》，而梵高，也不可能是日本人。梵高和川端康成的自杀，精神溯因迥然不同。

在现实主义支配的世界，要做一个超现实主义者。

86

拜占庭、叶芝和伊斯坦布尔

爱尔兰的叶芝驶向的，
不是我梦中踏足的拜占庭，
帝国终尔解体，
消逝于从北方浩荡而至的凛冬。
爱琴岛依旧爱七弦琴，爱爱情，
就是不再爱尼各马可伦理学，
不再爱摧折十字军长矛的加农炮。
希腊财政右支左绌，已无力打捞修昔底德修补过的战舰，
已买不起威尼斯剧场最廉价的票。

马戏团的驯兽跑哪里去了，
难道在追捕趔趄的长脚蚊，
以及海伦的面容？
机场在要弄何等诡计，
让地面和天空霎时变得空空？
水银柱和仪器可曾损伤巫术丝毫？
世界一如既往的神秘，充满复杂性。

正午的榛叶在枝头昏昏欲睡，
海峡独自品咂海水的血腥味。
语言走向弥留，
大记忆隐在废墟中守候。
永恒的圣城即若改了名字，
占据的仍是同一片空间，
人改了名字却变成另一个人。

海豚敢于撕裂海洋、民众和朝臣，
却难以容忍修辞的悖论。
钟声蹂躏着诗人，
提示他擎起滞重的时之刃。

鸟被鸩死了，
死前，它的颂音已穿透圣索菲亚殿堂。
黑纱被扯破了，
破前，它曾覆蔽镶嵌金砖的高墙。

拜占庭年轻时愚钝，后来长眠。
伊斯坦布尔被沼泽地包围，迈入老年。
诗人不关心虚君共和民治立宪，

它们是良药亦是毒药，像宗教，像鸦片。
诗人留下不朽的理性杰作，
把东风卷走了，把西风也卷走了，
我乘坐的是阿波罗飞船，
而非驶向未知之地的驿站马车。

87

汤因比的《历史研究》：“俄罗斯文明从起源上来讲是东罗马帝国和保加利亚东正教文明的‘卫星文明’，而后它又成了西方文明的‘卫星文明’。但它却取得了突出的成就，在某些方面，其成就甚至超过了东正教文明，而俄罗斯社会正是从这个文明的影响下才使自己的文化越出先前未开化阶段的。”

俄罗斯文明岂止在某些方面超过了东正教文明，它甚至在很多方面超过了盎格鲁－撒克逊文明。弗拉基米尔大公不同于征服者威廉，不同于华盛顿，更不同于秦始皇，倒是与另一位弗拉基米尔（弗拉基米尔·伊里奇·乌里扬诺夫）存在深刻的精神勾连。“莫斯科的原始沙皇制度甚至在今天也还是适合于俄罗斯的唯一形式，但在彼得堡，它被歪曲成了西欧的王朝形式。”

二十世纪以后，君主制不得不以共和的面目呈现。谎言变得越来越隐晦，也变得越来越高贵——按照列奥·施特劳斯的政治哲学观点来说，确实如此。

列夫·托尔斯泰不是“俄国革命的镜子”，而是列宁的镜子。

斯宾格勒说，“托尔斯泰是先前的俄罗斯，陀思妥耶夫斯基是未来的俄罗斯”“住在城里的居民，处在上层的是一个从事虚构的实体，一个沉浸于发现问题和冲突的知识阶层；处在下层的则是流离失所的农民，个个如他们自己的代表陀思妥耶夫斯基一样，带着全副形而上的抑郁、忧惧与怜悯，永远对那片广阔的大地怀有乡愁，并酸涩地恨着那敌基督者引诱他们堕入无情的灰色世界”。

俄罗斯人愚而不蠢。俄罗斯人的“愚”披挂一层“神圣”的色彩。

俄罗斯特有一种“圣愚”现象。“圣愚”又被称为“基督的傻子”或“圣徒般的流浪汉”。“一般人相信圣愚具有神秘的力量，以某种形式与超自然因素有联系”“圣愚的‘愚痴’和‘智慧’可以溯源到萨满教传统；在萨满教传统中，疯狂与神性的结合起着枢纽作用”。（埃娃·汤普逊《理解俄国：俄国文化中的圣愚》）

中国的圣人不疯，不神，不愚。在中国，愚公不可能称圣，唯济颠和尚近似“圣愚”。

俄罗斯的“假晶现象”：表里不一。俄罗斯的灵魂永不安分，所以有无限的可能性。

中国人崇奉“阳儒阴法”的政治和生活哲学，儒和法互为表里，所以，不存在表里不一的现象。中国人，从精英到民众，皆喜谈“诚”的哲学。人们喜欢谈论什么，要么是拥有得太多，要么是匮缺得太多（因而渴望拥有）。潜意识理论堪谓大矣。

88

斯宾格勒：“陀思妥耶夫斯基是一个圣徒，托尔斯泰只是一个革命家。”

中国人尊敬革命家，对“圣徒”心存隔膜。在中国，托尔斯泰拥有更多读者，而陀思妥耶夫斯基被看作心理变态的人。

89

在不信仰基督的地方，不可能存在敌基督者。

90

尼采在《敌基督者》中说：“这本书属于极少数人。”

我没他那么骄傲、不识趣和没有商业头脑。我的这本书属于很多人。最起码，我希望它属于很多人。

91

假若在灵魂和精神上诚实到严厉的程度，则会令人难以容忍。

92

必须习惯于在阴沟里生活，以便窥听街上行人、都市居民、政治利己主义者和臭虫的甜言废语。

93

天天叫嚣仰望星空的人，连星星也烦他，何况沐浴着现代德行、南方熏风和温暖灯光的亲邻。

94

“无论是陆路还是水路，你都找不到通往极北净土之人的道路。”站在极北净土上的品达对沉迷于竞技比赛的掮客如是说。

95

未经泣血赢得的和平是懒惰的，未经斗争换来的妥协是胆怯的。如果不曾患过道德洁癖的病，便无法成为不知如何是好的现代人。

96

我始终没有忘记自己来自皖北的一个小地方，能量有限，在玄武湖里掀不起滔天巨浪，在秦淮河里掘不出龙盘虎踞的滥觞。

97

什么是好？一切提高权力感和权力意志、降低跻身仕途的欲望的东西。

什么是坏？一切抽刃向更弱者的冲动。

什么是幸福？在四月的暮色中邂逅一位谈虎不改色、“既淫且色”的歌者——金黄的老虎；意淫；印象派的色。

作为强者的反衬，柔弱者和失败者应当生存。

98

有的人色厉内荏，有的人色荏内厉。

色厉内荏的“荏”字有点窝囊，色荏内厉的“厉”字有点憋屈。它们自己不觉得窝囊或憋屈就行了。

99

政治改变不了任何东西，除了暂时的政治。诗歌改变不了任何东西，除了诗人自己。

100

1881—1936 年间的中国人——除了极个别——在价值上始终远远低于文艺复兴时期的人。

101

要渴慕“神性”，不要渴慕“神”。

102

索洛维约夫在《神人类讲座》中说：“谁敢说，在精神力量方面，当代欧洲比中世纪天主教和骑士时代的欧洲更丰富呢?”

103

“既成”永远是基于“生成”之上的，“简易”永远是基于“变易”之上的。《易纬乾凿度》曰：“易一名而含三义：易简一也，变易二也，不易三也。”

104

贫贱不能移——希望不要只是一时不能移。

威武不能屈——假若要以牺牲生命为代价，假若尚有未著完的书，“屈”一下亦未尝不可。司马迁先生就曾心甘情愿地“屈”就于阉割刀的锋利。

105

有些忠言，既逆耳，亦不利于行，还称得上是“忠言”？

106

厚积薄发又怎能比得上厚积厚发？倘若不能厚发，所谓厚积，是大可以怀疑的。

有些人积了一辈子，却始终不发，那算什么英雄好汉？这种人不可能被卡莱尔纳入“英雄谱”，更不可能入我的法眼。《无量寿经》：“修行五眼，照真达俗。肉眼简择，天眼通达，法眼清净，慧眼见真，佛眼具足，觉了法性。”

107

斯宾格勒：“机械论的纯粹自然图像，例如牛顿和康德的世界，是在定律和方程式中被认知、被把握和被解析的，并最终被简约为体系；有机论的纯粹历史图像，例如普罗提诺、但丁和乔尔丹诺·布鲁诺的世界，是直觉地看到的，内在地体验到的，是作为一种形式或象征被把握的，并最终交付给诗人和艺术家的概念。”

定律、方程式和体系有可能是有机的吗？就像火山爆发，或正在上映的电影？

108

普罗提诺论永恒和时间曰：“如果有人在凝思永恒之前，在自己心里构画出时间的图像，那么他也可能通过回忆、凝思时间的原型——如果时间是永恒的一个影像的话——从这个世界走向另一世界。”普罗提诺一度被“双设法”“盈不足”和《九章算术》勾走了魂魄。他的一位前驱——米利都的泰勒斯，在泰山之巅的某间破庙中研究《泰卦》卦象。

伊本·泰米叶说：“有的苏菲达到物我两忘的境界，他们或许称这种状态为‘法纳’。‘法纳’就是不见万物，万物本身是泯灭的，因此，一些苏菲认为是天人合一。”天人合一即“太一”。《吕氏春秋·大乐》曰：“道也者，至精也，不可为形，不可为名，强为之名，谓之太一。”太乙真人复活了哪吒，先知耶稣复活了自己。另一位先知穆罕默德说：“尘世是信士的牢笼，不信道者的天堂。”可是，反过来说“尘世是信士的天堂，不信道者的牢笼”也是对的。牢笼即天堂，天堂即牢笼。各有各的天堂，各有各的牢笼。上帝亦囚徒，自我羁縻的囚徒，偶尔化身哈姆雷特、福廷布拉斯、贾宝玉或其他王子，到人间走一遭，体尝自由之心的担负、钟鼎之家的奢靡。“让影像服从重复—变化的力量，早已是布努艾尔的一大贡献，也是释放时间、颠倒时间对运动的从属关系的方式”“有人认为布努艾尔建立在循环或循环连续性上的自然主义宇宙学说已让位于共时星球的多元性、不同星球的现在共时性。它已不是同一世界中的主观（想象）的视角，而是不同客观世界中的同一事件”——时间的可逆性。“同一事件”不仅在“不同客观世界中”同时发生且相互感应，偶尔在此世彼世荒诞的梦中直接交汇；“前世五百年的回眸”才换得“今生的一次擦肩而过”，既是艺术的虚构，亦是客观的真实。布鲁诺在《论原因、本原和太一》中说：“如果它们（球体和宇宙）没有二分之一、四分之一以及其他对比数，如果这里没有度量，那么这里也就没有可通约的部分，也就绝对没有不同于整体的部分。因为，如果你想称它为无限的一部分，那就必须称它为无限的；如果它是无限的，那它便和整体吻合于一个存在了；可见，宇宙是统一的、无限的，是不可分割成部分的。”也就是说，部分即整体。也就是说，“一粒沙子看出世界，一朵野花里见天国，在你掌里盛住无限，一时间里便是永远”。也就是说，“五百年”“一次”“恒河”的时空划分以及数学、法学和天文学的学科划分都纯属人为，看似走向却又越发远离永恒的本义。

109

知识彻底产权化的那天，便是诗的祭日。诗人是饿不死的——大不了做乞丐。倘若诗死了，还存在诗人?

110

《伯尔尼公约》、低法治和世界体系之于所罗门群岛毫无意义。这个远离欧亚大陆的小小岛国既造不出最先进的智能手机，也没有立志“为万世开太平”的智者研究朝贡体系。

111

福楼拜的《一颗简单的心》、托尔斯泰的《伊凡·伊里奇之死》，堪谓至简至朴至纯至刚，我从中读出了生命的悲凉。年轻、不成熟的小说家会把死写得伟大、离奇，甚或荒诞不经，而年老、成熟的小说家则用老道的笔法有意地把死写得平淡无奇。不平凡的读者，自会从中品出深沉的力量。

112

福楼拜:“我的生活，不是发生的事件；我的生活，就是我的思想。”

这岂非是说，若无思想，等于没有活过?

幸好人人皆自以为是，认为自己是思想着的动物。

然而，福楼拜犯了一个低级错误：存在与思想无涉的事件吗?嘉靖年间的“大礼议”难道只是一次事件，而与皇统和儒学无关?

113

没有人真心喜欢循规蹈矩的生活，但大多数人会逐渐习惯循规蹈矩的生活，最终与之合而为一了。

“富二代”中的败家子是不愿循规蹈矩的人。

宋徽宗若非因为做了末世的皇帝，其名号不会如此响亮。至于他的书法水平，与名号无关。

114

年轻人的爱情，是对老年人的嘲笑。老年人的爱情，是对年轻人的嘲笑。

115

依我看，应该是“游子手中线，慈母身上衣”。若无孟子用铿锵文字编织的历史经线，谁还记得择邻而居的孟母？

母因子贵——孟母应感激孟子。这样说，既悖逆又契合儒家伦理。

专制的母亲常有，伟大的儿子却十分罕见。想当年，那些在孟子成名后择孟子比邻而居的母亲，其孩子最后怎样了？可曾做出一番不俗成绩？而今，择邻、择校而居的“现代孟母”更是多如牛毛，她们的孩子怎样了？不要扬扬自得地告诉我，他们早已在华尔街、中关村或光谷谋得一份高薪的“奴才职位”。

116

斯宾格勒：“城邦是所有可以想象的国家形式中最小的，它的政策范围是直接针对小范围的，这与我们自己的内阁外交是极度不同的，后者的政策是无限范围的。”

李鸿章：失败的大国外交家——谁之失败？

李光耀：成功的城邦外交家——谁之成功？波诡云谲的国际关系是一首不讲韵律的抒情诗。

117

斯宾格勒：“我们的数学有为数众多的难题，这些难题常常被视作是‘我们的’难题，如同如何把圆周化成正方形是希腊人的难题一样——例如，无穷级数中的收敛问题，把椭圆积分和代数积分转换成双周期的函数的问题，这些问题，在追求简单、明确的定量结果的古代人看来，也许不过是相当艰深的高超技巧的一次展示罢了。其实，甚至今天的大众在心里也是这么认为的。根本就没有什么‘大众’的近代数学，尽管它也包括有无穷远即距离的象征主义。所有伟大的西方作品，从《神曲》到《帕西法尔》，都是非大众的，而古典的一切，从荷马史诗到帕加马的祭坛，都是极其大众化的。”

118

如果时光倒流二十年，我愿到浪漫的巴黎求学。我离开巴黎时行李不会多，只带四本书：帕斯卡尔的《思想录》、奥古斯丁的《上帝之城》、拉普拉斯的《天体力学》和袁行霈的《陶渊明集笺注》。而柯西 1810 年离开巴黎时带的是拉格朗日的《解析函数论》、托马斯的《效法基督》、拉普拉斯的《天体力学》和维吉尔的《农事》。我们的交叉点是一本薄薄的《天体力学》。柯西是爱好古典诗歌的数学家，我是对拓扑学、运筹学和量子数学感兴趣的诗人。作为一个中国人，我不可能像他那样效法基督，也很难沉迷于维吉尔的叙事诗。作为一个中国人，我为自己感到深深的悲哀：既不曾去过巴黎，又写不出“此中有真意，欲辨已忘言”的诗句。

或许，我既不属于西方，亦不属于东方。

我在中央之国一座小城的三尺阳台上踟蹰。我该去哪儿呢？

“哪儿都不必去”，安东尼奥·高迪对我说道，“地球是圆的，因此，地球上的每一个点，阳台、产房、墓地、五角大楼、悉尼、雷克雅未克、法赫萨湾、波斯湾、墨西哥湾、圣家族教堂的一个尖顶等，都是表面空间的中心，都同时是起点和终点。”

119

剥夺非常人的烦恼，就是剥夺他的幸福，斩断他的救赎之路。对于非常人而言，烦恼只会再生产烦恼，不会生菩提。对“烦恼即菩提”的箴言念念不忘的人可以回家躺在葡萄架下吃甜葡萄了。

120

奥托·魏宁格论《帕西法尔》:“瓦格纳音乐的独特性正在于它超越数学的内涵，超越空间和时间语言的东西，就好像整个宇宙物理学被吸收到数学之中，或者数学成为物理学的工具一样。瓦格纳是迄今为止对自然最有灵感的人……瓦格纳对自然的感悟遍及整个地球，其广阔、博大和深奥，其深度和广度，无人可及。”

瓦格纳在粗制滥造的人事中感知博杂丰富的自然。瓦格纳的艺术登峰造极?

瓦格纳体质欠佳，从未登过高峰。“登峰”用于艺术只是比喻，一切“高峰”都是造化“造”的，而登山运动员只是探险家，绝非艺术家。

瓦格纳确已“造极”。一切艺术都是人造的，一切“极”都是人造的。艺术品若不能“巧夺天工”，便不是合格的艺术品。瓦格纳及其他伟大天才在诞生时纯属“天工”，后经由意志的觉醒、意志力的奋斗，巧夺了“天工”。

121

瓦格纳与尼采的区别：一个娶妻，一个没有。尼采反瓦格纳说，“瓦格纳在所有事情上都表现出了一个伟大演员的独裁天性”“《帕西法尔》其实是一次闲散的狂欢，一场淫乐的闹剧，是结束的一幕”“《帕西法尔》是他自己最后一次、最高明的摆布艺术的胜利”。尼采对曾经的恩师瓦格纳的评价堪谓毒矣。海涅在《论德国宗教和哲学的历史》中说：“一个伟大的天才靠另外一个伟大的天才来教育自己。这与其说是通过同化，还不如说更多地通过摩擦。”俄狄浦斯弑父，尼采“弑”师。俄狄浦斯弑父是无意的，纯属命运的安排。尼采“弑”师是有意的，是对命运发出挑战。

122

魏宁格是迄今为止对“性和性格”最有灵感的人。例如，他敏锐地指出：性征表现于身体的各个部分；性倒错可能是完全健康的表现；当今极力鼓吹妇女解放的，并非那些真正的女人，而只是那些男人型的女人；要理解一个人，就必须去做那个人；天才意味着全面性和全面的多产性。他还说，所有人都具有雌雄同体的特征，都是一种“阴阳人”——也就是说，所有人都有成为瓦格纳那样的音乐家、伍尔芙那样的作家的可能性，为何可能性没有变成现实性呢？因为大部分“阴阳人”，“阴”的方面不够“阴”，“阳”的方面又不够“阳”。

123

弗洛伊德只是一名心理医生和精神分析学的爱好者，魏宁格则是熟谙统计学、类型学和中国神话的现代哲人。

124

说到猎艳经历，张竞生比魏宁格要丰富太多，但论及思想的尖锐性和深刻性，他与魏宁格差得可就不止一条街了。

张竞生在《美的社会组织法》一书中写道：“新女性如要占社会的中心势力，第一当养成为情人，第二为美人，第三为女英雄。这样的结果，男子受其影响也必成为情人，为佳士，为英雄了。这样的社会男女彼此皆有情感、美趣及牺牲的精神，哪怕还不会变成为美的吗？”

他的观点与魏宁格的近乎完全相反。花蕊夫人的一句诗对他表示嘲笑：“十四万人齐卸甲，更无一个是男儿。”

125

拿破仑对他的士兵说：“战士们，在那金字塔的绝顶上，四十个世纪在俯视着你们。”

“俯视”，即“观”。拿破仑是“天”，士兵是“青蛙”，金字塔是“井”。

拿破仑绝非曹操转世。曹操连中国都未统一，而拿破仑差一点攻陷俄国。

拿破仑绝非埃及法老转世。埃及法老从未莅临过塞纳河。有人提示我，埃及法老的时代，塞纳河还不叫塞纳河。

“不想当元帅的士兵不是好士兵。”拿破仑如是说。可这不过是拿破仑哄诱士兵为他卖命的修辞策略。最严肃、最伟大的征服是对心灵的征服。歌德总是津津乐道与拿破仑的那次会面，并称之为“历史性会面”。另一位伟大的德国人海涅，也被拿破仑洗了脑，他遣派两个儿子充任掷弹兵，去“保卫皇上”。

126

拉斐尔把自己工整地画进了油画《雅典学园》，难道他没有意识到希伯来灵魂与希腊精神是格格不入的吗——一个关注信仰，一个崇尚理性。

尼采敌视基督，结果成了基督的“兄弟”。拉斐尔画圣母像，结果成了另一个圣子。

苏格拉底的徒子徒孙最可悲，他们安于做柏拉图的注脚，从未想过变成苏格拉底。

127

宗教实然地指向政治、统治和支配，而美育应然地指向美。

由实然归纳应然固然不易，但从应然走向实然更难。

“以美育代宗教”是不可能的。因为，就连可亲可敬的蔡元培先生也只是懂一点美学而颟顸于美。还因为，世界史是由“以宗教代美育”的必然史和“以美育代宗教”和偶然史共同型构的。

128

魏宁格说，植物永远不可能成为不道德的象征。然而，他并不晓得食肉植物的存在。

129

罪犯不承认因果性，缺乏真实感。近似于艺术家。

罪犯渴望与众不同，渴望变成象征符号。比在咖啡馆里高谈阔论的存在主义哲学家还要“存在主义”。

130

物质如果精神化，就会丧失尊严。试论名人遗物拍卖之非法性。

131

阿根廷人、失明的诗人博尔赫斯说：“天堂应该是图书馆的模样。”“图书馆”收藏了另一位失明的数学家莱昂哈德·欧拉的全部著作。

博尔赫斯：“上帝同时给了我书籍和黑夜，这可真是一个绝妙的讽刺。”

“上帝同时给了我公式和黑夜，这可真是一个绝妙的安排”——我代欧拉作诗。欧拉无须我代他作诗，他的每一道公式都是完美的诗。

132

在数学领域、宇宙空间，存在不同的平行定理。三角形内角和也有大于或小于一百八十度的时候。非欧几何——黎曼的椭圆几何和罗巴切夫斯基的双曲几何——比欧几里得几何更具诗意，也更接近空间的真实。广义相对论中的空间几何就是黎曼几何。非欧几何把数学从传统形而上学的桎梏下暂时解放出来。康托尔说：“数学的本质在于自由。”数学、素数和天数的本质皆在自由。

133

爱因斯坦评价女数学家埃米·诺特：“自妇女接受高等教育以来最杰出和最有创造性的数学天才”，（她）使“纯粹数学成了逻辑思想的诗篇”。大卫·希尔伯特为帮她争取哥廷根大学的正式教席而据理力争，对充斥性别偏见的教授委员会说：这里是大学，不是澡堂！但那些泡澡泡舒服了的教授还是拒绝了埃米·诺特。由于诺贝尔奖中没有数学奖，埃米·诺特无法赢得居里夫人那般的崇高声望。

134

应该用神学的方法研究数学，用数学的方法写诗，用诗学的方法统治理性胆小的万民。

135

图灵，恰如拜伦，也是死于英国绅士的舆论与伦理迫害。

136

最可爱的君子协定：希特勒承诺不轰炸剑桥大学和牛津大学，丘吉尔承诺不轰炸海德堡和哥廷根。

137

大卫·希尔伯特：“哥廷根马路上的每一个孩子，都比爱因斯坦更懂得四维几何学。尽管如此，发明相对论的仍然是爱因斯坦而不是数学家。”青岛马路上的孩子们，都比赋闲在家的辛稼轩更懂德式建筑，却没有一个尝过“为赋新词强说愁”的滋味。普林斯顿马路上的鸽子们，飞到空中时比地上的人类看得更远，却无法避免被人类强赋象征的命运。

138

鸟语告诉坠落之人怎样更安全地下落。

旗语告诉坠落之人一艘游轮即将入港。

谶语告诉坠落之人还有机会翻盘。塞翁失马，焉知非福。

偈语告诉坠落之人：“欲行菩萨道，忍辱护真心。”

坠落之人不可避免地摔死了。他的儿子穷，付不起做法事的钱，没有一个和尚愿意来超度他的亡魂。

139

世俗王国中有洲际导弹，精神王国中却没有国王。

140

异化、异形、异己——这三个词足以概括我在这二十年间目睹的怪状。

141

魏宁格："自我是宇宙的综合，是一切对立的统一，数字3具有综合性、完整性意义，因此，也象征空间的三维性""在所有的童话、神话和传说中，数字3都扮演着重要的角色［三个愿望，三个小伙，工匠诗歌的三段，奏鸣曲的三乐章，三种时间，北欧命运三女神，罗马命运三女神，惠美三女神，三神（众神之王宙斯、冥王哈德斯、海王波塞冬），阴间三神（印度教毗湿奴、因陀罗、湿婆神），三部曲，等等］，这必定有其原因"。斯宾格勒曰："在毕达哥拉斯学派那里，3是一个'神圣的数'，指谓着男人和女人的结合，代表了繁殖的行为。"在中国文化中，则有韦编三绝、三才、三皇、三公三卿、三位一体、三毛为毳、三毛流浪记、三人成虎、三顾茅庐、三朝元老、约法三章、三足鼎立、三生有幸、"一沐三捉发，一饭三吐哺"、三生万物、"数始于一，终于十，成于三"、孟母三迁、君子有三乐、君子有三畏、三官、三清、犒赏三军、岁寒三友、狡兔三窟、三寸之舌，等等。总之，"3"实在是一个神奇的数字。

142

马基雅维利曰：我的以权力为核心的政治科学学说乃由史实和经验归纳而成，其价值不容怀疑。

魏宁格曰：只有超验性才能创造文化。

康德曰：我着力探索的是先验的知识。

经验、超验、先验是我认识和创造世界的"三驾马车"。恰如投资、消费、出口是经济增长的“三驾马车”，朱可夫、罗科索夫斯基、科涅夫是斯大林的“三驾马车”，林风眠、赵无极、吴冠中是二十世纪中国绘画界的“三驾马车”。

143

南与北来东与西，万物孰不有缘起。水火既济又未济，龙行太极致无极。

女神兮，女神兮，尔何风中独叹惜。唯愿明月伴我行，醉卧疆场八千里。

这是我作过最差的诗之一。我如此安慰自己：纵使是大文学家，也有过稚嫩的时刻，其作品也并非篇篇都是佳作。

144

“疾病与孤独相似，即使最轻微的疾病也使人更为孤独”——这是生过病的人才能说出的话。可谁没生过病？问题在于，太多生过病的人就像没病过一样。

145

一切生命都被他感受为生命。一只蚊子的死也足以挑动他的敏感神经。

他，魏宁格，是诸犹太哲人中最敏感、最年轻的一位。他清俊的面庞永远定格在二十三岁。他选择在贝多芬的故居，举枪自杀。他在自己的代表作《性与性格》出版后，曾说：“我面临三种可能：绞架、自杀，或者连我自己都不敢想象的辉煌。”一语成谶。

我并不为他——哲学界的少年维特——感到惋惜。我惊诧于他自杀地点的浪漫，别出心裁。这给我的启发是，如果是我，会选择在托尔斯泰的故居，在这位伟大的痴老头失眠过的硬床上自杀。然而，我早就发过毒誓，终生不踏入俄罗斯一步，只为保持对俄罗斯的敬畏。“距离产生美”是美学的著名命题。

146

斯宾格勒：“自然可以被科学地处理，而历史只能被诗意地处理。利奥波德·冯·兰克有一句名言，他说，司各特的《昆廷·达沃德》毕竟是一部真实的历史小说。确实如此：一部优秀的历史著作的好处，就在于它能使读者成为他自己的司各特。”

而今，历史被科学地处理，自然被伪诗意地处理。

不知从何时起，“诗和远方”变成轻易、顷刻间即可实现的梦想。为何不是“剑与远方”，难道因为承平太久？缺乏枪林弹雨滋润的秃山会变老吗？高山下的花环是否因许久不嗜血而枯萎了？四十年前埋入地下的地雷还在不徐不疾地生锈？我也曾期望变成一个排雷英雄。

司各特并非“英国金庸”。当然，金庸也不是“中国大仲马”。

先贤祠里葬的是先人，却未必是贤人。比如，弃子不抛妻的卢梭就从不以“贤人”自居。

现代史家读《论人类不平等的起源》《阿拉伯人眼中的十字军东征》《自由大宪章》，却不读《艾凡赫》《典论》《洛神赋》，这并不令人感到意外，因为后者的题名太短。作为“一部真实的历史小说”的《三国演义》确实比史书《三国志》产生了更大的历史力量，这并不令人感到意外，因为后者的文采太差。《史记》被视作史书而非历史小说，司马迁被认为首先是史家，其次才是诗人，这并不令诗歌大国的芸芸子民们感到意外——他们引用鲁迅的名言“史家之绝唱，无韵之离骚”作为论据，只是，他们没有看懂先生的真实意思是“史家之绝望，无韵之离尘”。

147

不知何时起，作家遗忘了撰写格言的技巧，难道因为格言已被前人写尽？

148

《资治通鉴》卷七十：亮尝自校簿书，主簿杨颙直入，谏曰："为治有体，上下不可相侵。请为明公以作家譬之：今有人，使奴执耕稼，婢典炊爨，鸡主司晨，犬主吠盗，牛负重载，马涉远路；私业无旷，所求皆足，雍容高枕，饮食而已。忽一旦尽欲以身亲其役，不复付任，劳其体力，为此碎务，形疲神困，终无一成。岂其智之不如奴婢鸡犬哉？失为家主之法也。"

诸葛亮连齐家的道理都没弄明白，何以治国？按照《蜀记》的记载，蜀汉人口只有九十四万，若是九千四百万，诸葛亮会更早累死。

论识人，论治国，诸葛亮差刘备甚远。就像蒋公差毛公甚远。

领袖都是天生的。

149

若论事必躬亲，蒋中正比诸葛亮更甚。他们没有意识到，除了写诗、吃饭等，其他诸事，是毋庸躬亲的。

150

粟裕一旦打起仗来，其统兵方略之高，指挥艺术之妙，简直不像是地球人，不像是食粟长大的。

粟裕是湖南人，从小吃大米，确实不是食粟长大的。

151

不食周粟的伯夷、叔齐是迂腐的。但现在，迂腐的采薇人是一个都不见了。假若鲁迅复生，当重写《采薇》。《故事新编》乃应时而生，讽世而生，故必须与时俱进，"苟日新，日日新"。

152

库图佐夫是"无为而治"的道家思想的最佳践行者。海德格尔是"道不可言”的道家思想的最佳诠释者。

153

观相的方式和系统的方式并不矛盾。就像《红楼梦》和“红学”可以并行不悖。

154

斯宾格勒：“各伟大的文化也是在这一文化的表面完成其宏大的波动循环。它们突然地出现，然后膨胀成恢宏的轮廓，最后又平伏下去，终至消失，水波的表面再次回复为沉寂的荒原。”

就像水消逝于水中。推前浪的后浪被后浪推成了前浪。

风平浪静是文明死亡的象征。更可怕的是风在吹，却无浪可起——水量日少的咸海会彻底干涸吗？楼兰古城的废墟上，阿提拉、成吉思汗和帖木儿的精神矍铄的后裔，正在意气风发地玩“斗地主”。

155

为厌憎的俗物、俗务和俗人唱赞歌吧，最起码不说坏话。明明是一个中年人，明明是一个挚醇的人，莫把自己弄得像“愤青”。

“愤青”有多种，我推许的一种是：刀里藏笑、藏泪，谓之愤；返老还童、还顾，谓之青。

156

斯宾格勒：“每种高级语言均有大量这样的词汇，如幸运、厄运、关键时刻、使命等，它们事实上只是一种面纱。当我们深入到这些词汇的含义和意味时，没有一种假设、没有一种科学与我们所感受到的东西能发生联系。因为这些词语是象征，而不是概念。因为它们是我所谓的作为自然之世界的对立面的历史之世界的世界图像的重心。命运观念需要的是生命体验而非科学经验，是看的能力而非计算的能力，是深度而非才智。”

新娘的面纱、语言的面纱、世界的面纱，在等我们一一揭开。

很多人不愿揭之，即使揭开，也看不清逻辑的陷阱、人性的黑洞和失贞的酡红。这实际上是无能揭之。“能”，尤其“大能”，往往意味着“勇气”“节制”“智慧”的高级结合，缺一不可。柏拉图的理想国纯属虚构和想象，但他留下的几个句子是实实在在的。

揭开面纱，意味着揭开我们已跨入其中的世界图像时代的图像及其阴影。

海德格尔说，“世界图像并非意指一幅关于世界的图像，而是指世界被把握为图像了”；通过“总是笼罩着万物”的“不可见的阴影”，“现代世界就把自身投入到一个避开了表象的空间之中，并因此赋予那种不可计算之物以其特有的规定性和历史的独一性”。

157

毛姆在小说《面纱》中写道：“对她来说嫁给瓦尔特不是十分中意，但是毕竟是一场婚姻。况且中国的生活也很令人向往。”

毕竟缔结过一场婚姻（尽管谈不上神圣），毕竟到过夏威夷一游（尽管不敢去莫洛凯岛同与世隔绝的麻风病患者合影），毕竟亲睹本国宇航员安全返回了地面（尽管不是做过宇航梦的自己），毕竟拿到了美国签证（尽管纽约不是天堂，但也绝非地狱），毕竟在《自然》杂志发表过论文（尽管引用率不高），毕竟像风筝一样活过（尽管并非曹雪芹亲自扎的那只），毕竟……很多人靠“毕竟心理学”撑过了蹇难的、无聊的一生。

158

为钱写作、为自己写作、为不朽名声写作的人都值得尊敬。但更值得尊敬的是不朽的作品。

159

催生一本畅销书的技巧——“一本书也可能由于色情而畅销，因为猥亵的读者总是大量存在的，倘若出版商和作者能够幸运地引起官方的注意并想来阻止的话，这本书的销量还会激增。”

160

辛波斯卡在《对色情文学的看法》中说：“再没有比思想更淫荡的事物了。”

这岂非等于说，凡真正文学皆是色情的。这岂非等于说，凡哲人和大艺术家，个个都比色鬼还色、还鬼。

161

斯宾格勒：“在中国，虽不曾有激起人敬畏的塔门及其厚重的墙体和狭窄的入口，但却有把道路隐蔽起来的‘精神之墙’。中国人一俟来到这个世间，从此以后便追随那作为生命之途的‘道’；如同黄河那高低起伏的风景可比之于尼罗河谷一样，中国园林建筑那千转百回的曲径，恰与埃及用石头围合起来的陵墓道路相对应。”

中国之所以少有激起人敬畏的塔门及其厚重的墙体和狭窄的入口，大概因为太早实现了天下一统，世俗文化成熟太早，世俗官僚体系也成熟太早，而这，既是传统中国强大、近代中国衰落的原因，亦是当下中国再次复兴和崛起的秘密。

中国之所以少有巨型裸体雕刻作品，大概因为中国人性格含蓄，恰似园林建筑千转百回。含蓄的中国人擅长外交辞令，却也因用词含糊与洋人发生战争。在中国，直爽被认为是美好的品德，却鲜有人真的那样做。

162

船小未必好掉头，且经不起颠簸。很多小国不是早早地消失了吗？

船大未必难掉头。“珍珠港事件”之后，整个美国变成一艘开足马力的航空母舰。

进行中日现代化比较研究的人，倒不是不懂中国和日本史，也不是没有读过《菊与刀》《三民主义》，而是缺乏“至大无外，至小无内”的宇宙观。

163

一切比较——尤其是发展道路和文化形态的比较——都是粗疏的，甚至是不负责任的。然而，如果不比较，我们就无法理解嫉妒、怨恨和偏见是何其必要的崇高情感，我们也无法更清晰地认识自己。

164

木心认为，东西文化（艺术）的最大分异在音乐上：“东方的音乐越听人越小，世界越小。西方的音乐越听人越大，世界越大。”

宋词、元曲，无法直通浮士德式的音乐或西欧伟大风格的装饰音乐。

165

蒋捷的《虞美人·听雨》美则美矣，但是太凄婉。我改编如下：

> 少年不听雨，幻想红烛昏罗帐。壮年听雨都市中，云舒云卷，去留皆伤情。
>
> 而今听雨秋池畔，独拭鬓前星。惆怅悲戚总无用，直似水滴穿石、不稍停。

用心若斯，依旧造不出《查拉图斯特拉如是说》的意境。

然而有一点我越来越坚信不疑，那就是，“中国的尼采”即将诞生，中国诗人即将获诺贝尔文学奖。我是痴人，却非说梦。

166

透视法的出现不仅仅是绘画技巧的改变，更意味着几何学、武器装备学和空间感（空间想象力）的进步。“透视线条的交汇点是在无穷远处。古典绘画没有透视，恰恰是因为它回避了无穷远，否决了距离感”“随着透视法的兴起，绘画的更深刻形式和丰富的形而上意义开始集中在地平线上”。地平线唯有在幻想的香格里拉（此处的“香格里拉”指“乌托邦”）而非真实的香格里拉（彩云之南的一个小城市），才暂告消失。对香格里拉不切实际的想象助长了西方浪漫主义者——他们从小就爱读孟德斯鸠的《论法的精神》和夏多布里昂的《东方之旅》——的政治偏见。本杰明·迪斯雷利说：“东方是一种谋生之道。”萨义德说：“东方几乎是欧洲人凭空创造出来的地方，自古以来就代表着罗曼司、异国情调、美丽的风景、难忘的回忆、非凡的经历，但是，欧洲人并不关心‘东方的现实’，不关心在那里世代繁衍生息的人们正经历的‘苦痛’；东方学作为一种话语方式在‘文化甚至意识形态的层面’，在学术机制、词汇、意象、正统信念甚至殖民体制和殖民风格等方面都有着深厚的基础。”

167

欧洲的东方学家在描述“神秘的东方”时固然总是出现刻板的形象，但菲律宾人、爪哇人和中国人在描述“开明的欧洲”时同样充满了陈词滥调——后殖民心态正在消除，但短期内不可能泯灭殆尽。

168

文化即政治，美学即政治。萨义德在《文化与帝国主义》中说：“叙事，或者阻止他人叙事的形成，对文化和帝国主义的概念是非常重要的。”而小说是最重要、最有效也是最狡猾的叙事方式。笛福的《鲁滨逊漂流记》和康拉德的《黑暗之心》彰显了大英帝国开疆拓土的雄心，梁启超的《新中国未来记》设想和构画了六十年后的大国崛起。

169

马修·阿诺德说：“文化教导我们要公正客观、不带偏见……”然而，这位热情的英国绅士似乎没有搞清楚，“文化”本身就是一种偏见，而“热情”会演变成可怕的东西。他还说：“文化就是或应该是对完美的探究和追寻。”可是，如果殖民地的人民不接受大英帝国的“完美”标准呢？已之所欲，施之于人？美国也是这样对待南方邻国和拉美诸国的：允许独立，但必须是美国人认同的独立（《门罗宣言》）。美国也是这样对待世界诸国的：允许自由和民主，但必须是美国人认同的自由和民主。

这是帝国主义家长式的傲慢和无知。对内民主不等于对外民主，甚至相反。萨义德愤愤道：“更糟糕的是知识分子、艺术家和记者的立场。他们在国内问题上经常持进步态度，充满使人钦佩的感情，但一旦涉及了以他们的名义在海外采取的行动时，却正相反。”美国被称作“世界警察”，然而，警察管不了别人家的家务事。

傲慢和无知属于人性的范畴：矜其骁气，陵轹于人。始有大功，意骄志逸。中国的领导阶层和文化精英必须保持谦虚谨慎、批评和自我批评的作风。万里长城（苦其心志的人性长城）的第一步、第二步……和最后一步同样重要。最后一步其实并不存在。摩尼教式的善恶对立结构（好莱坞电影的标准配置）是国际政治领域不应存在的存在。这世界有太多不应存在的存在，道德化态度是极其危险、要不得的。至于原因，如上所述。

170

存在排外主义，但不存在盲目的排外主义。在某些问题（涵括但不限于反压迫、反霸权）上，情感即最高的理性。

171

多元文化主义中的“元”，是否涵括以消灭“多元文化主义”为旨趣和己任的“原教旨主义”？

172

分裂的欧罗巴当羡慕大中华的语言一统：书同文；推广普通话。秦始皇固然不是中国和东方历史的起点，但自由民主—资本主义更不是世界历史的终点。

173

宣告历史终结的人，要么是先知，要么是跳梁小丑。更大的可能是，这些人在一部分人眼中是先知，在另一部分人眼中是跳梁小丑。

174

音乐无国界，音乐家有祖国——心灵和语言的故乡。直言不讳自己“不想回忆童年”的斯特拉文斯基晚上睡觉时总要开着一盏灯。无论光线来自何处，都让他觉得是老彼得堡的街灯照到房间里来的，“它就像一根脐带，让我在七十八岁的高龄重新体验到我七八岁时的那种安全感和生活环境”。大艺术家：不得不与童年握手言欢的人。

斯特拉文斯基说，“虽然离开俄语的语言环境已有半个世纪，但我仍然采用俄语思维，说其他语言的时候也都要先从俄语翻译过来”“艺术越是受到控制，越是自我限制，越是深思熟虑的，就越是自由的”。大艺术家：民族语言的囚徒，却又奋力挣扎改造了它，携手迈向更高的自由阶段。

斯特拉文斯基是“有家不能回”的大音乐家，我们应原谅他对祖国音乐界日益庸俗的政治化倾向的抨击。贵族出身决定了他无法欣赏平民化的社会主义。斯宾格勒：“贵族的称号不是可以享受和炫耀的头衔、特权和礼仪，而是一种精神财富，想要获取它已经很难，守持它将更难。只有那些深谙贵族含义的人，才会为之献出整个生命。”平民社会主义是历史发展的大势，它意味着贵族的消亡。傲骄的斯特拉文斯基不愿坐以待毙，唯有逃亡，流亡。流亡的意思是“流而不亡”，死而不亡。我活着时，愿嗅闻巴赫时代小提琴的松香味。

175

在国际政治经济领域，霸权国投出的石头将激起千层浪。

在诗歌领域，大诗人投出的石头将悄无声息地坠入潭底。

应把石头投向向“投石党”投石头的、以孤独自居的石心木人。不通世务的顽石是存在的，点石成金的神笔也是有的，唯自觉地搬石头砸自己脚的人纯属虚构。

176

“麻葛式”——《西方的没落》的关键词之一，着实令人感觉陌生、费解。作为一部理论大书，《西方的没落》不该使用这样的词汇。斯宾格勒会读《周易折中》吗？他是否会觉得汉语词汇“东陵瓜”费解？

177

斯宾格勒说：“正是光明和黑暗的融入使得哥特艺术充满了难以表达的灵性。”其实一切卓越的艺术都不可避免“光荣和黑暗的融入”，关键在混搭的比例、浓度。《呼啸山庄》好就好在除了很哥特式、很神秘之外，还充满热情，拥有诗歌的深沉和魔力。

178

普鲁斯特把自己封闭起来，像住进了幽灵相伴的古堡。然而，他绝非哥特小说家，亦非意识流的代表。

179

斯宾格勒说，“群众拒绝接受文化”“它仇视一切等级区分、财产制度和知识体系，并以摧毁第三等级，结束历史为己任。因此，第四等级（即群众）是从历史过渡到无历史的代表人物”。

斯宾格勒说得对极了。

180

斯宾格勒谈国家、领袖与宪法：决定性的问题不在于宪法拟定得是否详细，而在于政府组织是否健全有效；不在于政治权力分配是否公正，而在于国家整体运行是否强健有力，在于是否具有吸引卓越天才与之共振的节奏；不在于道德效力如何，而在于政治领袖是否稳固、坚定和具有优势地位。邦族的地位、历史能力以及它的命运因为国家的成熟而越发强盛。国家主权是最重要的生命象征，它不仅把国家内部历史中政治事件的主体和客体区别开来，而且更重要的是，也把国家外部历史政治事件中的相应角色区别开来。领袖的力量象征着政治统一体的生命力强度的大小。任何一个健全的国家中，与活生生的政制实践相比，成文宪法的条文实在不怎么重要。政治有机体的自然形式越是有力地树立起自己，其在不可预见的情况中就越能稳定地发挥作用。领袖的职责永远属于那具有政治家的直觉并在历史斗争中能代表邦族其他人的少数人。

斯宾格勒所言的“不可预见”预示了魏玛宪制危机、纳粹领袖希特勒和施米特“例外状态”理论的诞生。

181

斯宾格勒说：“国家的历史是观相的历史，不是系统的历史。”

斯宾格勒不愧为罕见的、能用热腾腾的艺术眼光审视冷冰冰的“民族—国家”历史的历史哲学家。

182

程抱一说：“书法不可以再有丝毫改动，走过即成，笔势的灵光一现往往让艺术家自我超越。每个字都有他的书写顺序，一个表意文字，是生命的统一体，有着严格而精细的结构，运笔过程赋予每个表意文字以特殊、自己的节奏。”

书法不允许修改，诗文却必须推敲、反复修改。

诗文亦书法。《苏秦以连横说秦》《观沧海》是行书，《尤利西斯》《达洛维夫人》是草书，《四书章向集注》《雨果诗选》《众生之路》《天路历程》是楷书。

书法是真正的视觉之歌，建筑却非凝固的音乐。每一栋时间久远的建筑都在永不停息地吮吸天地精华。在日本鬼怪传说中，物久成精。《西游记》写动植物成精，却没有触及“物”成精——万物平等的观念贯彻得不够彻底。其实“成精”观念本身仍是人类中心主义（“人为万物之灵”），更不彻底。

书法在书法之外。《兰亭集序》之所以成了“天下第一行书”，那是因为王羲之的文章写得好。我知道可怜的自己既做不了“书圣”，更成不了“情圣”。

183

王尔德把艺术家的生命比作“漫长而美好的自杀”。依我说，能漫长（长寿）就很好了，美好不美好倒无所谓。雨果、毕加索和齐白石简直不能更幸福了。可怜的舒伯特、莫迪利阿尼和波德莱尔啊！

184

列宁：“一切艺术中，最重要的难道不是电影吗？”

爱森斯坦：“蒙太奇能够成为富有创造性的重塑现实的最有力武器。”

什么人最擅长运用高妙的艺术手法对刻板的现实和教条化的意识形态予以善意的嘲讽、小小的复仇？

185

机器和机器思维都是近代的产物。“古典人感受自己心灵及其环境的方式，是欧几里得式的，他们先天地排斥技术观念”“在真正的信仰者看来，机器是魔鬼”。机器未必是魔鬼，但近代浮士德式的人类在操控机器的同时，却也发现自身正沦为其创造物的奴隶。人类在把机器心灵化（智能化）的同时，机器也把人（高级智人）物化了。一位十八世纪的智者干脆说“人是机器”：“人体是一架会自己发动自己的机器，一架永动机的活生生的模型”“人是一架巨大的、极其精细、极其巧妙的钟表”。钟表毕竟与人不同，它对鸦片、大麻、吗啡、咖啡不感兴趣。可是，对光和色彩仍保持敏感度的立法者必须意识到钟表象征着的时间的残酷，须设法把自己从绝望中拔出，变身为一个偶尔讽世刺己、绝对精力充沛的存在者。

186

只存在一种真正的哲学——生命哲学。

只存在一种真正的政治——生命政治。

生命政治只可能从血、生命竞争之中诞生，而非从法兰西学院诞生。

187

拉·梅特里："智慧遇不着智慧是要发锈的，因为缺乏练习。"

正因如此，我找来卢梭、卡夫卡、施米特和斯宾格勒作为练习的"靶子"。当然，我并非一个拥有大智慧的人，连小智慧也没有。"无物于物，故能齐于物；无智于智，故能运于智。"在遍地谦谦君子的社会，恣骜是值得称颂的扭曲美德。

后　记

这本书缘起于我参加的一次学术会议——第二届“法律、社会与历史”学术研讨会（2019 年 6 月于上海财经大学举办）。为能结识群贤，“极视听之娱”（《兰亭集序》），我不得不提交一篇“够格”或者说“像样”的文字。但我不写论文久矣。自从 2013 年夏夜邂逅木心的《文学回忆录》，抽疯似的决定放弃学术研究、走向文学创作以来，我已经剑走偏锋，越走越远了。我蓦地发现，自己已经不会写论文了。尼采当年也曾遭遇类似的窘境吗？怎么办？我可是很想赴沪参加这次“少长咸集”的盛会的呀！

能否像尼采那样，撰写一篇哲学随笔呢（但要与法律沾点边）？

灵感一来，说干就干。于是有了本书的第一篇文字或曰第一次沉思：《跨学科》。灵感犹如天上奔马，一旦奔起、飞起，不是一下子就能刹住闸的。接下来，顺理成章地诞生了第二次、第三次……第九次沉思，沉思的对象也扩展至华夏法律家、空间的诗学、卢梭、卡夫卡、物理学、大地法、利维坦、西方的没落等议题。篇幅长的极长、短的极短，我是故意为之，只为增加一点微不足道的起伏感、韵律感。文字恰如人生，有了波澜和起伏，才显得丰盈。

为何到第九次沉思就戛然而止了？其实是才尽了。还有一个原因是，我对“九”这个数字有着神秘的偏爱。“乾元用九，乃见天则”（《易·乾》）。“登九天兮抚彗星”（《楚辞·九歌·少司命》）。“指九天以为正兮，夫唯灵修之故也”（《离骚》）。“天有九星，以正机衡；地有九州，以成万邦；人有九窍，以通精明”（《楚辞·九辩》）。“玄生万物，九九归一”（《太玄经》）。古人已道尽我所欲言。有人说“零”和“一”比“九”更神秘（如莱布尼茨、李耳和信息论的创始人克劳德·香农），但我就是偏爱“九”，不可救药。

感谢哲人王奥勒留和尼采，是他们让我觉得哲学沉思并非毫无意义。

感谢章永乐（北京大学）、魏磊杰（厦门大学）、李飞（全国人民代表大会常务委员会）、于涵（许昌市消防支队），是他们让我觉得宇宙中有人。在宇宙中，没有一个人是真正孤独的。

感谢沪上的骄阳、煊赫的大梁城和一个夏夜的梦。

感谢所有爱我和我爱的人。正是他们，让我觉得人生是值得活的。

2021 年 11 月 11 日
于逍遥书斋